去国客行远，还山秋梦长。——李白

谨以此书献给我的父亲母亲

JIE JIE

姐 姐

兰 子/著

江西人民出版社
Jiangxi People's Publishing House
全国百佳出版社

图书在版编目（CIP）数据

姐姐 / 兰子著 . —南昌：江西人民出版社，2017.7

ISBN 978-7-210-09665-8

Ⅰ . ①姐… Ⅱ . ①兰… Ⅲ . ①长篇小说 – 中国 – 当代

Ⅳ . ① I247.5

中国版本图书馆 CIP 数据核字（2017）第 204876 号

姐 姐

兰子 著

责任编辑：吴艺文

封面设计：同异文化传媒

出　　版：江西人民出版社

发　　行：各地新华书店

地　　址：江西省南昌市三经路 47 号附 1 号（邮编：330006）

编辑部电话：0791—86898470

发行部电话：0791—86898893

网　　址：www.jxpph.com

2017 年 10 月第 1 版　2017 年 10 月第 1 次印刷

开　　本：880 毫米 ×1230 毫米　1/32

印　　张：12

字　　数：300 千

ISBN 978-7-210-09665-8

赣版权登字—01—2017—682

定　　价：38.00 元

承印 厂：江西千叶彩印有限公司

一

　　萧美站在费瓦湖（Phewa Tal）边上看风景。

　　费瓦湖，传说中的尼泊尔第二大湖。藏青色的湖水，水光潋滟。喜马拉雅山倒映湖中，倒影中的山顶积雪清晰可见。

　　早上到对岸爬山，去看山腰上一座日本人造的塔。因为是旅游指南里的景点，就去了。

　　去看了，觉得没什么意思。不过是身上镶满佛像的小塔，佛诞地都去过，也就那样沿塔绕了一圈就下来了。

　　博卡拉比加德满都海拔低四百米，气候暖和些。作为一个有经验的旅行者，她知道出门在外应该注意的事项，一是天气，二是食物。不着凉不吃坏肚子至关重要。一路走来她特别关注当地的天气预报。

　　参照加德满都的气温，早上特意穿了件特薄的 T 恤。到底没穿对，刚才爬山，T 恤被汗透，现在被风一吹，贴在身上，胸前背后凉沁沁的，透心凉。

向来对着装自信的萧美，这会儿却在阴沟里翻了船。她下意识地拉拉胸口的衬衣，湿嗒嗒的。可以想象，里面的黑色胸罩肯定被拓了出来。变相走光，丢人哎。

她撇一眼身边转来转去的男人。本地的小商贩，黑不溜秋，贼眉贼眼，蛇一样，眼睛直勾勾盯在她的胸口上。脏兮兮的眼光，令她觉得特窝囊。（是不是被帅些的男人窥视感觉会不一样呢？）一路走来，见过的本地女人，她们连脖子都捂着。（真替她们担心，那样子会缺钙的哦。）自己穿成这样，不招人才怪。

怕的就是这个，穿错衣服，走光，被没开化的土著围观。来尼泊尔前狠做了一些功课的。例如上网搜尼泊尔旅游攻略，又到黛莫特书店买了本《尼泊尔旅游指南》。出门在外，不可能时时上网，这种小册子装兜里方便，随便什么时候想起就掏出来看。澳洲这种应用书式贵，花了她五十块。大出血啊。钱对她不是问题，就是觉得亏得慌。一本《百年孤独》也不过十块钱。攻略也好，指南也好，都在强调一件事情，"在尼泊尔，女人不要穿太少，太暴露。"

什么叫"太少？太暴露？"早上出门之前她对着镜子左照右照，差点照烂镜子。无法定义啊。在尼泊尔，对穿衣这件事她忒谨慎。入乡随俗嘛。冒犯他们会招来杀身之祸？没准呢。尼泊尔每天有那么多女人失踪。

在澳洲穿什么都正常，穿什么都没人看，不穿也没人看。都什么年代了？还在意这个？愚昧。她最终决定穿这件略显中性的白色 T 恤。Polo Tee-shirt 本来就男女通穿。女穿男装更显性感，她的时尚理念。

"都这个年纪了，不穿也没人看了。"她对镜子里的自己说。（顺便笑一笑，样子还挺妩媚。估计还能电倒一些男人。）镜子里看见胸口那块有一抹黑色浸出来。也想过换一个白色或者肉色或者粉色的，可她不愿意乱搭配。白色外衣衬黑色胸罩，绝配。白色下面映出一抹隐隐阴影，要的就是这效果。隐隐约约，有神秘感。她的穿衣秘诀。衣服能否把人穿得生动，有独特的韵味，秘诀在神秘感。神秘，诱惑。这是她作为专业设计师，在时装领域里浸淫多年参出的秘诀，也是贯穿她作品的主题。

现在看来是错了，"还是有人看的啊！啊！啊！"喜悦的背景声音在萧美心里回响。

早知道就不穿这黑色的……萧美有些后悔，说想吸引眼球是假，不过跟自己说笑，自嘲罢了。她萧美从来不缺这个，自小就在注视中长大的。

有人挤到她身旁，碰到她了。是本地的小商贩，胸前挂个兜，兜里装些本地特产和地图什么的，在人群中穿梭叫卖。萧美看他一眼，厌恶的眼神，立即把眼光看向远处。

她后悔的不只是穿错胸罩，还有风衣。T恤牛仔裤跑鞋，去爬山再合适不过。临出门又多带了件风衣，想到山上会凉些呢。这时候风衣被她拿在手里。跨上腰那块特别凉些，凉嗖嗖的，像走在超市里冰柜那块。爬山时把风衣绑腰上给捂得都汗透了。

她望向远方，眼光罩在湖面上，探照灯一样，湖的左面，三三两两的人们，短衣短裤，或疾走，或慢步，或骑自行车，环湖绕。出门在外，有些东西宁滥莫缺，例如钱、衣服。

宁滥莫缺是有代价的。风衣拿在手里就觉得是负担。可她不能把风衣穿上。那不是很好笑？像《装在套子里的人》。她的思绪一会这一会那的飘忽，胡乱联想。她想到爱情这件事，爱情跟甜点一样，不宜多吃。男人也一样。不合适的情感，不对的男人，宁愿没有。

这些年她就是把自己装在套子里，孤孤单单地活过来的。

她强迫自己不去理会那些讨厌的眼光。由它去，爱看不看。她拿出参禅的功力来，想些好笑的事。想起一部美国电影，名字记不得了——记性坏透了，遭遇失恋的女主角对着镜子做举手动作：举起，放下，举起，放下，乳房随着双臂起起落落，看住镜子里松垮的乳房喃喃自语："Fuck-able？"

女主角叫——Cameron？

唉，连她的名字都记不得，还那么喜欢她？

萧美沮丧。记忆力退化得惨。

那长腿妹，那时也不过三十吧。鬼妹不经老，松得利害。

到处是人。人头涌涌。有的正在登船到对岸去，有的刚从对岸回来，在下船的，弓着背，一只脚踩在岸上的鹅卵石上，一只脚还挂在船里。身后是等着要上船的人。

来这里的，都为那日本佛塔吧？旅游就这样。旅游指南上的景点不敢不去，不放心，怕走了宝。

像萧美一样站岸上看风景的，他们走来串去，举着个傻瓜机找角度，互拍，自拍，拍风景，拍人，欢得很。

"有什么好拍的？尽是人？"

博卡拉有小瑞士之称。旅游指南说的。

凉意唤起萧美对瑞士的回忆。也是在九月，早上五点半被导游从梦中揪起来去看湖景。凛冽的清晨，晨曦幽微中，琉森湖水面如镜。萧美那天穿的是英国造马球牌白色高领纯羊毛衣，领子高到下巴，把她的脸托得像冰山上的雪莲。站在甲板上，看着船头静静地犁开青灰色的水面。岸边的树林和林中若隐若现的尖顶小木房子，厚重的教堂，朦胧的远山，淡墨似的轮廓倒影在湖水中，光影斑驳，重叠交错，勾出水面深浅不一的铁青色块，像莫奈的画。倒影中的双子教堂孤傲的顶尖在水里颤抖。被惊起的湖鸟贴着水面飞，划着弧线，悄无声息。

"瑞士来到这里就只有倒映水里了。"萧美嘴角勾起，淡淡的笑意飘过她的脸庞。一丝嘲讽，一缕无奈。

站了一会儿，她返身回酒店去。穿过一排排卖旅游纪念品的小摊，与那些在人海中穿梭的小贩们擦肩而过。

二

谭天来悉尼三个月了。这是他第三次搬家。房东履行契约，提前两个星期告知他。

房东是个年轻的中学老师。二十七八？也许更小些，老外不经老。希腊裔，血统纯正。李香兰被质疑她的日本血统时，她的回答是，看我的身高就知道是日本人啊。这鬼妹有个典型的希腊大鼻子。因为鼻子大，脸部线条显硬。不过，还算美女一枚。

在谭天眼里，鬼妹没有不美的。她们体型丰满，精力充沛，走路时两个奶子一抖一抖的，煞是令人血液喷张。他曾经很丢人地当着鬼妹的面流过一次鼻血。

谭天是愿意跟她住的。如果她不是被学校选上做交换老师要到比利时去半年，有可能就在她这待下去了。同在一个屋檐下，一来可以练英文口语，考雅思就是差些栽在口语上。二来喜欢看她走路的样子，人没到，胸先到。在她身上，他发现了一条定律：画饼真的能充饥。

"去布鲁佩斯。"她告诉谭天，欢天喜地的样子。高亢嘹亮的嗓音，兜不住的兴奋和向往流泻满脸，都乐疯了。

在科技园跟老外厮混了三个月，对澳洲人的欧洲情结她略知一二。没什么可说的，就想着搬家吧。这鬼妹去定了比利时的。他觉得自己都快成吉普赛人了，三个月搬两次家，这就要搬第三次。

学习忙，不想花太多时间在找房子这等杂事上。星期六早上，谭天去买了一份中文报纸，看招租广告。表哥告诉他，找房子要趁早，晚了，好房子都被别人挑走。

他想还是住回中国人那好，跟老外住花费太大。房租贵不说，还要分摊账单。想起鬼妹大手大脚的使用就心口痛，厕纸一拉一长条，两天用完一卷。开着空调呢，门窗也不带关上。洗完澡出来，也不关澡房的灯。乳房大有什么用？胸大没脑。

"胸大没脑"，这句广东话是从香港电影里学来的。读硕士那两年没少看香港小电影。学会的几句广东话都是荤话。他的天分不在语言上。除了看三级片，没别的娱乐。实在忙啊。初中高中大学研究生博士生，一路忙过来，都二十六了，连个正经恋爱还没谈过。还是个"处"，真丢人呐。

最忌讳听到"胡子"和最怕被问到"女友"。那是他不可承受的痛。做男人的痛。没女人。没胡子。他连听都不要听"女朋友"三个字。

"那就得看中文报纸。"表哥告诉他，"买星期六的报纸，招租广告都登周末版。"

照表哥支的招做。街头转角处有一家越南华侨开的小杂货店。通常晚上回家经过顺道拐进去买牛奶面包。那里有卖上海小白菜，还有珠江牌的鲮鱼罐头。在上海小白菜边上就摆着中文报纸。他对那不感兴趣，连看一眼的时间都不给，惯常是拿了想要的就走。不看中文报，他是有理由的：一来家里有悉尼晨报，鬼妹每天都买，看新闻就够了。

二来中文报纸是给不懂英文的中国人看的，像老险，珍妮花，庄申之流。他不屑与没文化的人同流。还有，除了课题研究，眼前最重要的任务就是练英文，不管口语还是词汇量，仍需努力。还去看中文读物？纯属浪费时间。

他星期六一早起来，第一件事就是去杂货店。买报纸才知道悉尼有这么多中文报，有四、五份那么多。他想，中国人还挺爱办报的。悉尼才多少华人？ 四、五万有吧？ 英文报也不过这几份。他认真地挑选，表哥说《新新报》广告多，尤其是招租版块。中国留学生爱看新版的。他就拿了一份。《新新报》他不陌生。在老险家就看过。他们看马经和妓院广告。

这报纸是真多，周末版是星期六、日，两天的报量，一大摞，沉甸甸的总共有四十六页，另附一本周刊。他掂量了一下，估计有两公斤。走出店门口、他抽出广告版，其余的扔进路边的垃圾箱里。粗粗翻一下，这个也就不下十来页，分门别类，单招租广告就有好几块，"找房子的人还真多。"

回到家里，他开始做功课。喜欢住现在这个区。顺着字母排列找到 N 开头的区名，再找 "Newtown"。像打围剿战，范围一寸一寸缩小，目标越来越清晰。这个方法真好，省时省力。他觉得自己挺聪明的。即便这样，也有过半版面的广告要看。快速浏览一遍，首先把家庭的剔除掉，再把伴侣的剔出去。有选择的话，尽量不要跟夫妇住一起，多难受啊，自己吃素，看着别人吃荤。最好找个像鬼妹那样的单身女子。没有的话，男的也好，得单身。他把合适的广告圈起来，逐个打电话。先与对方聊聊，感觉对了就约时间。去看房子的感觉像去相亲，虽然没相过亲（感谢上帝还不需要），但可以想象，不就走这个程序嘛。

这次得谨慎些才好。学习这么忙，不想再折腾了。朋友，不高兴可以不见面,不见面就干净了。室友,合不来就闹心了,这朝夕相对的,跟闹离婚的夫妻似的。 弄不好下个毒什么的更倒霉。校园投毒案不都是室友干的? 出国前爸爸只有一个要求,就是要注意安全。当然,合不来还可以搬走。就是不想再搬了嘛。就算不怕麻烦也耗不起那时间。来澳洲拿的是两年的学生签证,必须两年内把博士拿下。

两年内拿个博士学位不是问题。虽然通常应该读四年。他对自己的期许不只是这个,还要到美国去。去斯坦福,普林斯顿,伯克莱理工学院,都行。趁在澳洲把这事给办成。这才是主要的。

人怎么样,合不合得来,聊一聊就知道。在电话里,他尽量多聊,不怕花时间。

他跟萧美就是这样认识的。

这天他去看的最后一家就是她的。她招租。他来了。

黄昏,天色渐暗,他敲开她的门,她正在做晚饭。

"嘿,看房子的吧? 请进。"萧美打开门见了他就说,侧一侧身给他让道。

他进去时经过她的身旁,几乎就要擦着她了,就在跟她无限接近的刹那,隐隐闻到一缕香味,一刹那是多久,10秒? 1秒? 0.1秒? 无法用数字衡量,在他是无限延长的瞬间。他下意识地多吸几口,想确认那香味的确实存在,不是幻觉。可是没了,再没了那香气。消失得太快,甚至不给他机会把那味道储存到大脑的记忆库里。连回味的机会都不给他。说不出的什么香。从来没有过的经验,闻到的霎那,灵魂嗖地飘出脑门去。

L 形结构的公寓,两居室。进门是客厅,转右直走是厨房,面对厨房左手边是一条半米宽走道通向卧室。

"房间在那。"萧美指向走道的尽头,示意他去看。

他有些心不在焉，抬脚往那方向去，迷迷瞪瞪的。

萧美跟在他身边后，保留一步间距。走道容不下两人并排走。

左手边第一间是萧美的卧室。房门开着，已经走过去了，他忍不住回过头去看，像有神秘的引力把他的注意力牵过去。

"我的房间。"

她的声音贴在他的后脑勺上。柔柔的，听在耳朵里，如雷贯耳。他装着不经意的样子转过头继续往前走。难为情的表情被他自己的背挡住，萧美看不到。经过洗衣房洗手间澡房什么的，他再不敢东张西望，直奔小房间去。

也没太多要看的。十平米的房间，一张单人床，有床垫，虽然不是新的，但不赖，样子规整。有衣柜，有书桌。条件合适，比前面住过的两家要好些。比在国内住过的大学生宿舍要好太多了。就是后来住的研究生宿舍，也还要用公共澡房，跟这里没法比。没什么好挑的。这里公寓都是标准房，该有的都有。差不到哪去。

他站在小房间门口，微低着头，下颌内收，像和尚打坐的头姿，眼睛上看，珠子乱跳。微笑着，"哦，这是睡房？嘿嘿。不错。"

萧美看他怪力乱神的眼神，怀疑他有病。

他转身回厅里，经过洗浴间。"哦，这是卫生间？"

经过洗衣房。"啊，这是洗衣房？很大。"

"哎，不错，不错。"回到客厅，他站住脚说，"真大。"

"你好。我叫谭天。"突然想起似的向萧美伸出右手，态度诚恳，手臂伸得笔直，很潇洒的样子，同时左脚前跨一步："对不起，刚才进门就应该自我介绍的。"

他一边自责一边跟萧美握手。这握手这动作他做得熟练。熟练到条件反射的程度。……很高兴认识你。……握手。来了悉尼他讲得最多的话做得最多的动作就是这个。在科技园的头一个月，几乎每天都有机会"第一次见面"，同事，导师，同实验室的，同研究室的，甚至在文具室复印资料，茶水间冲杯咖啡，偶然遇见，就得"高兴"一下，握个手。曾经在茶水间"初次见面"后来研究生班的导师。学校允许博士生免费选修对研究课题有帮助的硕士课程，可以跨校。他想利用这个机会观摩一下澳洲所谓名校的教学模式，在悉尼大学和新南威尔斯大学各选修了一门硕士课程。茶水间碰上的那位是悉尼大学的高级研究员，兼职研究生课程，刚从莫斯科大学跳槽来。大家的办公室在同一层楼。他不过三十来岁的样子，苍白精瘦，有些驼背。谭天不大把他放眼里，都是社会主义国家来的，还比自己来得晚。

都是那缕销魂香惹得祸，害得……找不着北了。

他跟萧美讲着话，心不在焉，回味握住她手时的感受，真软。

他相信手有记忆功能。现在他的右手心里就留住对萧美手的记忆，修长且柔软。

秉烛夜读，红袖添香是他向往的意境。与萧美这时候面对面地站着，看在对方的脸上，看到了自己的憧憬。

从前呢，宝钰曾经让这幅图画清晰过。但她是狐仙，给他一个幻影逗他一下，昙花一现，把他的胃口吊起来就隐身了。他对心目中的美人一直是说不清，但又隐约可见。萧美的出现，美人的画面焕然清晰起来。他觉得自己在跑，晕乎乎的，"女人香？""传说中的女人香？"大腿的根部开始颤抖，身体里的荷尔蒙飙升。

"谈天？"萧美笑问，幽默他。

他个儿比她矮，看他的时候视线是俯瞰状。对他的握手方式很反感，轻轻掂一下指尖，什么意思？没诚意！不大方不磊落。她最讨厌不大方不磊落的男人。但她清楚自己在做什么，在选房客，不是找朋友。

她把不快压心底，不动声色，眼光松松罩住他，聚焦在他脸上，像探照灯一晃而过。距离太近，只能恍惚着看。

"姓谭的谭。"他无声地笑了。笑看她一眼，一只眼珠子不断往内角斜，像奔跳的小兔子。又不只有她一个人这样讲。从小就被这样叫到大，都习惯了。爸爸叫谭笑，人家叫他"谈笑教授"。一家人尽谈天谈笑了。

"你可以叫我 May，或者萧美，都行。"萧美礼尚往来，自报姓名。觉得俩这样正儿八经的交谈很滑稽，让人很难不笑。她硬给忍住，严肃地看住他。心想，刚从大陆来的都这样，认真。

萧美奇怪他的眼珠子老往眼头跑。"不会是个变态的吧？"

悉尼变态的人忒多。丹丹常提醒她提防着点，别招个变态佬进来，尤其是色狼。"那就名副其实招狼入室啦。"对丹丹，萧美总是嬉皮笑脸。觉得她在香港待太久。"疑心忒重。"以前她不这样。以前她像武松。虎狼何惧？现在？哦，像香港大妈，怕这怕那，去旅游必须穿跑鞋，怕遇抢劫跑不快。

"萧美？好名字。"跟小孩子讲话的语气，谭天自己没意识到，在萧美面前特想装老成。说着转过身进厨房里去，随意的样子，东看看西看看。

"这里是厨房吧？"

废话。没话找话。不就厨房吗？明知故问。她心里想着，口上"嗯"他。

他没太多可做的，又不想这么快就走。"蛮宽敞的。"他边说边逐个打开橱柜门，往里看。其实也没什么特别想要看的，想借此消磨时间，多呆一会而已。什么都不做，直手直脚站那儿感觉特傻。

厨房对他来说是最不重要的地方了。从来都是吃别人做的饭。小时候在家里吃妈妈做的，后来吃学校大厨做的，直到来到悉尼才开始自己做饭。最拿手的就是三明治和希腊沙拉。是拜希腊美女手把手教出来的。

"这里虽然不豪华，但生活还是蛮方便的。"萧美不太高兴。

他立马关上一扇刚打开的柜门，看向萧美。她站得离他大约两米远。

进来这么久，这时候才好意思看清她。她高个儿，高出自己五厘米。（就五厘米，不能再高了。太没面子了。）橙色运动长裤，白色吊带上衣。上衣下摆与裤腰间露出一截小蛮腰，薄薄的一线。长发及肩，空心大圆耳环，小窄脸，眼睛像芭比。

"眼睛像芭比。"他的眼光不敢在那上面多待一秒钟。一秒钟也会要他的命，要流鼻血了。不能出状况，别丢人。从上到下，眼光游走到她的光脚丫那儿，动不了啦。从来没见过那么好看的脚丫，粉红嫩白。

萧美见他盯住自己的脚丫，赶紧低头查看，"难道脚丫也会走光？"看脸的人很多，看脚，他是第一个。

她的运动裤长到地面，盖住脚后跟，前面露出一小截脚面。这天，她涂粉色脚甲油，好多年后时尚界才流行这种"拖地式"穿法。她主要是懒，欧洲设计裤腿偏长。通常买回来都要剪一刀，弄短它。这对萧美来说是举手之劳，自己的店就有为客户提供这项免费服务。可她偏不要，咋舒服就咋穿。美，就可以任穿，她知道自己咋穿都美。

谭天看着她长腿光脚丫踩在奶油白的地毯上的样子，性感到眼花。每次回想起，还会心绪荡漾，化学反应得沸沸的。

处熟了以后他告诉萧美，是因为她这句话，他才决定住她家。"我好感动，不卑不亢，我想，这个女人讲道理。"

"我喜欢这房子。"他呆了几秒钟才说，"什么时候可以搬过来？"

"你随时都可以搬来。"萧美看他迟疑的表情，补充道："房间现在是空置的。我不希望放空太久，你能下个星期搬进来最好。我有选择机会的。一会儿还有人要来看房子。你想要的话，现在就得下订金。否则，我不能保证给你留着。"

美女在虐待他的灵魂。一边是理智一边是欲望，眼珠子小兔子似的乱跳，左眼珠子不断地往眼内角斜。他衡量是否值得放弃那边一周的房租。奖学金其实不多。上个星期导师给了他一个实验室工作，一周工作二十个小时。周薪四百。有了这四百块，再加上奖学金，付房租交通费伙食等杂费，对于一个不抽烟不喝酒不嫖不赌不吸毒的中国留学生来说，够的。有了四百块垫底，四百块是安全系数。他没怎么挣扎，就付了萧美一周的房费订金。

回到住处，看着还没完全打开的行旅箱，铺在地下穿过没穿过的衣服，想着萧美，她的味儿，她涂着粉色指甲油踩在地毯上的嫩嫩的脚丫，她的橙色运动裤，裤腿长长挂下盖到脚面上，盖住四分之三的脚面，突然感到寂寞。来到客厅给她打电话。听到她在那头说"哈啰"却想不起来要讲什么。给她拨电话时没想好，压根就没想过她会接。总不能告诉她真话："我就是想听听你的声音吧？"情急之下，他说："萧美，我想请你明天来吃饭？"

"理由？"萧美问。

"告别老住处。我在这里住了一个月。"他奇怪怎么会想到这么好的理由？绝妙的理由。合情合理，不卑不亢。眉头一皱计上心头，以前作文常这样写，现在才用贴切了。没发现自己原来这么有急才。

萧美问几点。

"中午十二点，可以吗？"他顺口答道。这下觉得事情是真的要发生了，一种骑在虎背上下不来的感觉。只好骑着。他有一种奇怪的感觉，在悉尼，话，不能乱讲。因为讲什么都是真的。半分钟前，他压根就没动过请客的念头。

"好吧。"萧美说。

更没想到她这就答应了。这么容易请？ 一请就来。不由想到宝钰。想要约一次她有多难！起码得提前一周预约，电话往来三几趟，被拒绝一、两次。同是中国女生，来到澳洲就不一样了？真是淮南的橘淮北的枳。

这晚他没撕开锡箔小包装。住老险家时养成的习惯，每天晚上睡上床他都要撕开一个套上。搬来鬼妹家前，意淫叶玉卿。住进这里后，意淫鬼妹。鬼妹走路时一双奶子一抖一抖的，很难不去想她。

三

萧美掐准十二点来到谭天家。

她穿淡绿宽身套头短上衣，大宽一字领，露出锁骨。紧身水洗低腰 Polo 牛仔裤，裤腰挂在胯骨上，勒出翘起的臀部和扁平的小肚子。上衣下摆与裤腰间一线身腰薄薄的似隐似现。脚踩平跟夹趾绿红色凉鞋，脚趾甲涂成深紫色。朱古力色皮肤丝绸一样泛光。嘴唇鲜亮饱满。

谭天的眼光尽量避开，不看她。不看她就不会失态。"会流鼻血的。"以前看周星驰的电影，见他用手纸塞住两个鼻孔，以为太夸张。现在知道不。

把萧美领到饭厅。挨她一坐下，就转身从冰箱里拿出两盘蔬菜沙拉，一盘放到萧美跟前，一盘给自己。

萧美两腿并拢，腰板挺直，双臂垂直，轻轻搅拌盘子里的沙拉。

她就这么一低头，谭天已经坐下大嚼起来，咀嚼声很响，刀叉一下一下磕在盘子上，发出的声音铿锵清亮。

他突然抬眼看着萧美，"你吃呀？"

萧美这时候正看着他。一醒神，赶忙"嗯"，同时把眼光转开，看在自己的盘子上。

她无所适从，不知该怎样开始，手拿着刀叉轻轻搅动，心想："哪有这样请客的？也该有个前奏啊？没有'请'没有'谢谢'，就这么直奔主题？也太直接了吧？"从来没被人这么潦草对待过，一下子没调过来，直直坐着，满脑门官司，突然想到："他是不是太饿了？"太饿，吃的时候很难不弄出声音。

想到这，她有点想笑。那次郝佳家里派对。下了晚课才去的，到的时候已经十点，晚餐还没吃，见了满桌好酒好菜就扑过去。正吃得投入得很，突然发现周围的人不知什么时候都停下了刀叉，眼光炯炯探照灯一样投在自己的身上。原来是自己的咀嚼声太响，羞愧难当，恨不得地下有个洞好钻进去，马上消失。直到现在，一想起，心还会发抖。

他的咀嚼声真的很干扰，吧唧吧唧，萧美听着自己都觉得不好意思。"得干扰一下。"萧美犹豫着，站了起来，端起盘子要给他拨些沙拉过去："太多，吃不完。"

"你吃吧，别客气。我会照顾自己的。"他把萧美的盘拨回去，低下头继续吧唧吧唧。

"怎么那么自信？"萧美无奈。看来，他这是要把闹声进行到底的了。他越吃得闹她越轻动刀叉，好像这样就能对冲，粗鲁也不显得那么粗鲁了。

真的很不习惯，不管他的没有"请"和"谢谢"的造句，还是没前奏的就餐仪式，还是穿透力能击穿耳膜的咀嚼声，都让她不自在。

她静静地吃着，控制着心理活动，不让有想法。

谭天突然打破静默，边吃边对萧美说："昨天跟房东说了，她同意我下个星期六搬走。"

"嗯。"

看萧美没要讲什么的意思。他继续，断断续续地说，"住这挺好。"

"嗯。"

"要不是她要去布鲁塞尔，我也不会搬走。"

"嗯。"

"小时候，吃饭的时候妈妈不让讲话。"萧美挣扎着咽下口里的食物，放下手上的刀叉，坐直了腰，抬起头看向谭天，"就她一个人住这？"

"不。两个人。她和我。"

萧美嗤地笑出声来，"我知道。"飙高了尾音，忍俊不禁。

一次，丹丹讲她律师楼的笑话。他们要招聘一位律师助理，来了一位中国留学生面试。老板问他："你会讲'mandarin'（国语）吗？"答："不会。我会讲'Beijing Language'（北京话），我们的官方语言。"老板憋着笑，面试一完就迫不及待地讲给丹丹听。他边笑边说："还是个在读博士研究生呢，你能相信吗？"当然不能相信，丹丹笑翻了。她给萧美讲的时候连笑带喘，连老板的话一带转述。萧美觉得真是太好笑了，第一时间跟朱姐分享。朱姐听着，没笑，正色："也许他指的'mandarin'是满洲话。正本清源，'mandarin'翻成中文就是国语，国语就是满语。从根本上说，他是对的。"出于礼貌，朱姐没再讲什么。

萧美收住笑容，在太有知识的人面前，还是别乱笑的好。她放平了声调说："我是说，除你之外。房东就她一个人？"

"嗯。她男朋友周末来。平日里就我们俩。"

"住这是挺好。"她环一眼周遭。"这个区多住雅皮士、教师、学生。这里离悉尼大学近。好多人都骑单车去学校。"

"我在澳洲科技园工作，在红坊。这里去，乘火车两个站。不去悉尼大学，不知道他们。"

萧美听得出来他的骄傲。扼住，不让有看法。来悉尼十几年，还在那个区住过，不知道在红坊区有个澳洲科技园。她有点下不来台。都老澳洲了啊。

"来澳洲就住这里？"萧美另起话题。

"不。刚来的时候跟留学生住，在金匙区。我表哥帮找的房子。"

"你有表哥在这里？"萧美兴奋。在澳洲能有亲戚是幸福的。"我也住过那区。也是来悉尼的第一站。我住第八街。你呢？"

"第四街。"

谭天低下头吃他碟子里一个落单的小红番茄。

看他没有讲下去的意思，又找不到别的话题，萧美看着盘子里那几片生菜，几个小番茄，沙拉酱用得也不对，没胃口。她是肉食动物，无肉不欢。

鬼妹突然开门进来，后面跟着的男友手里抱着麦当劳纸袋和可乐纸杯，杯口插着吸管，见到家里有客人，愕然的表情很夸张地停在她脸上，勉强地"嗨"了萧美一声，声音憋在喉咙里，哼出来的。

萧美猜谭天肯定没告诉她今天要在家里请客。看她那德性，受打击不小。这是她的家，怎么也应该说一声，虽说就要搬走了。这不晚节不保吗？萧美有些同情鬼妹，不过，这鬼妹反应也忒大了些。又起反感。回"嗨"，她轻轻的，低低的，从喉咙里憋出来，学她。就低下头去接着吃刚才看着倒胃口的沙拉。"爱高兴不高兴。"

萧美知道鬼妹不高兴不只是因为谭天没经她同意就在家里请客，十九岁上就跟鬼妹同吃同住，深知她们有多凶猛多爱妒忌。

谭天像电影里的汉奸，快快地站了起来，陪着笑脸高声："嗨——"，尾音拖得又长又高。又紧着给她介绍萧美。鬼妹阴沉着脸瞟萧美一眼。

转过身去把男友的麦当劳纸袋和可乐杯放到饭桌上，低下头对站身边的谭天小声嘀咕一句什么，萧美没听清，谭天突然向她靠去扬声回应，不知是因为音频太高，还是他口音重，萧美听不清他讲什么。读他们的表情，状似打情骂俏。鬼妹突然笑靥如花，以胜利者的姿势领着男友前后脚进到房间里去，随手重重"砰"上门。

同性的敌意是最好的奖赏，萧美莫名地快乐起来，大脑中枢的多巴胺浓度急剧上升。

告别了谭天，她心情好得想随便走走。想到了谭天说的科技园。红坊火车站里面怎么会有科技园？有土著是真的。

她上火车到红坊去。

四

二十世纪五十年代，政府犯下的不可原谅的错误，从中部和北部的土著人那偷走他们的小孩。按计划给"偷来的孩子"受教育，把他们培养成护士或者佣人，为白人服务。计划失败，这些"被偷来的孩子"成了计划的牺牲品，没父没母没有家。现在已经中年的他们群居在红坊，政府欠他们的就养着他们。他们终日无所事事，除了抢劫偷盗，就是三五成群，街头巷尾闲坐喝酒抽烟，苟且地活着。什么时候想起来了就上街游行。从他们的居住地，火车站的北面开始，经过火车站，走到南边交通灯口，警察局大楼门口。一路高呼口号。每次游行不过十分钟。每次都有警察骑着高头大马跟着。维持秩序的意思。消停三几个月又来一次。蛮有规律的。

大凡初到悉尼的中国留学生，都会收到前辈的叮嘱温馨提示：千万别去红坊区。那儿治安乱。被土著抢了，警察也不敢管。警察怕他们。三十年河东三十年河西，过去欺负了人家，现在该被欺负。欠债是要还的。

萧美每次去,轻易不敢在红坊的街上溜跶。火车站直通农贸市场,不需要出站。她直奔那儿去,买完东西就上车回家。

按谭天讲的路线找去,所谓的澳洲科技园,就是过去的农贸市场。某年某月,农贸市场搬走了。不知道具体的时间,听说的。那时候她已经不再去农贸市场,不关心它的动向。只有那么个印象,它,从红坊区消失了。

房子是进不去的,原来是进出口的地方,现在给装上了门上了锁。走在人行道上,萧美惊讶地发现,这地方原来这么美。"以前咋就没看出来?"印象中,它久旧,肮脏,杂乱,臭气熏天,像垃圾场。

在她那一代的留学生,谁没来过红坊区的农贸市场?

麦克在这里找到一份卖鱼的工作,回去得意地跟大伙儿说:"其实卖鱼需要的英文很简单,所有的鱼都叫'这个'(this one)。听不懂客人要什么,就指着鱼'this one(这个)? this one(这个)?'好了。反正'this one'通吃。"

阿顾要请萧美吃饭。问:"想吃什么?"萧美说想吃清蒸鱼。唐餐馆都是香港移民开的,流行粤菜。那上海小哥从金匙区坐火车到红坊农贸市场买回一条带鱼。唯一一次吃过清蒸带鱼就拜这小哥所赐。后来被丹丹当笑话讲了很久。"带鱼便宜啊。"

萧美也在这里找过工作。最终因为英文不够好被拒绝。

房子还是原来的房子,一排排的红砖清水墙。年头久旧,砖墙是土著红。想要知道马龄就看马的牙齿。在悉尼,砖的颜色代表房子建造的年代。这种土著红是悉尼最老的房子。"没准这儿原来就是工厂?后来才被当作农贸市场。现在变成了科技园。"萧美揣测。

从来没把这地方看仔细过。从前来这里只是为了采购。

来悉尼的第三天就被前辈领来这里采购。出国前没买过菜,看着青椒土豆椰菜花生菜芹菜葡萄苹果梨李猕猴桃和无数的叫不出名字的瓜果蔬菜，一排排一溜溜，琳琅满目。萧美看得眼花缭乱，什么都想买什么都没买，最后花一块钱买了个椰子回去。丹丹说她，"你以后没有资格买菜了。这事儿就交给我吧。一块钱可以买一箱生菜或者葡萄。这椰子，怎么吃？怎么烧，你教我。"丹丹愠怒。

心情不一样，看到的就不一样。佛说你心里想的是什么，看见的就是什么。今天她心情好。

差不多有十年没来了。现在，大部分的留学生也已经不逛农贸市场。那个时候算什么呢？留学生的冰河时期？石器时期？原始时期？对，是原始时期。现在该算是文艺复兴时期。偶尔乘火车进城经过，望见原农贸市场深灰色的房顶，像一艘艘搁岸边的废船。以为这地方治安不好。政府把它废了，像年老色衰的大房，被晾一边，冷淡着，再不想碰它。如果不是遇到谭天，真不知道这里另有洞天。

萧美像一片树叶子，飘在厂房与厂房的过道里。她淡绿色的上衣，水洗蓝牛仔裤，裤腿上不规则的这儿一个洞那儿一个洞，衬在土著红的背景里，勾出一幅颓废美的现代画。

星期天的下午，四处静悄悄。

一堵堵墙，上面残留着涂鸦，像被清洗过，淡而朦胧，反而更有魅力，像被丢弃的画坏了的旧画。

萧美看清了，一堵墙上面是一幅黑白相片，植上去的。好多画家都喜欢在画里植相片。萧美也会。她读设计的时候学过这技术。

那是十几年前的广告。那时候，萧美每次经过都要看上一眼。太熟悉的相片，怎么会认不出她呢？这广告记录着萧美的激情追星岁月。相片里的珍妮·杰克逊裸上半身，下面穿件牛仔裤。半身照，拍到裤腰那儿。她双手高举头上，双乳被一双男人的手从她背后伸过来捂住，捂不住的半球体从指缝间往外鼓，牛仔裤不系皮带，裤腰与肚脐间空出一条缝。显出细而坚韧的腰部，非常火辣。这是她一个新专辑的封面照。那时候她真火，风头直逼她哥哥迈克·杰克逊。迈克·杰克逊想阻止她出这个专辑，因为她在里面卖弄色相。为了追踪他们兄妹俩火拼的新闻，萧美连续两个月，买齐登有他们八卦的报纸和杂志，花掉几个月的早餐钱呢。

看着这张褪色的相片，萧美想着曾经年轻的他们，曾经年轻的自己。迈克·杰克逊后来卷进恋童案。珍妮·杰克逊后来在演唱会上玩掉胸罩。再后来，兄妹俩从江湖上消失。

萧美一路走着，走在一股尘烟里。现在也就剩她这个白头宫女了。

萧美住过这儿的。

来悉尼住了一年西区就搬到红坊。这里离学校近。上学方便，走着去就行。

学了一年语言，她申请到悉尼大学的学位，读社会学。读大学是应付妈妈。她同时选修时装设计。小学三年级第二个学期，她树立了人生第一个理想。她的理想就不断更新。看了苏联电影《乡村女教师》，就想将来要当名乡村教师。看了小说《林海雪原》，梦牵魂绕书里的小白鸽和邵剑波，想当女兵。也想过当地质勘探员，那是因为看了一个中篇小说，关于地质勘探队员的故事。也想过当作家，画家。不过作家和画家嘛，一般都很穷，尤其是画家，都是死后才成名。那可受不了。最后锁定并付之行动的理想是当一名时装设计师。

传说中的红坊凶险无比。萧美却从没遭遇过任何险象。天天上学经过的路口有一群土著，男的女的四五个，围坐那儿喝酒聊天。她看看他们，他们不看她。大家相安无事。

偶有遇上土著游行。土著游行像饭后散步，吃饱了撑的。队伍十来个人，其中有人拉着白布横幅，上面血红大字："还我河山。白人滚出去。"边走边吼。土著的语言，萧美听不懂，不知道别人懂不？偶有白人掺和。队伍里也有四、五岁的小孩。警察骑着高头大马，时左时右时垫后护着他们，马头一步一探，像动画片。

萧美凑过一回热闹。放学回家路上遇着一遭游行。走着同一个方向（萧美的家在车站的南边，警察局后面两条街），她索性走进队伍里，跟他们一起走。觉得新鲜好玩，像五四青年，回去就打电话跟丹丹说体验了一把土著生活。被丹丹骂有病，"我看你病得不轻。"

丹丹本来就反对萧美住红坊区，奈何她自己已经交上男朋友。人不为己，天诛地灭。姐妹与男友，两者相衡，当然取男友舍姐妹。只好由着萧美任性。

"现在流行工厂房改建公寓。那时候要知道，在这里买一间，现在老值钱了。"

她知道这是胡思乱想。那年头，吃清蒸带鱼的时代，不要说买，就是想都别想。要买房子？还要在红坊区？说出来都要被笑话有病的。

红坊区多的是维多利亚风格的房子。一条街的房子连在一起，共墙，小门，门槛高出街面几个台阶，2 到 3 平米的前院。细铁镂花尖头栏杆，高 1 米 2，进门是一条宽一米长四米的走道，走道右手边依次是书房，客厅。往里走，过了客厅的门口就是楼梯直上二楼。60 度的木板楼梯中间没有停台，一口气走上去。过去的人脚力好。客厅进去是饭厅，饭厅进去是厨房，厨房有偏门通向后花园。楼上有卧室和浴室。后花园有个 5 到 6 平米的储藏室，2 平米的厕所，一个晒衣架。

萧美喜欢这样的老房子。他们五间卧室住了六个人。萧美叫它"六福栈"。

想起六福栈，她加快脚步从科技园另一个进出口出来，去看看六福栈。"不知它现在怎样？还在？或许被装修得面目全非了？"

六福栈与科技园相隔两条街。警察局是楚河汉界，北边的土著一般不越过警察局，到南边来。

萧美站在六福栈对面的马路牙子上望过去。出乎意料，房子还是那房子，这么多年过去，什么都没变。前院爬满长青藤，攀在淡绿色的铁栏杆上。如果没猜错的话，走近去会看到一个黄色盖的垃圾桶藏在长青藤下面。逢星期二，把垃圾桶拖到马路牙子上，星期三早晨，很早，五点多的样子，清洁车就来收垃圾。大家轮流拖垃圾桶，一人轮一个星期，六个人，一个半月轮回一次。

后来因为业主要卖房子，他们才搬走。接到中介的搬家通知，第二个礼拜，大门口就插上了一个 1 米 3 乘 1 米的长方形吉屋出售广告牌。岁月静好的时光被破坏，大家虽然没太大表示，心里还是不大乐意。安东尼用 4B 素描炭笔在广告牌上，写着"有投资潜质"的前面加个"没"字。从远处看，没什么异样，近了才看得见。

虽然喜欢这房子，搬走时她却没有多不舍。人生像巧克力，虽然永远不知道下一块是什么，但在萧美看来，下一块总是更甜更好。后来的无数次搬家，萧美都这么干脆利索，挥一挥衣袖，拖着两个行李箱，一个是出国时带出来的，一个是老爸托人从香港带来的，就走。不带走一片云彩。

在这个星期天的下午，太阳光下，她发现，住过的各种房子中，最钟情的还是这维多利亚风格的老房子。

房子外表看起来小门小户，走进去却进深深深，另有洞天。进门左手边第一间是书房，（萧美她们把它改作卧室。穷学生，多住一个人，多一个人分摊租金。这就是六福栈的缘由，五间卧室住六个人。）客厅有壁炉。悉尼从来没冷到要烧壁炉，它只好退休，闲呆那儿。饭厅，厨房。从厨房的小偏门出去到后花园。从前的人就是优雅。客人来了，用餐时间还没到，先请到书房看会儿书，或者，在冬天里，请客人在客厅喝下午茶，烧起壁炉，橙红色的火焰，客人擎手里的英国瓷茶杯，杯壁上有火焰在跳舞。三急了就去后花园方便。楼上是私人禁地，客人免进。

走进房子，让人不能不联想到十九世纪的英国文学。

萧美没读过多少外国文学。开始是没有得看，被当毒草禁掉，后来是妈妈不让看，怕影响功课。那时候考大学升学率是百分之三。妈妈说，考不上大学就是没用的人。逃过妈妈的围追堵截，在被窝里打着手电筒看完的英国文学，好像就只有狄更斯的《大卫·柯波菲尔》。夏洛蒂·勃朗特的《简·爱》。

萧美特喜欢从楼上往下走的感觉。长长的楼梯，走在上面，仿佛带着前世的记忆。一步一步往下跨，鞋跟轻轻敲在木板楼梯上，像贝多芬修长的手指敲在钢琴键上，有节奏的轻响。出国经香港中转，老爸的客户带她去中环崇光百货让她选一件衣服做见面礼。她在 POLO 专柜挑了一件 ESTEE LAUDER 枣红底奶油白翠花长裙。特爱穿这件长裙走楼梯。扶着梯栏一步一步从楼上走下来，公主一般。虽然像她这种大陆公主在 1980 年代，香港人叫她们"大陆妹"。

1980 年代，澳洲人叫大陆来的女生"中国女孩"，香港来的女生"香港女孩"，台湾来的"台湾女孩"。还有日本女孩，等等，等等。

1980 年代，如果年轻的澳洲男生臂弯里挎着一位美丽的亚洲女生，她必定是香港女孩或者台湾女孩或者日本女孩。如果一个澳洲老男人臂弯里挎着一个美丽动人的亚洲小女生，她一定是"中，国，女，孩，"。

萧美穿着这条裙子走在马路上，年轻的澳男追着她问："你嫁给我吧？你有男朋友吗？"

她走在楼梯上，一只手轻轻提起裙子，像电影《飘》里的奥斯佳那样走路。

过去人可以有秘密。

她喜欢可以有秘密的房子。楼上是私人重地。楼下是公众地盘。

她在中国的家有影墙有偏房。她的闺房，直到出国前，未曾有雄性动物进去过，包括公猫公狗。

进她的房间要经过客厅。边邻父母的卧室。那是一条警备线，没人越过它。

追她的男生，能过影墙者已算成绩优秀。他们多以借书还书为借口。能进客厅者，唯有文学社的秘书长。那次文学社决定要把社员们的作品结集出书。因为是自费，秘书长找上门来筹钱。萧美名正言顺请他进客厅。这是萧美唯一一次请男性回家。妈妈盯着秘书长看了30秒钟。从头到脚，从脚到头，来回几转。把秘书长看成火鸡，脸红到脖子根。他赶紧叫阿姨，一直站那儿，像棵风景树任观光，难堪着，脸快要喷出血来。还有的就是老爸年轻的部下们，为了能看上一眼老总家的千金，借口来汇报工作。众追求者一般只能进攻到大门口外。那也算成绩优良啦。试过有个男生在大门口站了一夜，为着等她去看电影。

妈妈第一怕是萧美早恋。分心，不好好学习。第二怕是她破坏政策，违反婚姻法。不到二十岁就结婚。对萧美的看管，采取坚壁政策，家里不准存在任何有"爱情"和"性"字眼的书和杂志。当着萧美的面，不准提及情感方面的话题。即使无意中讲到，爸妈其中一方会说，"在小孩子面前讲这个，不严肃。"自从发生了小男生在家门口站岗事件后，妈妈加了一怕，怕对不起别人家的儿子，给萧美加定一条铁的纪律：从今往后，不准与男生单独待一起。

萧美心想："难不成要我老公也找两个？"

住到这个区来。她留长头发，戴大耳环，穿白衬衫衬宽腿水洗牛仔裤，蹬平跟凉鞋。一缕稚气和单纯飘在脸上，底色是与生俱来的高傲和优越感。课间休息，跟一大帮男生坐在食堂的地上，一手咖啡一手夹烟，小声讲话大声笑。妈妈的管教失灵。放学抱着大叠大叠的设计图纸，从学校走回家。平跟鞋的流行是从戴安娜开始的。她因为穿了高跟鞋跟查尔斯王子站一起，要显得比他高。正规场合穿平跟鞋也算是一场审美革命。萧美喜欢平跟鞋，开始是因为舒服，走路快。她好像大多时候总在赶时间。还有一个备用好处，如果遇上土著抢劫，平跟鞋可以跑得快些。不过土著从来不抢她。后来搞设计，她喜欢用平跟鞋搭配，平跟鞋让女性美更自由，平易，奔放，硬性。

在悉尼的头一年，她穿破了一双崭新的运动跑鞋。从此之后，再不碰跑鞋，在任何情况下都不。直到十几年之后，跟谭天去公园跑步。

她恨妈妈，恨她把她逼到澳洲来。

五

萧美刚踏进酒店大厅，大个子客户主任就迎了上来，说有人找。萧美循他手指的方向望去，见大厅角落沙发里站起一个人来，黑兮兮的样子，印度黑的黑人，微笑地看着她，一弯皎白的牙齿，谦卑可掬。

在悉尼，萧美见过像夜一样的黑人。一次跟朋友去酒吧喝酒，夜了，想要叫的士回家，见街边停着一辆，就走过去，见没司机，才要转身走开，忽然听到"嗨"，驾驶室的车窗玻璃被摇下来，一弯新月在闪亮。司机在向她笑，露出了牙齿。

萧美大跨步向他走去，同时伸出右手："你好。"

印度黑的黑人迎上来，含胸轻轻握一下萧美的四根手指尖："您好，女士。我是卡皮尔，镜框旅行社派来做您的向导。"望着萧美，眸子里笑意涟涟。

在尼泊尔，每个人对她都用敬语。感觉像穿越去到《简·爱》的时代。

"黑色是美丽的。"小时候看过一篇翻译小说，美国女作家在她小说的开头第一句话这样写道。作者和小说的内容早忘了。这句话却记得牢。见到卡皮尔的刹那，就想到它。

"不是吧，这苏雷什，这么守信？"萧美收回手，当初跟苏雷什要年轻的帅的导游，那不过是逗他玩，说说而已,过嘴瘾。"他还当真？给弄来个这么帅的？"

他的握手仪式令萧美对小鲜肉的好感大打折扣。被他碰过手指头感觉黏黏的，像摸到脏东西，有必要去洗下。萧美总以为这样跟人握手的男人猥琐。心里不光明。

这一刻，黑色不美丽。

"您好。对不起，让您久等了！等了好久？"萧美依然真诚不减，平视着与自己齐头高的卡皮尔。

她认真的时候，与人平视，眼光集中而坚定。

她认为对人最大的尊重，莫过于关注对方。

出于礼貌，对卡皮尔的早到总得敷衍一下才好。真心里，她不认为自己应该道歉。说"对不起"是一种习惯。澳洲人动不动就"对不起"，被人家踩到脚也说"对不起"。在那儿待久了，染上那的习气。事实是他没有预约。没人告诉她今天要见导游。"活该他等，怪谁呢。"

尼泊尔人的行事方式不可思议。

来到尼泊尔，目的地是加德满都。临时决定到博卡拉徒步。在下榻的酒店报名，费用也在那儿支付。由他们安排行程包括酒店住宿。临来博卡拉前，负责人苏雷什交给萧美一个没封口的信封，说晚上六点的飞机，一个小时到博卡拉。"我们会派车送你去机场。"苏雷什轻扬的音调，为自己的好服务得意。以为萧美会谢他。

萧美没说谢，首先确认资料，她从信封里面抽出机票，再往里看了看，空的，抬起眼睛问："就这些？"

"就这些。你还要什么？"苏雷什疑惑。

萧美摇了摇空信封说："发票？收据？博卡拉那边酒店的地址？电话？出了状况我找谁去？"眼珠瞪得差点掉地上。我没病吧？难道是我错了？

"那边酒店安排接机了啊。到了酒店会有人告诉你徒步行程的。"苏雷什抖抖脚要走的样子。不以为然的语气,萧美听出:"这你都不懂？弱智啊？"的意思,激昂起来,"万一那边没接到我,万一飞机晚点或者早到了,怎么联系他们？我有可能自己打的去酒店的嘛。再说,怎么证明我就是他们要接的人？总得有点写在纸上的东西吧？"你才弱智。末了,萧美在心里骂一句。

"他们一定会接到你的,没有万一。你放心。"苏雷什拍拍萧美的肩膀,讨好的态度。萧美毕竟是客人。

苏雷什态度的转变让萧美骄傲,"我赢了"。脑子里啪一闪:不会是进了龙门客栈吧？不需要等到博卡拉,去机场的路上直接拉到寨子里当羊杀了祭神。还有两个星期就是印度教一年一度大典。

因为这,萧美还享受了酒店的优惠,免费乘车去观光加德满都最著名的印度教寺庙。见识了平生见过的最神秘的神址。阴司一样的庙堂,院墙上血渍斑斑。下层有一处平台,五六平米见方,混凝土地面上大片大片的血渍。随便问一个寺庙里的闲人,告之:每天黎明,这平台上有杀羊。把羊血涂墙上,祭神。

不会把我当替罪羊,做他们的牺牲品吧？

被逼到墙角上的萧美有想笑的感觉。她转身望向大堂门口,都是进来出去的老外们。"老外有那么好糊弄的吗？打开门做生意,黑店？老外不把他们告到裤子掉下来？连上吊的绳子都没有？"她琢磨着,"既然酒店现在还存活着,说明是合法营业。那就是没被告过官啦？"

思想像风车一样嗖嗖地转。取消行程太麻烦，不划算。房间已经退掉，结了账。重新开房，拿不到原来的优惠价。去别的酒店也一样，想住又好又便宜的酒店就得在网上预订。现在是来不及了。机票也拿到手了。退机票也要损失一笔。钱是次要的，主要是不值当。当然钱也很重要，如果钱财一点都不损失，也用不着想这么多，不走就是了。

也许不真的这么危险，自己吓自己罢了。萧美跟自己说，这里是尼泊尔，经验是不适用的。把心一横：就信他一回！

也只能这样，别无选择。

"哎，请您留下你的电话和手机号，万一我走丢了，至少还可以找到你。"

萧美冲着正转身要走开的苏雷什叫喊。苏雷什脸色一沉，接过萧美递过来的装着机票的信封，一边写电话号码一边嘟囔："我不会骗你。我是有钱人。你这点钱算什么？"

萧美接过信封谢了他。自己跟自己说："不跟他计较。"话是这么说，还是觉得硌心。后悔跟他混太熟。太熟了就不好计较。那天跟他商讨去博卡拉徒步的事项，萧美说笑要他帮忙找个年轻些帅些的导游。他兴奋得大笑，从办公椅里跳起来跨到空地上，弓起双臂逼出小老鼠，侧身摆一个世界先生的造型笑问："我怎么样？"萧美看着凹型的他哈哈笑："你呀？还要多做 GYM（健身），练出六块肌。明年吧，明年你做我的导游。"

萧美拿着信封去坐飞机。拿着信封被博卡拉酒店的车接走。现在，卡皮尔又自动出现，比按电脑的回车键还省事。

看着卡皮尔，萧美舒心地轻笑。到目前为止，苏雷什的预言都一一发生了，而且准时。不提前，不晚点。她把心放得像电梯下降，一层一层往下按。虽然还有些提心吊胆，但远不像当初噎在嗓子眼上。

不知怎么搞的，突然对苏雷什感到内疚。当初不该那样怀疑他。伤害一个诚实的人多不好。小时候躲被窝里打着手电筒看《青年近卫军》，看到一句话："随便怀疑人是可耻的。"就把它当座右铭，铭刻在心。久了，成了良心的一瓣。

也不能怪我啊。谁让他不按地球人的规矩办事？

"我十点就到了。他们说你去了爬山。我想，还是等在这里的好。今天得把进山的证书给办了，明天他们放假，再耽误，恐怕你的时间就不够了。"卡皮尔很有印度电影里的男佣风范，微哈腰，眼睛上视，虚着视线，小心翼翼的笑容，随时可以收起。

"你请等一等，我上一下洗手间，很快的。"说着萧美已经转身小跑进楼道里。

她从小就有挑厕所的毛病。爬山回来半道上就急了，能坚持到现在，已经是忍不可忍从头再忍的状况，顾不上不好意思。

从房间里出来回到大厅，见卡皮尔还站那儿，就指着沙发让他坐下，自己也在他身边坐下来。早上爬了两个小时山，腰以下半身好像断了似的，站着，两腿直哆嗦。

"我们讨论一下徒步行的程吧？有了路线才可以申请证书。"卡皮尔开始介绍徒步路线。他的印度口音英文，讲出来的一串串地名，在萧美听来像和尚念梵文佛经，只有音没有意。

"等等，卡皮尔，"萧美打断他滚珠似的话，"你能不能讲慢些？我没听明白。"

卡皮尔左看右看，从上衣口袋里拔出一支圆珠笔。萧美看着他，微笑，心想：真够土的。

他摊开手掌，在上面画路线图。笔尖落在生命线的根部，"我们车到这里。"笔尖沿生命线往上走，"第一天我们走到这儿，或者这儿，看你的行速而定，过一宿。"笔尖停在掌心中央。萧美盯在他淡白的手掌上，突然把视线移开，不好意思起来。

"第二天从这里开始走，来到这。"卡皮尔的声音把萧美的眼光唤回来，重新落在他的掌心上，循笔尖走到他食指的根部。他写下"Poon Hill""这里是个大景点。"他圈起"Poon Hill""在这里过一夜，早上去看日出。"他看萧美一眼，"你的时间只够走到这里。"见她没反应，继续说："往回走你有两个选择，一，走西边下山，一个环形。二，原路返回。"

萧美默想。选择是艰难的。

"第一个选择可以多走些地方，多些看风景。"萧美问。

"这样走。你走得慢呢，每天得走六个小时以上。"卡皮尔随意地说。

萧美盯着他问。"那快呢？"

"五个小时吧。不知道你能走多快。"卡皮尔的声音弱弱的。他也怕，萧美要坚持的话，他也没办法。

萧美笑了。换了自己也会这样。走了千百万遍的路，谁不想少走些？她是认真担心自己吃不消？早上才走两个小时山路，现在腰以下的部分痛得像要断掉了。她警告自己：那可是要连着走五天啊！不开玩笑。看一眼卡皮尔，自卑：万一在半道上走不动，对他叫 Cut，说累了，走不动，等一等。多丢人？

第一次面对男人起自卑。第一次有这感觉。她不由伤感，真的老啦！想象着卡皮尔厌烦的表情。年轻女人在男人面前叫苦叫累，惹人怜爱。老女人呢，啊哈，试试看。自取其辱吧。老女人没有撒娇的权利。

"我们去办证书吧？晚了就来不及了。"见萧美拿不定主意的样子，卡皮尔望一望外面的天，像要下雨了，催促道。

他们上了一辆计程车，卡皮尔说先去照相吧。

已经是下午，旅游淡季，照相馆没什么人，不用等，一去就拍。完了卡皮尔让她在靠墙的长凳上坐下等，自己站边上，像贴身保镖。大约五分钟的样子，摄影师出来，把相片递给卡皮尔。两人又嘀咕几句，萧美听不懂，干瞪着他们。

卡皮尔转身弯下腰边把相片给萧美边说："这里是四张。办证只需用两张，两张备用。"

萧美接过来看，又看。摄影师和卡皮尔以为她为那多出来的两张相片不高兴，不停地说："很漂亮哦。你在相片里很漂亮哦。"

萧美笑着把钱付了。心想：懂不懂说人话？什么叫在相片里很漂亮？怕我不付你钱怎么着？

跟着卡皮尔回到的士上，心情沉沉的，为相片纠结：怎么那么老？怎么看起来那么老？

上路不久，天开始滴下雨点，豆大的雨点一滴一滴摔在挡风玻璃上，梆梆响。像失意人的眼泪。卡皮尔做对了一件事情，就是刚才没让的士走开。他说这里地儿偏僻，打车不方便，而且快要下雨的样子。让车等在这儿。

萧美告诉卡皮尔，选择原路返回。

六

　　星期一晚，七点，谭天在办公室，写完实验报告，准备回家，他拿起电话给萧美拨去，向她问好。问她在做什么。萧美回问他好，说在做饭，看电视。他问她做什么菜，她说煎猪排。电视里放什么。说在看"*SIMPSIONS*"。他说"有什么情况吗？"萧美说一切正常，他的房间还在那儿，就等着他搬过来。他告诉萧美这就要下班回家。萧美说怎么这么晚，都七点了。他说每天都这样，工作到晚上七点。萧美说"嗯"。

　　星期二晚上七点，谭天在办公室，写完当天的实验报告，给萧美打电话，向她问好。问她在干什么。萧美告诉他在画图。他问萧美画什么，萧美说在做一个夏天系列。他问萧美有什么情况吗，萧美说没情况，一切正常。他跟萧美说这就要回家了，赶七点二十的火车。萧美说："嗯，那你得走了。拜。"他说："再见。"

　　星期三晚上七点，谭天在办公室，写完当天的实验报告，收拾好文具，关了电脑屏幕。临离开前给萧美拨电话。向她问好，轻轻聊几句。

星期四晚上七点，谭天在离开办公室回家前给萧美打个电话问好，轻轻聊几句。

星期五晚上七点，谭天在离开办公室回家前给萧美打个电话，向她问好，轻轻聊几句。告诉她明天早上八点搬过来。

七

搬进萧美家的第二天，尽管是星期天，谭天早上七点就去了试验室。生活返回惯常的轨道，每天早上七点出门，晚七点半回到家，一周七天。只是每天的工作多了一项内容，离开实验室回家前给萧美打电话。

谭天在悉尼还没有朋友。悉尼的华人虽然多，可是他跟他们不一样。他是这样觉得的。从来到悉尼第一天，住到老险的家里，就是这感觉。"大家不在一个平台上。讲不到一块。"

他们是什么人？上一代留学生。一个个又老又没文化。看看老险，珍妮花，庄申，他们讲的那口英文，比香港人的普通话还烂。真让人不敢相信，都在这待十年八年了吧？

再看看周围那些个跟自己同时期来澳洲的，几乎都是第一代留学生的家属。妻子啊，丈夫啊，儿女父母啊，什么乱七八糟的。都是亲人团聚移民。一溜的火车卡，不事生产的拖累，来了就靠政府。一百二十个小时强制性免费英文学习都读不下来，二十六个字母念不全的角色。也有个把技术移民的。但要说出他们的专业，要笑死人的。厨师，理发师。也就是澳洲，尽缺给人做饭剃头的。他们来了只能在唐人街出卖廉价劳动力。在唐餐馆当大厨，工作七天，十二个小时一天，周薪七百，包伙食，不交税。华人开的发廊，窗玻璃上红色大字：男，单剪：五块，女，单剪：十块，剪洗吹：二十块。他们就在这些个单位工作。所谓的特种技术移民，不过如此。还有，还有些投资移民的。比起庞大的留学生和他们家属的移民群，他们算是凤毛麟角吧。这些珠江三角洲的农民，靠在女人街摆地摊，卖女人内裤胸罩赚钱起家，兜里揣个七八十万澳币，带着一个老婆两个孩子来澳洲，在唐人街卖个餐馆生意，再在唐人集中的区域买个带前后花园，占地六百平米的平房，做起地主。澳洲明文规定，花七十五万在澳洲做生意买物业，就够资格投资移民。这些人自以为有钱，牛逼得很。不过也只能在唐人街里横着走。闲来无事，去 TAB（马会）赌赌马，在澳华工会走动走动，过年时请蔡李佛在唐人街舞狮子。一出唐人街就瞎了。讲得最好的英文是"谢谢你你（Thank you 你）"。

真正来读书的也有，自费生，读硕士，两年课程，一年读完。

还有，像表哥这样的。他虽然是第一代留学生，算牛逼的，在科技大学修博士学位呢。关键是，他修的是中医博士。来悉尼读中医，讲出来都笑死人。

表哥说他"一板斧砍在树梢上"，不像他们这些人"砍在树根上"。这话他爱听。事实不就这样吗？表哥不是谦虚才这么说。即使现在，他们不还趴在树根上吗？

谭天觉得，老险让他看到了我们中国 1980 年代的精英是什么样子。"这也叫留学生？嘿嘿。"算开眼界了。

谭天对自己在悉尼留学生中的定位是：芸芸众生中，眼光所能及的范围内，还没能找得到可以跟他相提并论的。没有可比性。香港人讲话，"没得比啦。"他是拿悉尼大学世界优秀学生奖学金的博士生。"嘿嘿。"跟他们比？他想着都想笑。

他觉得自己优秀得很。尤其在悉尼的中国人中，他的优越感摁也摁不住，嗞嗞往外冒泡。

他跟他们的距离，远得很，远到没朋友。

在研究中心有个同胞，小郭。小郭是公派留学生。江西景德镇来的，也在悉尼大学修博士学位。谭天与小郭的办公桌相隔不到三米，天天见面，点头算打招呼。到目前为止，两人没真正交谈过。

对小郭，谭天有戒备。他不喜欢公派生。瞧不起他们。觉得自己靠的是实力。他们有能力，是不是实力不好说。爸爸在研究院工作一辈子。知识分子争斗起来很可怕。从小就耳闻。

站在树梢上，谭天寂寞得很。朝上望，天长云卷，往下看，地大草荣。只有遇到了萧美，他的寂寞才有了出口。每天一个电话，是长跑后呼出的一口气，必须的，有利于身心健康。

他喜欢傍晚从火车站走回家的感觉。有盼头。下了火车，天已经蒙蒙黑，走过车站的地下通道，一百米的通道，步行需要一分二十秒。碰到上面有火车驶过，头顶滚雷似的轰隆轰隆炸响，脚踩着的地也在抖。出了通道，沿街走十分钟，在拐角处远远就能望见萧美家窗口的灯光。他喜欢看见灯光的感觉。觉得自己像个男人。

"哎，我回来啦。"进门，他叫一嗓子。

八

自从搬进来第一天，被萧美请一顿晚餐后，每晚都在她那儿蹭饭，来得及的时候，就说回到家萧美饭还没做好呢，自己也赶紧贡献一个青菜什么的，反正冰箱里有什么就做什么，跟萧美的放一起，共享。

在澳洲就这点好，聚餐，搞派对什么的，客人自己带菜来。在老险家就这样。老险说的，次次算清，谁也不欠谁的。不像在中国，抢着付账单，其实付账那个心里特难受，不爽得很，心口痛得要死。被请的也不轻松，得惦记着"下次算我的"。这叫会做，不会做就没朋友。中国人做人就虚，嘴上讲一样，心里想另一样。

谭天觉着贡献一个菜也算份子，没占她便宜。吃她的不是想占便宜，是因为她的饭菜好吃。她煎的猪排好吃，做的牛扒更好吃。每晚回家，在远处望见家里的灯光，心口就暖暖的。

说不欠什么，还是觉着欠。事实是吃她的有点多。谭天想好了，要请她吃顿好的。"老吃人家的也不好。"他计划买块牛扒回家煎。搬进来第一天，萧美请吃的晚餐就是一人一块牛扒，小半杯红酒。红酒就免了，开了头，不好收尾，以后每次都得请酒。吃不消的，红酒多贵啊。

想到买牛扒，还得请教萧美。这个女人会生活。有品位。她身上那股味就跟一般人不同，不知道用的是什么香水。宝钰就没那味。

星期四有晚市，他下午五点半给萧美打电话："嘿嘿，今晚有空吗？我们一起去购物吧？"不知萧美会答应不，不好意思地笑。听到萧美说好。他高兴得恨不得马上就飞回家："好嘞，我现在回家。等我。"

九

放下电话萧美才想起自己的店也要开到九点。通常这时候会去店里帮忙。"怎么就把这茬给忘了？"

星期四的晚市和星期六，都是店里最忙的时候。一个星期就指望这两天的收入。她没犹豫，给林达拨电话，交待结算后要记得盘点，晚上有事不过去。

林达是店里的元老，二十岁就在店里帮忙。今年二十五。那么多女孩来来去去，就她留下来。萧美对她放心。

谭天说马上回来。等车乘车，回到家，估摸着最顺也得二十分钟。二十分钟，做什么都不合适。画图？图纸铺开就得收起，白费事。做饭？一会儿去购物，说不定就在外面晚餐了。

萧美拿起看了一半的小说，心情恍惚，看不进去。她讨厌等人。等人，心情焦虑，什么都干不成，时间过得又慢。她干脆戴起手套去清洁厨房。谭天那天大喊大叫说厨房脏。至于吗？有那么脏吗？还要被他埋汰，还要他帮着洗刷了一番。为这还请了他一餐晚饭。

萧美先去查看谭天清洁过的地方。那天他大张旗鼓，有声有势，她倒想看看，到底他做了些什么。这几天忙店里的活，换季特别忙。夏装要搞特价，冬装要上架。没工夫管清洁的事儿。

星期六早上八点整，他拖着个大行李箱来敲门。他电话里说八点搬来，以为不过说个大概，谁搬家有准时的？只有迟到。她放心睡觉，也不上闹钟。嗨，他倒像闹钟。还真没见这么像闹钟的人。

萧美开门，很吃惊的样子。问了是鬼妹开车送他来。把他和他的行李箱撂楼下大门口，就走了。

"要不要帮忙？"萧美问。

"不要，不要。没行李了，就剩一个牛奶箱在外面。"

拎着一个大箱子到处搬，仿佛是一个世纪以前的事。萧美看着他进去的背影，箱子上面贴着的航班标签还没撕下来。突然对他同情得不得了。

萧美顾不上没洗脸，跑下楼去搬他留下的箱子。

很久没搬家了，牛奶箱不重，只是萧美手力弱，手臂被拉得笔直，一步一登爬楼梯。箱子顶在膝盖上一步一磕，步步维艰。飘泊的感觉又熟悉又遥远。高峰时试过半年搬五次家，搬出经验来，一个星期前开始侦察，看哪家杂货店门口的牛奶箱多。多了，丢几个就不容易察觉。搬家前夜才去拿。早了不行的，堆家里感觉不好，给人看见，以为是偷牛奶箱。真的不是偷，拿来用用而已，没事要那玩意儿干吗？搬完家，找个晚上，也许风清月白，也许夜黑风高，怎样都好，四下看看，没人就偷偷把退下二线的牛奶箱往街角一放，轻手轻脚，贼一样，溜之大吉。第二天早上这些东西会自动消失。或者哪个送牛奶的顺便收走，或者碰上要搬家的，正需要它。就当完璧归赵好了。

谭天跑出来。与萧美在楼梯口遇上，谭天接过萧美手中的牛奶箱。

萧美顺口说道："真聪明，你也喜欢用牛奶箱搬家？我们以前都这样，用它装厨房用品最好不过。锅碗瓢盆笼统往里一放，也不怕砸也不怕压。"

萧美在厨房里东看西看，想起跟他交接牛奶箱的场景：两人小心着自己的手，不让碰着对方，心口有闪电闪过。找到谭天那天用剩下的淡蓝色吸水纸，还有半卷，他忘了拿回去？还是有意留在厨房公用？纸拿在手里，想了30秒，不管了，撕下一小块往冰箱门把手上擦，"试一试，看好用不。"感觉真的比一般纸好用，受力，又吸水强，抹过 JIF 后，用它一擦，把手锃亮锃亮。难怪他自豪。

萧美就没见过像谭天这么轴的人。才放下行李就拿着钱包找来，说要算账。萧美说不急的，让他放好行李，有空再说。要急也该萧美急才对，哪有追着人要付钱的？

萧美递给他预先打印好的收据。他拿着认真看了又看，看了又看，好一会儿。萧美见他若有所思的样子，赶紧说："你的收据。你搬走的时候还我，我就还你钱。房租就不要收据了吧？两个星期一交，次次都写，太麻烦。"萧美拿眼睛盯着他，不知还会提什么问题。他终于说话，"应该把'订'字改成'押'字。"

萧美释然，笑笑："不都一样？反正到时候我还你钱就是了。"

"押金和订金，意思很不一样。差别大了。应该是押金。"谭天坚持。

"OK！你赢。"萧美从他手中拿回收据，把"订"字从中间划一斜杠，在边上写个"押"字，在递回给他之前，又在划过杠的订字边上签名。心里想这下看你还有什么挑剔的？签支票也不过如此。你比银行还难搞？

谭天"嘿嘿"，笑着收起收据。

他去了厨房，在那里乒乒做响，橱柜门被他开开关关，一会儿叫"萧美"，一会儿又叫"萧美"，问题特多。萧美"哎"他，去厨房里给他指指点点，告诉面包该放哪，油瓶该搁哪。

"这里多久没洗啦？好脏啊。得洗一洗。"谭天说。

萧美瞟他一眼，"那就洗呗。"

谭天进去自己的房间，拿出一卷纸来。

萧美看着他手里的卷纸，好生奇怪，问他："吸水纸也有蓝色的？我咋从来没见过？"

他说是试验室清洁试验仪器的专用纸。"你看，"谭天用力一扯，撕下一截纸给萧美看那断口处，"不是一般的纸，里面有铁丝呢。"

"臭美。"

臭美归臭美，萧美跟纸没仇，用它擦冰箱。擦擦擦，一不做二不休，擦完外面擦内里。感觉像做运动，停不下来。突然明白了谭天那天搞清洁越做越来劲的原因，是杀不住车的。

"确实脏得很啊。还有味道。"萧美憋着气，边清理冰箱边查看库存，还有半条面包，开过的两公升装牛奶，半盒奶酪，新开瓶的花生酱，一些培根。再看看谭天的。像在窥视他的隐私，萧美有些不安，摁下。不是有意的，大家东西放一起，能绕过去不看吗？萧美拨拉一下，"真够省的。刚来的都这样。除了牛奶就是鸡蛋。除了鸡蛋就是牛奶。"再去看急冻层。很久没购物了。"今天做对的一件事就是答应谭天去购物。"要不很难原谅自己不去赚钱。

萧美平日里很少认真做饭，一般一个星期就吃一顿好的。所谓好的，萧美的注解是煲一锅汤。煲汤是来了澳洲跟香港人学的，后来又改良一下，萝卜蔬菜番茄土豆，能想到的都放一起，加猪骨头。补充营养多种维生素，足够了。其他六天吃面包快食面。总觉得吃饭很浪费时间。"如果有食物像牙膏一样，挤出来吃就好了。"偶尔这样幻想一下。

谭天来的这个星期倒是天天做饭。两个人,有伴。"难怪库存下这么快。"萧美又想到他。这谭天可逗了。小矮个儿,站灶台那儿使劲刷,刷,不停地讲话,没高出灶台多少,兴奋得像小孩,一点头,一点头,像要去亲那灶台。

"我们都这样,每搬一个新宿舍,进去的头一天就是搞清洁。一次性,一劳永逸。以后再不理。""你这也太脏了吧?萧美,多少年没洗过了?"

"什么话?"

唰,萧美把电脑椅九十度左转,看向谭天。

她在看一本英文小说。坐工作桌前。

工作桌一米一乘一米六,木制原创饭桌。萧美把它搁客厅里,不请客时用作工作桌,图它够大,画图方便。厨房里有个小饭桌。

"注意语法。"讲完,唰,电脑椅九十度右转,萧美调转头看她的小说。

空闲的时候,萧美就看小说,一方面因为喜欢,另一方面为了练英文。在专业领域里,萧美觉得自己的英文没问题,怎么说也滚打摸爬了十来年。但要想做到何丽莎那个层次,只是专业英文运用自如远不够。即使现在,跟顾客交流,有时候就觉着英文不够用。即使有"艺术家"这把尚方宝剑,花了钱的顾客也未必买账。有钱人真他妈难伺候。

"嘿嘿。"谭天讪笑。

萧美当他是道歉。继续看书。

谭天抹一遍储物架,铺上一层他带来的纸:"以后换纸就行啦。看,多省事。"他厥着屁股起劲地刷,刷,不停地讲。洗碗池壁上一圈圈油垢,他又叫起来:"萧美,你的洗碗池真脏,很脏噢,有多久没洗过啊?"

他挪开边上的碗架，大叫："萧美，你这里多久没清洁了，好脏啊！哎呀呀，你看，都是污垢啊。我看你有几年没洗过这了吧？"

萧美笑了，"嗯，是好久没搞清洁了。"

这么多年谁管她有没搞清洁。尤利不管。老外不在乎这些。况且他又不住这儿。丹丹说她：你真能凑合。

她不管。她有尚方宝剑：艺术家都乱啊。

"晚上请你吃饭。欢迎你搬进来。"

萧美觉得有必要谢他，帮着做这么多清洁。

……

电话铃声吓萧美一跳，如雷贯耳。

好像今天的电话铃特响，跟往常不一样。隔壁是警察局，方圆几个区有情况，都从这儿出车，隔三岔五就听到警车呼啸。萧美有一秒钟错觉，以为是警车出勤。

是谭天，他在公用电话亭打来，说已经下了火车，会直接去超市，让萧美去超市跟他汇合。

真会使唤人。一指功了得，指指点点，呼来唤去，给他弄得陀螺般转个不停。萧美放下电话。气不顺。跟他交锋两三个回合，次次都败给他。

她发觉自己的想象力总跟不上他。一心一意，以为他会先回家来，一起走。谁不这样？正常思路都应该这样啊。除非有病。萧美一边出门一边在心里骂他。好像这样就不会觉得自己太蠢，被人耍。

"嗯，这样省时。如果我回家，再跟你一起出来，不是浪费时间嘛。"谭天一见到萧美就这样说。

萧美知道自己额头上一定写着两个大字："愤怒"。被美丽宠坏的女人，什么都写脸上。她赶紧收起脸上的不愉快。跟他不是很熟，好像没权力发脾气的。

他讲得有道理。商场在火车站的另一边，商业区，反方向。回家再出来，有一段路走重了。

"你应该学经济。"萧美笑说。

黎巴嫩人开的"水果世界"，来买东西的都是中国人。在澳洲的中国人口增长太厉害，从1988年的四万大陆留学生到1997年的三十万中国人，留学生和他们的家属占总人口的百分之九十。黎巴嫩移民在澳洲也算大族，但在三十万大军的掩盖下，风吹草低，也难见牛羊。

"这家水果世界的西瓜最出名。他们的瓜特大，大到没法秤。他们的秤十公斤封顶，超过十公斤的瓜一律按十公斤算。"谭天推着车，萧美走在他边上，边走边说。他说他知道，住老险家时就听说这个水果店。

他们像巡警般轮遍了每个角落。最终决定去买西瓜。

"挑最大的，超过十公斤的，都一样钱了。"一个女声。

"这个好，歪瓜甜。"老男人的声音。手掌拍在西瓜上，嘭嘭响。

谭天和萧美在挑瓜，听到拍瓜，萧美想笑。不用看就知道是中国人。这拍瓜派都可以申请专利了。他们俩都抬头看讲话人。

"老险？珍妮花？"谭天叫。

"啊！是你？谭天？"一男一女异口同声。"都搬哪去啦？也不给个电话。"诧异过后，女人责怪。

谭天遇了熟人，萧美推车到别处走走，让他们聊去。

她走走看看，随意地往车里放东西，遇到什么拿什么。转了两圈，车子装满了。心想谭天也该聊够了吧，就推车回西瓜摊去找他。

咦？他不在。

萧美又转了两圈，仍不见人。她付了钱出来，站在水果世界门口等。半个小时了，仍不见人。她摸摸最上面的一个纸盒，里面是冰激凌。怕是融了？软软的。东西买得有点多，她衡量一下，一个人拎不了。只好推购物车回家。

很久没这么买东西，连上回购物是什么时候，都不记得了。商场小推车不好驾，东歪西碰，走醉步似的。

商场门口有一个小斜坡，车怎么也上不去，在原地打了好个几转，小狗追自己的尾巴似的，她尴尬得自个儿笑。

"你要拉这。这样，"有人抓住她的车前杆拉了一把，吭吱，车一子就上去了。

一看是个女同胞。萧美谢她。

女同胞那张脸旧旧的，像从来没进过美容院那种，死皮很厚。萧美喜欢看美的东西，所有，包括人。很怕看这种旧旧的，松弛的，累累的，不打点，不保养的脸。这个，一看就知道是留学生家属。

萧美感动得心一颤一颤的。平时都不正眼看她们。以为自己跟她们住在不同的星球上，天空比她们的高，广太多。

萧美回到家，见谭天在家里。

"老外缺心眼，明知道自己的秤小，还进这么大的西瓜。"

谭天切了一桌子西瓜在享用，见了萧美就说。

"你怎么自个儿回来了？我等在水果世界门口，像海报，每个人走过都看一眼。"萧美语调平平。

"嘿嘿。我找了你老半天。"谭天的眼光在萧美脸上来回扫荡，陪着小心。见她不吱声，也不看他。"以为你回家了。"试探的语气。

"怎么可能？"萧美尽量平静。还差一点点，一点点，发飙的感觉要出来了。声音被压得硬梆梆的。自己也不知道想讲什么，"不可能自己回家？"还是，"你怎么可能这样想？"

"吃西瓜，吃西瓜。"谭天和声悦色。

萧美收起脸色，大家好像不太熟，生不着他的气。她一再跟自己强调，坐在客厅的沙发上，与厨房里的谭天，构成三角形的斜边。小饭桌上的半只西瓜正挡在谭天的脸上。萧美看到他的头顶。他头发茂盛，乌黑黑一丛，点一下点一下，显然是在啃西瓜，嘶溜嘶溜的声音。桌角上瓜皮堆出小山，瓜白上面是一厘米厚的红瓤。

"老外很忌讳吃东西嚼出声音。"

萧美已经忍了他很久，在鬼妹家里，第一次跟他一起吃饭，就领教过他的吃相。今天终于说话，是一下子讲出来的。要有一秒钟的犹豫，可能就不讲了。

"那要看以谁的情绪为主啦。"谭天轻松地说。

"啊？"萧美不明白他在讲什么。

"假设在宴会上是以中国人的情绪为主，吃东西弄出声音就不是个问题。我们中国人就是这样吃东西的嘛。"

萧美险些晕倒。

十

才踏进办证处，天就哗哗下起雨来。

拿到登山证，他们站在办证处的门口，看着外面的雨帘，卡皮尔说："现在的士也躲雨去了。不如我们去喝杯茶？我请你。"

刚才下了的士，卡皮尔便把车打发走。他说不知要等多久，不让等了，浪费钱。

卡皮尔的哥哥在办证处工作。进到里面萧美才知道。他们一帮男人跟萧美说说笑笑（工作人员全是男的），卡皮尔帮着把表填了，在几个窗口之间走来走去，盖几个戳子，事就办成了。

这雨下得昏天黑地的，街面上一辆动着的车都没有。萧美也没有理由说"不"，就跟着他到隔壁的茶庄去。说是茶庄，其实就是摆着两张大桌子的大排档。这时候里面已经挤满了躲雨的人。卡皮尔领着萧美往里挤，到了尽里，在其中一张大桌子那找到一个座位，让萧美坐下，自己转身走掉。

里面反而不像门口那么挤，不过也坐满了人。萧美看看四周，都是本地人，干瘪黑瘦像过了期的牛肉干。来尼泊尔这些天，第一次这么近距离、面对面地跟他们坐一起。不知为什么突然起了种不祥的感觉。也许是因为收到太多的警告？听过太多的传说？或许，仅仅因为他们的长相？以貌取人？她想起临来尼泊尔前，丹丹从香港打长途电话来，特意嘱咐："不要吃陌生人给的东西，包括水。知道不？在外面，渴了就买瓶装水喝。只吃酒店的餐饮。他们会蛊术。知道不？据统计，尼泊尔平均每天有七个女人失踪。知道不？"不觉毛骨悚然。

卡皮尔也不知哪去了。把她扔在野人堆里。她不怕死，就是不想死在这里。死在这些人的手里。不值。

"你好。"坐对面的一位老太太，亚洲面孔，用普通话跟萧美打招呼，口音很重。萧美能辨出香港口音，马来口音，日本口音，西方口音。她辨不出这老太太的口音。看她的样子，像印第安人，也像西藏人。就是那种大扁平黄脸，矮山根，高颧骨，大鼻头。旅游指南说，这里，喜马拉雅山的西南麓，汇集着各样人种，白人，黄人和印度人。

"我是西藏人，在外面摆摊卖这个。"她好像会读心，举起手中的串珠对萧美说。

近年中国大陆的游客多，小商贩们都学几句中文兜客。早上在湖边，也有人用这种不伦不类的普通话向她推销。

"下雨了，进来躲雨。"她断断续续，坚持把话讲完整。

萧美明白她的意思，就是说自己也是进来躲雨的。（她想跟她唠嗑。为什么？）

萧美对她笑笑，心里害怕得紧。想必笑得也不好，是那种？皮笑肉不笑那种？

旅游指南说，在尼泊尔旅行，千万别招那儿的西藏人。加德满都有一个西藏区，住那儿的西藏人，尤其老女人。她们会让你的钱包长翅膀，自个儿飞掉。

萧美处在孤军防御的状态，机警得像只刺猬。不想理她，又不敢不，怕把她惹怒了，当下就被宰掉。

萧美小心地问："你在这里很久了？"

"我很小就来到这里。"老太太头往后仰，笑道。脸更扁了。

牛肉干们盯着萧美看，眼睛大而深邃。

"真蠢，怎么就跟他来这里？"萧美在心里嘀咕，后悔得什么似的，就差没自抽耳光。百密一疏啊，什么都想到了，就没想到他会来这招。"他去哪了呢？"她突然烦躁起来，心里骂他，到底干吗去了？把我搁这，什么企图？

"只要不跟他们对视就不会被催眠。"Chris Muir 这样说。Chris Muir，一位很帅的作家。萧美在他的新书发布会上认识的。他在非洲待了二十多年。积累了足够多应付危险的经验。萧美问他怎么才能做到不被土著催眠。因为他很帅，萧美想，他应该最有机会被催眠的。没想到他的答案会有一天被用上。萧美避开牛肉干们的眼光，心想，只要不跟他们对视。就是安全的。双手交叉胸前抱住双肩。能做的只有这样。不跟他们对视，不惹怒他们。

"怎么办？"她突然打了个激灵，手臂上起了一层鸡皮疙瘩。一半因为害怕，一半因为下雨天，冷。

早上去登山带了风衣，捂了一身汗。现在把风衣留酒店里，又冷，真够倒霉的。这人呐，倒霉起来，喝凉水都塞牙，做什么都是错的。"做什么都是错的。跟自己的人生一样。唉，错得最厉害的还是现在，不该跟卡皮尔来这茶庄。"

萧美眼神恍惚，漫游到厨房里，看见卡皮尔在那与同伙密谋，商讨怎样给她下蛊术。他要让她迷恋上他。对，就是让她迷恋上他，跟他到家里去。然后把所有的财产都给了他，然后，像卫斯理的电影，得怪病死去，肚子裂开，里面的虫子层层叠叠，层层叠叠往外涌……她爱上他并带他回澳洲……他吞占了她的财产……她染怪病……死去……前不久一段网络新闻：一位澳洲离婚富婆去一个太平洋岛国旅游，结识了现任男友。她回澳洲卖掉房产，带着几十万澳币回到岛国去与男友共同生活。之后与家人失联。半年后，她的家人去岛国寻找她，带回一把骨头……当他们找到她，已经是遗体，皮包骨，身无分文，活活饿死。

萧美起了一身鸡皮疙瘩，一道寒气哧溜从脊梁骨穿过。醒过神来，仿佛做了一次穿越。

消失了一个世纪那么久的卡皮尔终于出现。他手里端着两杯红茶，笑嘻嘻的，露出雪白的牙齿，像一轮新月挂在脸上，站在萧美面前。萧美赶紧往另一边挪挪，给他腾位置。

"你的。"他把一杯红茶给萧美，另一杯放桌上，同时在那坐下。暖暖的眼光看着萧美笑，得意的样子。

"谢谢你。"萧美淡淡的语气，没有他期待的热情。

他说，"这是我们这里的茶。很香的。嗯，试一试？"谦卑的笑容，看着萧美。

"太烫了，我要等一等。"萧美摸一下玻璃杯壁说，也不看他。也不看谁。

她心里犯愁，愁得厉害。这茶，是不能喝的。可又怎能不喝？激怒他，恐怕结局更坏。更坏的结局是什么？死吗？有比死更坏的吗？

"拖延时间。"她能想到的唯一的办法。"拖延时间，找机会不动声色地这杯茶免掉。"

卡皮尔噘起嘴唇"嘶——"，吸一小口，茶冒着白烟，进了他的口，他的口冒白烟。很夸张，他的样子像吞云吐雾，"啊——"，他舒一口气，"真暖和。"笑眼看萧美。（这算是在诱惑吗？）见她还不行动，说："嗯，你喝呀？这是我们这里最好的茶。很香的。试一试，嗯？"笑意漾在眼里，让人很难说"不"。"是强迫吗？"她回看他。他好像跟在酒店时不一样了，讲话语气多了一份自信。对，现在她是鱼肉，他是刀俎。在他自己的一亩三分地里，他不再需要曲躬卑膝。

"这下死定了。"萧美想。

西藏老太太突然插进来，她用只有他们俩懂的话讲，在萧美，那是一长串，没断句的咒语，滚珠似的。卡皮尔听了她的话，马上从凳子上站了起来，走开去。

见萧美茫然的样子，老太太说（这次讲中文，断断续续码砖似的，加上手势比划）："我让卡皮尔去拿个空杯子来，把茶摊开两杯。这样会凉得快些。"

讲话间，卡皮尔已经拿来一只空杯子。笑嘻嘻（他什么时候都这样，笑嘻嘻的），骗子都这样，表面很阳光，单纯而美好。骗子都这样。萧美越看他越觉得像，几乎不存悬念了。他也不征得萧美同意，拿起萧美的茶就往空杯子里倒，来回两次，再摊开两个半杯。

萧美盯牢他的动作。看他，是因为无别处可看。对面除了老太太就是牛肉干们。身后左右都是。牛肉干们的样子像炭笔素描，黑呼呼潦草的几笔。真怕看多了会得忧郁症。奇怪，进来躲雨的尽是些男人。"女人呢？她们不出门吗？"

"目前至关要紧的就是不动声色，把这杯混蛋茶给去掉！"萧美感觉危险在逼近。身后的牛肉干们不断往她身上靠，渐进似的，越站越近。如芒在背。不需要用眼睛，也能看见，那些眼珠子，混浊干渴，深陷进眼眶里，像黑洞里长出的钉子，牢牢盯在她后脖子上。

"一截脖子也有那么好看吗？Fuck。"她烦得不行，又恶心又鄙视，像踩到鸡屎。事不是大事，就是觉得龌龊。

她的中性T恤领子宽大，露出锁骨。早上出门之前，犹豫是黑色胸罩，没想到，惹祸的是领子。她都想笑了，"我要是穿吊带，你们的眼珠子不都得掉出来？愚昧！"

"我们可以喝很烫的水！很烫的！"卡皮尔说着又喝一口茶，又对萧美笑。他的笑容可以融化冰雪。"你可以学我这样子——嘘，"他噘起的嘴唇像鸡屁股，又吸一口茶。他的茶已经下半了。

相比牛肉干们猥琐的眼光，萧美更怕卡皮尔的茶。"刻不容缓，目前至关要紧……免掉这杯茶。牛肉干们是小数点后的第三位数，可以忽略不计。"

"嘘——嘘——"萧美学他的样子，很努力很大声地"嘘"之后，很装地吸了一小口。他都喝半杯了，她觉得一点都不喝也讲不过去的。茶其实已经凉了，她装着不胜其烫的样子。"但愿一小口不会有问题！"萧美暗暗祈祷。抬眼看见外面的雨小多了，赶紧说："我们走吧？我还要去买一支登山拐，就是那种，"怕他不信，用手比划，"好多人背包上都挂着的那种。"同时站起来向门口走去。

卡皮尔连张口的机会都没有，也站起来跟在她后面走。走出几步回头，去看萧美只喝了一小口的茶，欲言又止。

萧美眼睛的余光看到他的表情，加快步伐往前走去。"别讲话。千万别讲话。"她暗忖。

在茶庄门口，萧美与卡皮尔告别。

十一

在水果世界巧遇老险夫妇，谭天初到悉尼的那段记忆被激活了。虽然只有三个月，但当谭天想起的时候，仿佛想起遥远的过去。也许生活中发生了太多事。也许下意识里就想忘记。那种生活，那些人，存在历史里都算污点。珍妮花怪他不给留电话。从他们家出来，压根就没想过要跟他们再联系。要不是表哥，连住他们家的可能性都没有。

那天，表哥在悉尼国际机场接到他后，直接就去老险家。留学生活的第一天，他收到的第一个礼物就是，表哥连家门都不让进。且不说这是在异国他乡，就凭他乘十个小时的飞机，横跨太平洋，行程万里，表哥也该行地主之谊，请他回家吃顿饭什么的。不说是表哥，就是同学朋友都会这么做的。

在车上，谭天心情一直沉重着。感觉真不好。也不带去认个门？怕我哪天混倒霉了上门借钱吗？妈妈要知道这事，该有多失望？她那么巴结姑妈，不就想着表哥，好有个依靠吗？不就有这个意思吗？

其实他自己就失望透了。飞机上还打了腹稿，准备在表哥家做饭桌谢辞。好好谢表哥一番。听姑妈说，表嫂是汕头人，也是留学生。家里忒有钱。表嫂长什么模样？应该很漂亮吧。姑妈姑丈每讲到她，那自豪劲，好像是表哥中状元似的。他期待一睹她的芳泽。现在流行找个有钱人做媳妇。少奋斗二十年。

不过还好，他调整好心态，享受路边的风景。

表哥的车在路上狂奔。

表哥不讲话，他也不吱声。跟表哥不熟。

车狂奔了十来分钟。表哥开始讲话了。他说房子找得急，"你不一定喜欢。先住下再说。不理想再换。"

谭天不吱声，觉他在打发自己。

"怎么不早些通知我？元旦前夕接到妈妈的电话，说你一个礼拜后要来，让我给帮忙租房子。把我给急的。这大年晚的，让我上哪给你弄房子去？"

表哥眼睛盯在前方。路上没什么车。他像整只脚踩进油箱里，车轮子飞快地转，风嗖嗖在耳边刮。

"嘿嘿。"谭天尴尬地笑。他想说对不起啊给你添麻烦啊一类的客气话。不知怎么，话在喉咙里就是说不出口。他心里有怒气，不就是求帮忙租个房子吗？帮个忙都这么勉强。什么鸟人啊。

"要找到理想的房子，一个星期是不够的。"

谭天的脸色很难看了。

"我原来跟朋友约好去歌剧院看烟花的。今年的烟花特别好看。悉尼刚跟广州结盟，做兄弟城市，烟花全由广州赞助。我们对外国友人总是很大方的。官方数字，今年的烟花花了六十万。"

他看不到谭天的反应，注意力在前方。加速，变道，超车，变回原车道。他边讲话边做这些动作。

"放下电话就去翻报纸，找广告，给你看房子。这大过年的，估计也就我一个人做这种事了。还好，还有人接我的生意。"

谭天的情绪像烧开的水，息火之后，慢慢平息下来。他静静地，貌似在听表哥表功，其实在参禅，想车子的轮子。想它们转动的速度。理论上，极速就是静止。表哥的这辆四轮启动越野车，除了油表、速度表和各种表之外，还多了一个表，指南针。谭天往指南针上瞄一眼。车在往西奔。

"打了几个电话，只有这家同意我去看房子。"

有车要变道，插进表哥的车道，表哥减速让它进来。

"路上就只我一辆车。反方向，进城的车排长队，塞成了停车场，都不带动的。人家都是进城去看烟花，就我往城外跑。"

表哥暂停讲话。他好像在找路。

风嗖嗖在耳边响。澳洲的天气真好，天高云淡。

谭天想，妈妈真不该找表哥，这人情欠得大了去了。租房子，学校可以帮忙，提供服务的。中国人的思维方式，能找人帮忙，就绝不肯直接把事给办了。为找不找表哥这件事谭天跟妈妈闹过。没坚持住，原因有两，一，咨询了悉尼大学的学生部，学校帮找的房子特贵。爸妈都是拿工资的人，不忍心乱花他们的钱。二，自己十七岁离家去上学。从来没让父母操过什么心。现在，妈妈终于得住一个操心的机会，就让着她吧。以后她就更操不着心了。

没拿到签证，妈妈也不敢找人，怕出不成，被人笑话。这事情发生过。申请去港大读研的时候就这样。那事给闹得，不堪回首，不堪回首啊。等到签证下来，离开学也只有一个星期了。表哥说赶。他妈的谁愿意赶啊？这不因为赶，机票都花了七千块港币吗。

给表哥打那个电话，自己就在边上。姑妈家里有电话，她说那电话不能打国际长途，得到邮局去。说给谁听呢？儿子在国外，她真能不在家里打国际长话？次次都去邮局？真这么廉，儿子就不可能自费出国了。陪妈妈带姑妈去邮电局。妈妈非要叫计程车，说什么也不让姑妈骑单车去。计程车费花掉二十七块，海外长话费一百五十块。小两百块，妈妈半个月的工资。

那阵子妈妈花了不少钱，天天进出百货商店，买行李箱，买内衣裤，买常备药，买电饭锅。自己也扎实做了一个礼拜妈妈的好儿子，天天陪妈妈购物。

如果看到表哥这般嘴脸，妈妈会不会后悔所托非人？

"我进去的时候，他们在派对，一屋子都是人，乱哄哄的。"

表哥确认没走错路，又接着说（谭天差些没吼出来，住口吧，你！）

"人太杂，房子又旧，一看这情况，我想算了，再找吧。都回到车上了，想到你马上就要到了，时间这么紧，又是圣诞期间，没多少房子放租。可选择的余地实在有限。我又折回去。"

"最多损失点订金，起码你是安全的。"

"我们刚来那会，有人睡公园，不骗你。"

"说白了，不就怕我住你家吗？"谭天心想。

"老险这人不错，北京人。他让我给交一百块钱做订金。"

表哥沉默。谭天沉默。

车子变道，下高速。车速减到时速六十。

"住宅区的车速也这么快。"谭天看着周围多了起来的房子，说。

路也窄了许多。双车道。这地方？房子这么矮，这么旧。像乡下。谭天的心沉下去，沉下去。"等下了车我把订金还你。东西都在包包里，现在不好找。"谭天对表哥说。

表哥边开车边找路。

“房租多少钱一周？”谭天问。

表哥表情夸张，惊讶道：“你也知道我们按周算啊？一般刚从国内来的都会问多少钱一个月。”

谭天笑笑，不做声。

“五十，包水电。”表哥说。

“还好。比学校的便宜多了。都跟些什么人住啊？”

“不清楚。房东夫妇也是留学生。看起来人不错。”

“哦！”谭天再不吱声。

静了一会儿，表哥又说话：“跟中国人住好。同根同族，知根知底。住下你就知道了，不同文化，住一起很累。”

十二

来到萧美这，谭天已经很少去碰那个纸箱了。在老险家，每晚都要。

纸箱是在老险家捡到的。从老险家带到鬼妹家。从鬼妹家带到萧美家。

那天去到老险的家，表哥算任务完成了，放下谭天就要走。走之前，跟房东老险办交接手续，拿回属于他自己的一百块订金。

表哥跟老险的对话，谭天到如今还记忆犹新。老险的声音："年轻啊！下一代？"表哥的声音："可不。比我们幸运。一板斧砍在树梢上。来读博士，在悉尼大学。哪像我们。"

谭天在房间里收拾行李，房子隔音差，外面有动静里面听得一清二楚。后来他要搬走也跟这有关。太闹。

谭天的房间朝北，光线不好，大白天也要开灯。家具残旧。尤其在橘黄的灯光下，椅子桌子柜子，看上去脏兮兮的样子。同一个物件，颜色还不一样。例如，椅子的四个脚不同颜色。又例如，柜子的门，一块土红一块褚。也许，这就是传说中捡来的家具吧。他在黑房子里落寞地做着家务（习惯动作，每搬一个新地方，都要来个大扫除），听到表哥那句刻骨铭心的话，觉得整个房间霎时亮堂起来。表哥说他什么来着？说他"一板斧砍在树梢上"。

自从在机场见到表哥到现在，就这一句他爱听的话。一句话就够了。足够对冲所有的废话，包括表哥一路上的叨叨。"原来表哥对自己的评价挺高的。"刹时间对表哥好感起来，对他的评价，曲线从坐标零下上升到零上，正面了。

就在他心情好的时候，一件令他脑洞大开的事情发生了。衣柜角落里，他发现了一个大纸箱。箱子的规格标示：44cm×30cm×25cm。他试着去打开它，发现原来已经被打开过，虚掩着。掀开往里看，心几乎要从口中跳出来掉地上。哇塞！竟然是一箱避孕套。

长这么大，第一次见这么多避孕套，其实也是第一次见到实体避孕套这玩意。第一次零距离与它相对。从来没用过啊。要不是盒子上的英文，还真不知道它是什么。英文向来是自己的弱项，语文也不好，但没英文弱智。"避孕套"和"处女"两个单词却记得贼牢，牢不可忘，读高中时就学会的。

"哇塞，几乎还是满箱！"他轻轻扒拉一下，像第一次看A片，又激动又好奇。从里面拿出一盒来，打开，抽出一串小包包。他认真撕下一包，从锯齿边上撕开一个口子，掏出一团透明软滑的玩意。他学习着，第一次用，小心地在食指和中指上滚开。像老外骂人——他看着竖起中指：这就是传说中的避孕套？

他还发现箱底下压着的一本书。刚才过于关注纸箱，没看到书，他退出手指，拿起书看：《藏密瑜珈奥秘》。"不会是什么的功夫秘诀吧？跟这避孕套有关？练绝世性技巧？"谭天幻觉进了金庸的武侠世界。看过几部港片，不过大部分是A片。叶玉卿之类。金庸的武侠片，一两部吧。很脑残的东西，没兴趣。印象里，故事总跟一本前朝失传的功夫秘诀有关。那本秘诀跟这书差不多模样，薄薄的，拿在手里软塌塌的，装订简陋，封面封底深蓝？深绿？谭天盯着看，看久了，几近黑色。白色字，行草。除了专业书，他什么书都不看。对这种装神弄鬼的书更不感兴趣。惦记着那个箱子，随手翻了翻就搁边上。

晚上，躺床上又撕开一个小包包，有了白天的练习，熟练多了，直接让它归位，戴在它该戴的地方。

十三

谭天心里兜着避孕套的秘密，想找庄申打听一下。房东和房客是天然的敌对关系。求助，自然第一时间想到盟军，老险家的另一房客，庄申。

庄申的房间在东边，在老险夫妇隔壁。

老险家房子坐北朝南。客厅，饭厅和厨房在西面。老房子讲究自然光照。早上，太阳照在他们的睡房，下午，西斜的光线照在客厅和厨房里。房子几乎全天后日光浴，唯独谭天的房间阴暗，窗口对着后花园。不见天日。24/7 都要开灯。他怀疑是杂物房改卧室。没良心的房东。

庄申住这儿有小半年了。见过他一面。北京人。大黑个子，铁柱子一样，看样子有一米九零以上。能跟迈克·佐敦做兄弟。庄申是他英文名（Johnson）的谐音。老险这么叫他（老险能把英文讲成中文。例如 Newtown，到了老险那儿就变成牛唐。）别人也都跟着叫他庄申。没人知道他的中文名字，没准老险知道。他们俩亲得像亲兄弟。

"庄申这鸟人好像有很多秘密。神秘分分的。他一定知道住我房间的前任。"谭天更加坚定自己的想法,相信庄申能给他答案。就是苦于找不到跟庄申单独聊天的机会。庄申做工地,一个星期干六天。早出晚归。每天回家比谭天还晚。到家又忙叨叨赶着做饭,吃饭,洗澡,睡觉。他九点就上床了。能跟他闲聊上几句,只有在星期天下午。

星期天下午,铁定的家庭聚会时间。人齐了有老险,珍妮花和达青。达青不住这儿,但每会必到。反正谭天住这儿的日子,没见他缺席过。

谭天敢把秘密告诉庄申,因为喜欢他的为人。听过他跟别人聊天,感觉这人直,什么都敢讲,最重要有侠气。就这一点就够了。值得知道这个秘密。

第一次见他是住进来的第二天。那是个星期天。自己在房间里看书,突然听外面有人大声喧哗,把门关起来也无济于事。不知是老房子隔音差,还是他声音的穿透力强? 耳膜被震得哐哐响。既然看不下书了,干脆合起书出去跟他们玩。

就这样,谭天见到了庄申。他去到客厅的时候,庄申正在讲话,声音比用了扩音器还大,锥子一样从耳朵里进去,在心里回响,几乎以为是见到了铁人王进喜(想象中的铁人就长这模样)。

"又不懂英文,又是第一次赤裸见女人,还是个洋妞。白花了我工头那些银子。什么也没干……"

"哈哈哈……"

珍妮花笑得不像话,眼泪都出来了。

"洋妓忒贵。白花花的大洋哎。临了洋妓说我:'你最好去看一下医生。'"

"哈哈哈……"

笑的不只是珍妮花,老险本来在静静地听,脸上挂着轻轻的笑意,这下也张开嘴大笑。还有达青，一直窝在单人沙发里翻报纸，也哈哈大笑。

谭天就一直站门口，没人招呼他，他也找不到自己的位置。一个长沙发，两个短沙发，都被他们霸占了。听了一会，终于弄明白庄申正在讲他头一次找妓女的糗事。详情是：他在工地干了一个月，工头看他干活不省力，一高兴，就决定在星期五晚上请他去开洋荤。先去吃饭，完了去妓院。公司的奖罚制度，干得好的工头和高级技工可以享受一个月一次的妓院消费。工头把自己的指标让给他。

"洋妓得了便宜还卖乖。"在厨房里弄饭的珍妮花哈哈了很久，收不住的笑，笑得不成人样。她边喘边说。

他也不忌讳别人知道这种事？谭天决定喜欢庄申。最起码他真。

"老外可不这样想。人家看你这样子，不是有病吗。"老脸正色，瞟珍妮花一眼。

"老外都是烂 B。"庄申宣判犯人有罪的口吻。

"那中国鸡呢？"达青问。

"烂 B。给老外搞的。"庄申加强宣判语气。

"看，这儿有个广告，我念给你们听：正宗五星。新到 18~28 岁漂亮女，每天多位供应，设出钟。电话 02 33338888 。主谓语都不全，什么'正宗五星'？应该是'五星级'吧？连广告钱都省，好极都有限。"达青边读边笑话。

"正宗五星。就是五颗星的标准。"庄申纠正道。

"Luluiets 韩国正宗酮体按摩。全新六星级成人服务。绝对让你舒畅无比，帝皇享受。"哎，这个还算通顺。达青继续，不理庄申的插话。这个有意思，你们给我听好喽："靓女多。新到亚洲佳丽，美丽，性感，党员服务。"

"党员服务？什么叫党员服务？啊！哈哈！哈哈！"珍妮花响亮地笑起来。

电视机的音量被调高过百分八十。大家讲话靠吼。

第一个回合就这么结束了。在众人淫乐的笑声中，谭天黯然离去，回到自己的房间里。他插不进话。在他们中间，他没位置。但庄申在他心里有地位了。

第二次见庄申是第二个礼拜天。早上五点多，谭天被吵醒（他通常被鸟吵醒），往窗口探头，见庄申在后花园里跑步。六点多，起床的时候，见庄申还在那儿，在打太极。谭天不由自主，站窗口看他打。见他打完拳，突然腾空而起，双手吊在树枝上，双脚在空气中一步一蹬，像在走路。谭天知道这有个名字，叫"空走"。不知在哪部武侠片里看过。

第三次见庄申，是当天中午十一点左右。

他不知道庄申这时候已经在各大肉店和菜市场转完一圈圆满购物回来。见庄申在炖一大锅牛腩。走过去跟他打招呼。发现洗衣房里，洗衣机在搅动，轰轰做响。这些人真不怕吵。转身去把洗衣房门关上。

庄申以为他要洗衣服，说："你也要洗衣服呐？还有一机，好了我告诉你。"

"你起得真早。"他说。

"习惯了。早上五点要起床去上班。星期天不上班，生物钟到点就醒，在床上最多能熬到五点半，也待不住了，干脆起床去跑步。"

"哦！"他随口应着，在单人沙发上坐下，顺手拿起地上的报纸，"你的？"

"嘻，免费报纸。刚才在肉店门口拿的。爱看您拿去看。"庄申打开冰箱，从里面拿出一瓶 VB，向谭天举一举。"来一罐？"

"你喜欢 VB？"谭天接住庄申抛过来的啤酒，问。纸箱折腾着他，像怀了个天大的秘密，心不在焉。家里只有庄申一个人。现在是个机会。

喜欢 VB？这把庄申给问着了。除了 VB，在澳洲他就没喝过别的啤酒。

当初在达尔文，华裔律师来难民营看他，请他喝澳洲啤酒。十二月的太阳照在南回归线上。热浪子弹似的射过薄薄的帐篷，人像烧烤炉里的牛扒，嗓子里直冒白烟。他离开中国三个月，头一回喝到啤酒。一口气灌下三瓶。律师问"跟中国啤酒比，如何？"喝得太快，没来得及品，酒直接就到肚子里去。不过从此记住了 VB。

庄申斜叉开大长腿半躺沙发上。沙发垫子太旧，他屁股几乎坐在弹簧上。不过这也不妨碍他幸福。现在是他一个星期中最好的时光。早上已经去买回下一个星期的蔬菜水果和肉。还扛回一箱二十四罐装啤酒。锅里炖着牛腩，满屋子八角味。脏衣服在洗衣机里滚着。滚筒声隐隐约约，告诉他正在为他工作着。

一切都在掌控之中。

庄申嘿嘿一笑，算回答。

电视机里放着录像。街头转角处有一家录像店，留学生开的，叫毛毛录像店。大陆最新最火的电影电视连续剧那里都有。不知道他们怎么弄到的。庄申花二十块钱在那开了个户口。一次租一套，看完回去换。英文电视看不懂，唯一的娱乐就是在这星期天的下午看带子。

庄申喝着啤酒看录像。他嫌电视太响，因为谭天讲话的声音太轻，听起来吃力。走过去把音量调低些。谭天的视线跟着他的身影走，这才注意到电视里放着抗战剧，正是苏联红军进入东北的镜头，大批坦克列队前进。

"苏联红军，牛！"庄申见谭天也看电视，向他举一下手中的 VB 说。平常这个时候会有老险，珍妮花和达青与他共享这幸福时光。老险说这叫："你拽来福（enjoy life）。"今天他们去逛农贸市场。会晚些来。星期天，农贸市场中午以后大减价。他们掐准时间等待大甩卖那一刻到。集市最后一天，最后一刻，卖不掉的蔬果菜，小贩们干脆白送，免得拖回家。结果还是扔掉。

他们逛市场的周期是三星期一次。庄申不跟他们去，嫌太耗时间。家里的活没法弄。他们买回来的，他想要就拿，反正有富余，葡萄苹果论箱买，到最后吃不完还是烂掉。

庄申早上七点就候在肉店门口。星期天，所有的店铺九点才开门。没关系，他就耗着。在家里也是等。他蹲地上看免费报纸。四份报纸，房地产报，汽车报，生活报，还有一份宗教团伙办的报（他从来不看那报）。汽车报是他的最爱，浏览完带回家，晚上睡觉前再翻翻。房地产报和生活报带回去给老险。老险不舍得花钱买报纸。他们主要是看新闻和广告。通下水道，厕所，房顶，等排水管，修冰箱洗衣机煤气炉，都在这报纸上广告。它比黄页上的收费便宜多了。相差不是十块八块钱，运气好的话可以省一半。还有马经，还有黄色小说，还有妓院广告。庄申抽出明星版扔到附近的垃圾箱里。没用的扔掉，拿着嫌重。明星泡妞偷人便秘都拿出来讲，傻逼才看那东西。

庄申回到他原来的位置上。坐下去时弹簧噫噎呻吟出来。弹簧也痛。

谭天切入正题，告诉庄申捡到保险套的事。

庄申说可能是莲花无上师留下的。之前他就住那房间。"他当过妓院看门。可能是在那儿顺的。"

"莲花无上师？"谭天重复，左眼珠子往眼内角藏，想到那本软塌塌的书，什么藏密瑜伽啊的，"听着像出家人的名字。"

"我没见过他。老险说这人在五台山待过一年。是含光第十代弟子。

在金阁寺受第四级灌顶。修到大手印级。在悉尼留学生圈子里很是个
人物。又是作家又是神棍又是功夫高手。"

"他为什么搬走？"

"好像得罪了什么人。被人追杀，就躲了起来。"

庄申又去拿啤酒。他拿出一瓶向谭天晃一晃，用眼神问："来一
罐？"

"好嘞。来一罐。"谭天惦记着莲花无上师，被他吊起了胃口，想想。

庄申火速抛给他。

"这么严重？惹了什么人？"

"传说他已经死了。"

"死了？"谭天打个激冷，脊梁骨嗖的闪过一梭寒意。

"嘻！老险就让我这么说，对问起他的人都这么说。"

"什么意思？"

"你就甭问了，知道得越多越危险。"

知道得越多越危险？真够乱的，什么地方啊？"嘿嘿，他弄那么
多保险套干吗？一辈子也用不完啊。"

"老险说他还从妓院顺回浴巾毛巾一大车呢。你看，门槛那儿的
脚垫就是他顺回的浴巾。"

"哦，他很牛吗？"

"牛个屁。就他妈一傻逼。我们北京的混混。混饭吃的江湖骗子。
神棍。一派胡言。妖言惑众。你看看这名字，无上师！真的修行人哪
个敢说自己无上师？"

第四次见庄申？没第四次。以后的星期天他都到科技园去做试验。
再后来就搬走了。跟庄申这次谈话之后，他决定搬走。

十四

告别了卡皮尔，萧美一下子轻松了起来。

雨也停了。街上的人也多了。出租车也出现了。萧美不想叫出租。她要去买登山拐，是真的，没骗他。她没撒谎，不屑。

她贴着街边的店铺走，尽量走在屋檐下。雨停了，空气中还飘着些雨毛。离马路远些有好处。大雨初停，街面到处都是积水。下水道排不及，路边一洼洼的水，汽车驶过，轮子压出扇面一样的水花，不留神就会被溅一身。

被这些脏水溅到，说不定会有传染病，说不定会得什么怪病。生病了会怎样？很难想象。这里没医院。听丹丹说的。她说她的一个朋友来尼泊尔朝圣见活佛，病了，要后来乘专机回香港看医生，因为尼泊尔没有医院。萧美不大信这话。偌大个尼泊尔，没医院？鬼才信。

萧美苦笑。觉得自己越来越像丹丹了。越来越怕死，越来越胆小。来尼泊尔前，竟然去咨询保险公司，保险含不含飞机专送。保险公司说，要那个层次的保险，要多交保金。多很多。萧美最终没升保，觉得不值。

多交那么多钱，出事几率又这么小，跟飞机掉下来差不多。萧美对空难的态度是，如果运气这么好，碰巧坐在要掉下来的飞机上，就认了。也许是个好结局。总比得癌症强。

她一路找登山拐。"登山拐？""登山拐？"进了店铺就问，加上身体语言，比划比划，大家都讲英文，英文跟英文差别还真大。几乎是各有各讲。差不多走到下榻的酒店了，才在一家登山用品专卖店里找到。这家货比较全。就登山拐也有好几种颜色。有得挑。前面也有几家小店也卖这玩意，不过店小，感觉他们的东西有些得过且过。

萧美也不清楚自己在挑什么。登山拐就登山拐呗，有什么可挑的？无非颜色，红色，蓝色，红白色，红蓝色，红黑色，蓝白色，蓝黑色。哪个店的不都一样？又不存在保鲜问题。其实萧美就是要看着顺眼的。用算命的话说，就是合眼缘的。

过去的萧美可不这样。买洗衣机，货送来了才知道它长什么样。现在流行的网购，是萧美玩剩的。那会儿"网购"还是科幻（谭天的科幻。他说要有了宽带，网络就像高速公路，高速，不堵车。不像现在，都后悔了它还在转。那时候，电子通信用途可就多了。例如，你只要摁一下回车键，可乐就会送上门。）萧美这是电话购。她一个电话过去，选品牌，型号，体积大小，可承受公斤数，信用卡付款，搞定。去买车，看一辆就成交。丹丹说她，你要是挑男朋友像买东西那样，该多好，省心多了。萧美说，那，五四运动不白忙乎啦？

她知道这样很无聊。人总要找些事情做，好让自己忙着。以前忙，忙恋爱，忙拍拖。现在没有恋爱谈，只能忙无聊。

那时候大家都说她天生的公主，自带贵族气。她买东西，小手一挥就成交。她自嘲，如果那样买东西叫贵族，那么现在这个样子算什么？落魄的贵族吧？谁也没见过落魄的贵族长什么样，大概就这样，沿街挨个店挑一根合眼缘的登山拐？

无端想起东明儿的两句诗：夕阳下，你掀起我的草帽，看我旧时的模样？

店老板站在收银机前，斜支着一条腿，在跟一壮汉聊天，见萧美进来，赶忙过来招呼，把登山拐组装起来，拆开，再组装，再拆开，一根一根演示给她看。很耐心，海人不倦。"跟朋友来登山哪？"大叔问。"没有，我自己一个人来。"萧美说。他向萧美伸出大拇指："你好厉害啊。（you are very good. ）"

萧美付了钱要走，大叔临别赠言："小心啊，注意安全啊。祝你登山愉快。"

萧美拿着登山拐走在回酒店的路上，心情好好，春风拂面，暖融融。"尼泊尔人真好。"

她忘了刚才在茶庄还演了一出茶水惊魂记。

十五

萧美很久没买花了，在超市看到花特价，就买了一束马蹄莲回来。她插好花，给自己倒半杯白葡萄酒，坐在花前跟谭天闲聊。

"五枝花一枝叶子，一共六块钱，平均一枝一块钱。超值。"萧美抿一口酒，闲闲地说。

谭天好像不大会喝酒。那天的欢迎晚餐，给他倒了半杯，只喝了两三口，可惜了，那么好的酒。萧美不请他，只给自己斟一杯。

谭天说："只是价值观问题。在国内，不贵不买，有钱人买贵货，显摆。没钱人也买贵货，自卑呗，买便宜货怕被人笑话。这里人就不一样。他们以买到便宜货而自豪。说是 good buy（合算，买到好货。），good bargan（物美价廉）。说明精明嘛。中国人骂人'精明'，老外这样讲，是夸你。"

萧美轻笑。她有很好的笑纹，笑起来的样子很迷人，嘴角微微勾起，因为酒精的缘故，脸颊桃红，鼻尖发亮。

萧美不认同他的说法，又不想反驳他，跟他不是很熟。

其实已经不陌生啦。他已经搬来半个月，交了两次房租了。

萧美很想告诉他，"不是这样的。"魏德文就不这样。富到某个阶层，不管哪里人，澳洲人，中国人，欧洲人，有钱人都一个样，一样的做派，没区别的。都要买贵货。只有中产阶级和穷人才使用优惠券。魏德文要说哪个品牌好，就说这个品牌从来不打折。

大家不是很熟，算了，不说啦。

刚来的人都有这毛病，自己也曾经这样，喜欢说"澳洲人怎样怎样"。其实是瞎子摸象，以为自己看到的就是真的，以自己的经验为标准，以点盖面下结论。要不怎么会，怎么会给魏德文这混蛋骗了……肉眼看到的未必是真的……

谭天看在萧美的脸上，丢了魂似的，眼珠子钉在那不动了，"她就是美，真他妈美，美得 No No 的。"

萧美知道他在看她。从小就被人看，习惯了。她今天好想聊天，继续跟他闲话。"你赞赏西方价值观还是东方价值观？"萧美抿一口酒。今天是好日子，要好好放松放松，做无聊的事，讲无聊的话，跟不熟的人闲话。

"看情况。在中国，就持中国价值观，在澳洲，就持西方价值观。"

"你刚才在看电视？咋不看啦？"突然想到刚才开门的时候，听到电视还在响，怎么突然没了声音？什么时候关掉的？

"不想看了。"说着谭天站起来到厨房里去。不知在找什么，橱柜门被他开开关关，弄得兵兵响。

他就爱跟橱柜过不去。

"你可以让电视开着。我无所谓的。"萧美怕他误会，以为她不乐意房客用电视，为省电什么的，"刚来澳洲那会，只要有人在家里，电视总是开着的。不管人在干什么，看书，聊天，做功课，做饭。为了学英文，要无时无刻让耳朵里都有英文声音。现在我都习惯了，在家里必须开电视，必须有这背景声音，不的话，觉得怪怪的。"萧美说着，开始收拾桌子。购物袋到处都是。

"你今天不去科技园？"萧美奇怪他大白天待家里看电视。自从住进来，就没出现过今天这现象。他天天都去工作，早上七点出门，晚上七点回家，星期天也不例外。

"我上午去了健身。"

"去健身房？"萧美想起他搬来的当天，拿着一条 10cm x 10cm 的小洗脸巾问萧美，带去游泳合适不？差点把萧美笑翻，没吃过猪肉还没见过猪跑？电影电视剧都有得看啦。萧美说太小了点，最好用大浴巾。

"我每两个星期去一次健身房。"

谭天还在厨房里，也不知道他在折腾什么？

"悉尼大学的健身中心不错的。我去过。从前周末常去那儿打羽毛球。图它近。而且新南威尔斯 U（University = 大学）的学生卡在那儿能用。用学生卡，打羽毛球一个小时五块钱。现在是多少？升了吧？"

"不知道。我不打羽毛球。我游泳。"

"那里有很多高手。东南亚学生的羽毛球打得特好。我遇过一个新加坡女生，小小个子，羽毛球打得特好。她是羽毛球协会会长。一次，她邀我跟他们一起打双打。我们俩一组。每次我的球眼看要掉地上，她一个箭步冲过来把球救起。每救一次球都要对我说'对不起'。弄得我说不出的尴尬。从此打羽毛球的兴趣被她灭了，再也不打。"萧美说边把包花的纸和剪掉的花枝拢一起团起来，拿到厨房丢垃圾桶里。

她转身出来打电视机前经过，见地上有盒录像带，顺手拿起来要看，谭天嗖一声，从背后把录像带从她手中抽走，紧着说："儿童不宜，儿童不宜。"吓萧美一跳，缓过神来，他已经消失在他的房间里。萧美笑笑，"少见多怪。"她已经看到那带子《我为卿狂》。

她进房间去装身，准备出门。今天是她生日，约了郝佳出去晚餐，还有尤里，前男友。分手前他答应了的，要为她庆生。

萧美盛装来到酒家门口，他们约好见面地点。站了一会，郝佳也到。她手里拿着一束杂色野菊花，"生日快乐！"她把花递给萧美，加一个熊抱。俄罗斯女人伟大的胸脯，萧美拥着像拥棉被。

来澳洲十来年了，还没习惯跟人拥抱。从小妈妈就不许她跟别人勾肩搭背，拉手都不允许。兴许是落下了后遗症了，总不习惯跟人有身体接触。一看到对方要抱抱，就往后退缩，心里发怵。她不知道怎抱才算合适。抱时间长短，太紧或太松，身体挨到哪里，都有讲究。跟握手一样。还有个更让人吃不消的礼节：亲脸颊。左一记右一记。有时候对方只亲一边脸，自己却把另一边也送上去，结果扑了个空。只好叫"我的神（My God）"。

郝佳例外，见面，两样都做，又抱又亲，也没犯过错误，没扑过空。也许不关文化，关乎默契。

"好香的花。好漂亮。我喜欢。谢谢！"放开了郝佳，萧美双手把花送到鼻子底下闻了又闻，闻了又闻，由衷地说。

"看到它就想起我们俄罗斯的原野。秋天，满山遍野的野菊花。你闻你闻，是不是有股原野的味道？"郝佳说着从萧美手里把花拿过来闻。萧美又把花从郝佳手中拿过去，放鼻子底下闻了闻。"嗯，很香。"野菊花卖得最便宜，三块半一束。

在她们俩眼里，花没贵贱，没有不美不好的花，但凡花都美好。

两人站门口等尤里，不讲话。静静地，消磨着时间。

"尤里还没来？"两人异口同声说。又大笑。笑两人异口同声。

"你今天好漂亮。"郝佳抢先说。

"你今天也好漂亮。你这身衣服很漂亮，以前没见你穿过？"萧美说。

"跟你在一起，不能不穿漂亮些。"

两人又大笑。

等了半个小时，依然不见尤里，她们决定不等了。坐里面总归舒服些。好过在门口吃风。

"他来了自然会找进去。"萧美说。

"是的。我们进去。"郝佳说。

十六

侍应把她们领去预留的桌子那儿。问要喝什么。侍应刀长脸，像大理石雕。

"让我们看看酒牌再说。"萧美扬起脸，15度角上斜，下巴前翘，"先给我们来杯冰水。谢谢。"

萧美环一眼四周，这家乌克兰酒家，十年前郝佳就说要带她来这吃乌克兰大餐，"终于来了。"萧美说，调整一下坐姿，坐舒服了。

"其实我们不需要预订的。"萧美见就她们一桌。四周都是空桌子。

"看到他，我就觉得自己老了。"看着大理石脸离去的背影，郝佳感叹。

"俄国男孩吧？"萧美也注意起那男生，黑色制服下，男孩薄薄腰，瘦瘦的屁股，扁扁的背肌。正在发育的身体。是大学一年级生吧？不到二十岁的样子，周末晚上在酒楼兼职，图它小费多。凌晨一点收工。收工后接着第二套节目，跟同学们去酒吧蹦的……她也有过这样的岁月。单薄的身体有挥霍不完的精力。

"嗯。是俄国男孩。"郝佳说。

她们所说的俄国是指苏联，解体前的俄国，包括乌克兰，俄罗斯……

"当我们年轻的时候……"萧美搞笑的表情。

郝佳不理她，眼光在手中的酒牌上来回巡视，"伏特加，怎样？"

"听你的。"萧美说，"这里是你的地盘，交给你了。你决定。"

两人对视，大笑。

为了喝酒，萧美特意乘巴士来。一切都为了喝酒。跟郝佳一起肯定会喝超标的。不是一两次的经验了。要是在郝佳的家，她干脆睡沙发，第二天才回家。

她们曾经常常在这皇十字区的街上溜达。多少次经过这门口。多少次郝佳指点江山告诉萧美她的憧憬：进去吃一顿。

郝佳刚到悉尼那会住这儿。虽然短暂，却是她的永远往事。

在悉尼的俄国犹太人设有基金会，用来专门帮助苏联犹太新移民。免费提供他们住处和生活必需品。郝佳就是受这个基金会帮助的人之一。她在英文班与萧美同学，俩成为好友后（那时候她已经搬去邦带区住），常带萧美来这里消遣。一条街一条街的酒吧，直走是，拐了弯还是，横走直走，她们挨个喝，喝最便宜的 VB 啤。

今天更要喝，哪能不喝？说来这都说了十年。

"还记得吗？每次打经这餐厅门口过，你就说要带我来吃乌克兰餐。"萧美开启了温馨的回忆程序。

"很久没来这里了。刚才走出皇十字火车站时，突然茫然起来，不知道来这里干什么。"

"你告诉过我，住这里的时候，试过想家想到失忆。"

"记得我在英文班的时候，头发这么长吗？"郝佳在自己的肩膀那儿比划，"长到这儿吗？那时候刚从这里搬到邦带不久。政府给的学习津帖交了房租就没剩多少了。没钱剪头发。那是我一生中唯一一次留长发。没钱乘车，走路去上课。"

"那时候听你说走路来上课，我以为你是为了健身。心里直想，我的神，每天来回走一个多小时，快赶上马拉松了都。那为什么不待这儿？反正住着免费。"

"他们不让啊。基金会规定，只帮助刚入境的新移民，帮助他们落地，最多一个月吧？不能再长了。他们就是让我长住，我也不要。不知为什么，待这个地方特寂寞，特想家。可能跟这里是红灯区有关。你想啊出门就看到人来人往，亚洲人、欧洲人，都是旅游者。我呢又特别想安定下来。读书工作，都得赶快有个着落。我又特别想生孩子，想生十个八个。我自小一个人，没兄弟姐妹，特想有个大家庭。可在这里，每次出门都看到妓女当街拉客。这真不是我想要的环境。我特茫然。当时那个想家啊，那个寂寞啊，魔住了都。有一天坐马桶，突然失忆，不知自己是谁，身在何处。"

"去了邦带就不想家啦？"

萧美很难想象失忆的感觉。听郝佳讲这些像听《一千零一夜》。自己也经历过她讲的那个阶段，也想过家，也很寂寞，也有恨不得立马卷铺盖回家的冲动。特别是来悉尼的头一年春节，特想特想回家去被奶奶宠一宠。想着家里一桌桌好吃的，走在路上差点没哭出来。但像郝佳那样想到失忆？没试过。她承认不懂郝佳。有时候，她甚至认为郝佳的行事怪异。例如郝佳告诉过她的捡钱包的故事。

"你在这里捡到过一个钱包，还记得吗？"萧美想到哪说到哪。

"哈哈，那时候真的年轻，真的任性。"郝佳仰头大笑，讲着话，不时往大门口瞟。

萧美装着没看见。

伏特加来了，大理石脸还拿来两个酒杯和一个起子。她们俩不再讲话，静看他开酒。他要为她们斟酒，萧美说："我们自己来。"嫌他在这里碍事，挡住地球转。

挨他一走开，郝佳迫不及待举起酒瓶："俄罗斯精神，俄罗斯酒精，最醇的酒精，最纯洁的精神。乌啦！"说着，往两个杯子里都倒小半杯。"祝你生日快乐！"郝佳拿起酒杯举向萧美。"谢谢！"萧美与郝佳碰杯，喝一口，"乌啦！"跟郝佳尤里交往这些年，只会讲这句俄语，还是跟电影"列宁在 1918"学的。

又十分钟过去了。萧美也忍不住往大门口瞟一眼。

"如果是现在，你还会那样做吗？"

"你是说跟那男的去开房？可能不会了。现在没那么多荷尔蒙。"

"我们那时真是荷尔蒙爆棚。"

"你说，我住这里的时候无聊得有空没空一个人在街上溜达，遇着个妓女就跟她聊天，那该有多寂寞啊。"

萧美又往门口瞟一眼。

陆续有人进来，又坐了好几桌。人越来越多。萧美开始酒精上头，舌根发硬，眼神迷离，有些对不了焦，却又特想讲话。"郝佳你好幽默啊。"

"也不是因为想家才寂寞。"郝佳说。

"我懂。"

她说"我懂"不代表什么意思，只是一种习惯性的用词。她脑子在放松状态，与嘴巴是脱钩的，失控地游离，老想着她捡钱包的故事。

郝佳初到悉尼两三个月时，一次在街上碰见一位同飞机来的男同胞。两人无聊地在街上溜达，无意中捡到一个钱包，里面有三百块现金。

两人就商量着先去吃一顿大餐，完了就去酒店住一晚上。两人躺床上一晚上什么事也没发生。两人此次别后不再见。

萧美不可抑制地哈哈大笑。"你说，寂寞是身体上的还是心理上的？"

"两者都有吧？"

"哪方面占主要？"

"两方面都主要。"

"那你跟他躺一夜，什么事也没发生？怎么解释？"

"我不爱他呗。"

"你不是说不爱也可以有性吗？你不是也有过这经验吗？"

"不爱，但必须在生理上互相吸引。就是彼此被对方的身体吸引。就是要有化学反应。就是要用原始爱。"

"那么，是妓女那样的吗？"

"也许是。不知道。"

萧美思维有点乱，她以为自己跟郝佳比，思想太肤浅太单薄。看的第一本小说是《钢铁是怎样炼成的》。从那之后苏联人在她眼里都是英雄。所以，会爱上尤里。见尤里前已经爱上他。她眼皮沉重，直想睡觉。见郝佳又往大门口瞄，便大声嚷："他不会来的了。他就是这样的人。"没想到声音那么大，周围的人都看过来。

萧美不怀好意地笑，想："看吧。又要讲中国人讲话大声了吧。可跟我一起的是俄国人噢。"

"对你，他也许还算好的了。他跟我拍拖的时候常常来去无踪，想来就来，想走就走。一走就是几天，杳无音讯。"

尤里曾经是郝佳的男朋友，这，萧美是知道的。也正因为是郝佳的前男友，她才有机会认识他。却不知道郝佳对他也有这般抱怨。

"你又知道我在等他？"

"你老往门口看啊。"

"他说来的。说了就该做到。"

碰上这么个人，萧美也无话可说。她自找的呀。她有一天在郝佳的卧室，看到墙上一张相片，惊讶得不行："谁呀这人？像耶稣啊！这相片我以前没见过？"那是个精瘦精瘦的嬉皮士，长发披肩，光着上身坐床上，双手交叉抱着屈起的双腿，脚后跟踩在床沿上，光脚丫子悬空着。手里拿着开了盖的啤酒瓶，对着镜头傻笑。"我的其中一个前男友。"郝佳说。"那你还挂他相片？"萧美眼睛盯住相片，脸几乎贴在相片上。"我跟他要相片时答应要挂墙上的。""那，你把他介绍给我呗？"萧美转过头看住郝佳说。

"你为什么要跟他分手？"郝佳问。

萧美知道郝佳的酒量，她没醉，就是话多了些。一瓶伏特加撂不倒她。但她会兴奋。郝佳的酒量在少女时期就练出来。在两人的闺蜜倾诉期，郝佳讲很多喝酒的故事给萧美听。故事是断断续续讲完的。把那些片段凑一起，一个青春期叛逆少女的形象就凸显。萧美看着眼前这个苏丽莎修女似的女友，怎么也对不上号那个酗酒少女。那个自闭的少女呢？那个跟乔治亚州来乌克兰进修的有处女情结的男青年约会的大一女生呢？

"他当我是一件家具。他家里的桌子凳子什么的，想起来的时候就看一眼。"

"哦，我明白了。你想要他的关注。"善后工作开始了。 萧美每次分手，郝佳都负责给善后。安慰啊开导啊，分析，找原因，等等，等等。

"这有什么不对吗？他是我的男朋友，不应该关注我吗？"萧美低下头去喝酒。

"他就一自私鬼。自私得无以伦比。"郝佳轻轻地说。

"我真的是受不了了。"

"他是我一生中见过的最聪明的人。他曾经有很高层次的精神生活。可惜了。他现在掉进钱眼里。"

萧美默默喝酒。沉默就是表示赞同。过一会,她说:"我同意。"

西餐就是慢。半杯酒快下肚了,才上来几片面包。

萧美拿面包蘸黑醋和橄榄油吃。饿狠了,面包也香。吃西餐就是饿人。吃前也饿吃完也饿,他们的东西凉浸浸的,肚子不充实。

"我中午饭没吃。饿了。"萧美说。

"我为他感到惋惜。可惜了他的才华。"郝佳说。

"就算他是耶稣,我也无法再爱他啦。"萧美说,"都五年了,不想再浪费时间。"

"你跟他提出分手,他咋说?"郝佳问。

"他走后二十分钟给我来电话,在电话里呜呜地哭。背景声音显示他在外面,好像是在回家的路上。他说他寂寞。向我道歉。他说知道自己很自私,是个很难搞的人。"

"那你呢?你怎么说?"

"我说晚了。道歉晚了。"

主餐上来。她们的尤里讨论会暂停,都去专心对付自己盘子里的食物。

萧美瞄准一个小番茄叉它,它翻个个儿,再叉它,它再翻个个儿。萧美用力叉它,它蹦起来跳到对面桌去。萧美的视线跟着看过去,却不见落点。对面桌是一个大家庭聚会,有老有小,六七口人。好像没人注意到她的番茄,除了那老头儿。老头儿坐萧美对面,当他们俩眼光相遇,他向眨一下眼睛。两人心照默笑。

萧美低下头继续用餐，忍住笑。

真人乐队开始上台演奏。感觉是乌克兰民歌之类的音乐，不是萧美期待的"三套车，娜塔莎，山楂树，莫斯科郊外的晚上"，她听不懂，完全不一样的曲风。从前的苏联是小说里的，从高尔基的笔下，还有托尔斯泰，还有屠格涅夫，还有《青年近卫军》，拼图出来的。跟郝佳呈现出来的苏联是两个完全不同的图像。当她跟郝佳提起高尔基的时候，郝佳轻轻带过一句："听说他有个很不幸的童年。"她还在期待更多更高的评价，只见郝佳的眼睛里飘过一丝轻蔑，再没下文。

郝佳跟着节拍轻轻哼唱，情绪逐渐高涨起来，身体也开始左右摇摆。

餐厅里已经人满。这人气，也许只有中国城的唐餐厅才可比。

有男的来请郝佳跳舞。她那么迫不及待，扑通下了舞池。留下萧美一人独坐。萧美一会儿抿一口"最纯的俄罗斯精神"，一会儿又抿一口"最纯的俄罗斯精神"。一个外来者，不属于这个载歌载舞的族类。她自得其乐。她这时是："壮年听雨客船中，江阔云低，断雁叫西风。"伤怀中带些悲怆。

郝佳在舞池里燕舞。她喝了酒，跳舞会飞。

萧美眼光逐渐迷离，有些想念尤里了。如果有他在，他会告诉她演奏的是什么音乐，给她翻译歌词。没有什么他不懂的。

郝佳跳着跳着，甩掉了她的舞伴，都是伏特加惹的祸，双人舞变独舞，惊艳四座。舞池里的人都停下来往边上退，给她腾地。他们也不回座位，就站那儿看她。

萧美也看她。观看就是享受。

郝佳的舞步欢腾无比，沿着舞池的边缘一路旋着转着，一会小步轻跳，一会双手交搭平架在胸前，脚尖脚跟轮番轻点着地面踢踏踢踏。

小马狂奔，小马漫步。那个疯狂的少女回来了，酗酒，抽烟，自闭。

萧美认识她的时候，她已经戒烟戒酒。去酒吧也只喝啤酒。没见她过度迷恋酒精。她不说，没人能想象她曾经是个烟酒全才。

真人乐队激情万丈，音符飙高冲低。郝佳在旋律中左蹦右跳。对面桌的老头儿很帅地步下舞池给郝佳伴舞。他一身乌克兰民族服饰，开胸黑马褂，黑色裤子在裤腰那儿缠着红色宽腰带。里衬长袖圆领白衬衣，领口右开。老头儿英俊非凡。郝佳见他来了，突然加快舞步，扬鞭策马欢奔。老头儿紧追在后，从舞池这一头追到另一头，从那一头跑到这一头。

"我有段时期曾经自闭，跟人交流要通过闺蜜。蜜友干什么我干什么，蜜友去哪我去哪。她抽烟，我也跟，她酗酒，我也学。有一次，蜜友给我吃兴奋剂，晕倒家中，被妈妈送去医院。醒后，任凭妈妈和医生怎么盘问，就差没动刑了，我不说就是不说，把她的名字死死泯在嘴里拉上拉链封紧了。不过也从此跟她断了往来。烟酒就戒了。"

萧美看着郝佳在舞池里欢蹦，想着郝佳的过去。人是可以脱胎换骨，这话，郝佳让她信了。

老头儿追着郝佳来到萧美的桌前，就在离萧美不到两米的地方，嘎嘣，萧美清楚地看到，老头儿倒地上。

是的，他倒地上了。萧美以为他搞怪逗乐呢。一秒钟之后才反应过来："他起不来啦。"

他再没起来。

周围的人，看见他倒地的人都停下了动作，吃饭的，讲话的，呼吸的。只有音乐没刹住，在空气中滑行几十秒钟才嘎然而止。

他的家人呼涌上来把他给围住。又围上好多人。不知道他们在干什么。郝佳惊魂未定坐回萧美的身边。她们静静地等消息。

过了十来分钟，围着老头儿的人堆开始骚动，渐渐撤去，说话救护车来了。三几个白衣白裤的男女携带一副担架进来，一阵忙乱之后老头儿被抬走，他的家人坐回他们的位置。

舞曲又起，舞池里很快又填满了人。跳舞继续。一曲接一曲。刚才的惊魂貌似一声叹息，在空气中渐渐烟散。

郝佳坐不住，到邻桌去打听消息，回来告诉萧美，他太太刚才打电话回来说老头儿在送医院的路上死了。"他一个星期前才做了心脏手术。""今天是他的生日。""他没活过今天。""我从来不在生日庆典穿黑色衣服。你看你看，今天穿了就死人了。这是我一生中第一次在生日派对上有人死。这是从来没有过的事情。"郝佳沮丧得不行，语无伦次断断续续地说。

萧美第一次见她这么不冷静。

"他家里人还在跳舞呢。你也不要太自责了。"萧美在郝佳的手背上轻轻拍拍。

她们再没吃饭。没吃完饭她们就回家了。

十七

萧美回到家里，看到谭天给留的纸条。说尤里来电话，让她给回。

萧美拿起电话给尤里拨过去，没等对方开腔她就吼起来："你答应今晚来的。怎么又没来？"

"我的车坏了，整晚都在修车。"

萧美气急上火。唯一想做的就是盖下电话。多少年了，他就这个样子！总这个样子！他爽约总有理由，什么时候都是受害者。

"你说来又不来。我一个人回家，你知道有多危险吗？"萧美的声音高到变调，又尖又细又抖。

"八，九点的晚上能有多危险？"尤里的声音有些厌倦。

尤里如此不以为然的口气把萧美气得躺到沙发上看电视。

谭天从房间里出来。他坐到短沙发上去，和萧美一起看电视。萧美突然坐起来。看到郝佳送的那束野菊花躺在桌子上，刚才光顾着生气，竟然把花给忘了。她站起来，把花插到花瓶里。桌子上摆着早上买的马蹄莲。她把野菊花这里摆一下那里摆一下，看看，觉得搁哪儿都不很合适。

"放电视机上试一试？"谭天说。

萧美把花放电视机上，站远了看，"好看。是它的位置。"

"谁送的？很漂亮啊。"谭天看向萧美，眼珠子乱跳。笑问。

"今天我生日，朋友送的。"

"男朋友？"

她知道他听到刚才的电话，对他也没什么好隐瞒的。"不是。女朋友送的。刚才在电话里吵架那个是前男友。两个星期前我们分手了。"

十八

卡皮尔来到旅店的时候，萧美已经等在大堂。说好八点半出发，八点二十她就等在那儿。她不喜欢迟到。

卡皮尔再见到萧美，自然多了，没了昨天的紧张和拘谨，远远就笑，向萧美走来。

萧美认真看清楚，他的五官精美，不管是分开看还是合在一起，都是素描标准，脸上的皮肤丝绸一样光滑润泽，令人联想到 LINDOR 巧克力的电视广告，脸型窄长，现在流行的款式。

他站在萧美的面前，轻轻的笑容，老熟人似的。"就是这些吗？"卡皮尔指着地下的背包问。

"是的。就一个背包。不常用的东西我把它们寄存在酒店。不想你太辛苦。"

萧美的费用包括导游和挑夫。合同规定，一个背包重量不能超过十八公斤。萧美估摸着，这个背包不会超过十公斤。里面就是些换洗衣服，袜子和必要的护肤品。必要的护肤品的数量和品种与她的年龄成正比增长。十年前，与谭天去阿德雷德旅游，坐大巴连轴转二十四个小時，早上七点到终点站，她捧起水龙头的水往脸上泼几下，用纸巾一抹，再把头发刷整齐，这就叫洗刷完毕。连唇膏也不涂。嘴唇自带红色。现在她有个化妆箱，里面有日霜晚霜眼霜防晒霜化妆水退妆液洗面奶粉底粉饼腮红眼影眼睫毛膏外加面膜，早晚洗刷大概要在脸上涂十八层。

每想起那段插曲，她就忍不住得意。当她大大咧咧地洗刷完毕，正要离开时，站她边上，乘同一辆巴士的鬼婆见她如此潦草，吃惊地问道："你就这样子了事？""嗯。"萧美不自信地回答，不知道她什么意思，以为自己做错了什么，迈开的脚步本能地迟疑了一下。见到谭天，她把刚才鬼婆的话告诉他。谭天扬起脸很得意地说："你应该告诉她，'我年轻呀。'"很年轻吗？也不年轻了，都三十七了。关键是谭天认为她年轻的啊。

卡皮尔抄起背包往肩上一甩，回头看一眼萧美，一摆头，示意她：开走。

酒店门外一辆面包车，候他们。卡皮尔和司机帮忙拉开车门，让萧美钻进去。卡皮尔随后跟着进来。他紧挨着萧美坐下。

萧美有些意外。自己特意坐在头排靠里的位置。空间足够大的，全车就他们俩。以为他至少会坐到后面一排什么的。总之，没必要挨那么近。

她早已习惯跟人保持距离，男人，女人，年轻的，年老的。为了安全。

为了安全，她把自己孤立起来。只有跟人保持距离，才不会被伤害。才是安全的。

车子一路颠簸着向目的地开去。萧美腰挺得笔直，两膝并拢，双手放膝盖上，一直端着。一个不小心，两人还是会发生身体碰撞。偶尔一下。偶尔又一下。萧美不想碰到他，不想。虽然他看起来很年轻，还是个孩子。就算这样，她也不想被他碰到。

她把脸转向车窗口，看向车窗外。

这车要开两个多小时，去一个海拔 1025m 叫 Birethanthi 的地方。昨天卡皮尔在他的小手掌上画过。他们要从 Birethanthi 起步，徒步到海拔 3208m 的 Poon Hill 。

卡皮尔今天给萧美带来了路线图。坐定后，他从裤兜里掏出来，铺开，点给萧美看，"嗯，Birethanthi，我们等下在这儿下车。"萧美大略看一眼整个步行图。他们要走的区域叫 Annanurna Conservation，卡皮尔安排的第一个驿站叫 Tikhedhunga。"第一晚在这儿过。"他说。萧美看图标：海拔 1500 米。"噢，My God ！"萧美尖叫。突然警觉：任重而道远。得保存体力。别第一天就丢人。

不知道为什么，面前对卡皮尔，她隐隐感到压力，害怕显出老态。

手机在卡皮尔裤兜里很闹地响起来，铃声设置的是他们本地的音乐，像《大篷车》，载歌载舞，很闹。

萧美保持挺拔的姿势，巍然不动，看车窗外的景色，脑袋后面却长出了眼睛，卡皮尔一举一动都在她视线内。

卡皮尔掏出手机接听。电话那头传来女人的声音，很清晰，叽叽喳喳很兴奋地讲话，卡皮尔认真听着，脸上漾着微笑，对女神膜拜的虔诚。

车窗外，景色单调，靠近路边的是小片小片的梯田，作物长势很旺，绿油油的。小时候写作文："田里一望无际绿油油的庄稼，一片丰收景象。"老师给的评语："庄稼绿油油怎能说就丰收了？金黄色才能说丰收。"远处的群山一层层高到天上去。天高山远，冷绿冷绿。望到高处，山峰宕进云里，共长天一色。山腰上白雾缭绕。《山海经》里的昆仑山，想象中就是这样。

"那是青稞，酿酒用的。我们这里特有的酒。"卡皮尔收了线，见萧美看得投入，就把头靠过来，在萧美耳边说。

"不是稻子吗？"萧美依然看向车窗外。

"不是，是青稞。今晚我请你喝青稞酒。很烈的酒。"卡皮尔的眼光落在梯田上。

"行啊。谢谢你。"萧美回头看卡皮尔一眼。没想到他靠得这么近。差些撞上。

车子来到一个高坡上停下来。萧美见周围停了好些车子，知道到地了。刚才一路上坡，又拐了几个急弯，差点没把早餐给颠出来。

早餐吃多了，头脑有些不清醒。停车的刹那，想吐的感觉都出来了。早上他们把早餐送进房间。酒店在装修，餐厅不能用，作为补偿，酒店方多给了两个鸡蛋。人家都给送来了，不好意思不吃的。在尼泊尔，她最不好意思做的事就浪费食物。再说，想到艰苦的一天即将开始，要养精蓄锐的。

卡皮尔先跳出车去，扶着车门对萧美说："到了，下来吧。"

萧美从车上爬下来时，卡皮尔已经把她的背包背在肩上。他自己的小双肩包绑在萧美的包顶上，看起来还算精炼，一副全副武装的样子。

他弄她的登山拐。把它组装起来，点在地上，调试长度。

萧美站那舒腿，左右看看，见一辆四轮越野车，几个人从车里搬出好多行李来。都是些老外。看起来像几个人组团。他们把行李从车上拖下来，重重地摔在地上。看那阵势就知道很重。

卡皮尔把登山拐递给萧美，说："走。"领着她开始进山。萧美走了两步，忍不住回过头去看。想着老外那堆重重摔在地上的行李袋。

它们将由卡皮尔这样的本地人扛上山。不由地为他们担心，"这么重，怎么弄？老外就是这样，爱猫爱狗不爱人。对人甚至没一点恻隐心。残忍得很。变态。"

卡皮尔说："这里，这里。往这边走。"

萧美左手拿矿泉水，右手拿着登山拐，小跑几步跟上卡皮尔。

"来，我帮你拿。"卡皮尔从萧美手中拿走矿泉水。

"哎呀，这有鸡啊？"萧美指给卡皮尔看。多少年了，离开了中国就没再见过活鸡。她忘了一直端着的长辈范，小女孩般看着在地上自由散步的鸡高兴地笑。

"怎么这里还有村子呢？"萧美好奇怪。她想象中是一下车就爬山的。

"这里是小镇，还没进山。"卡皮尔把她的登山拐也接过去。

萧美甩着空手走在铺着碎石的小道上。真是一条小路弯弯曲曲细又长。很久没这么幸福了。

十九

谭天诧异萧美把"分手"两个字讲得风轻云淡。刚才还吵架来着，这会儿却不怒不悲，语气冰凉，不禁感慨她真个 Hold 得住。

他不知道的，萧美早已经是只铁蝴蝶了。再大的坎都迈过去了，尤里算什么？借用他谭天的话，就是小菜一碟。朱姐半真半假挖苦她"分手大师"。

她的大师的炼成记，得从她十七岁说起。

萧美十七岁的时候与第一任男友分手。她漂亮，从小就是校花，有好多男生追，排着队送花。这个男孩等在她家门口一整夜。于是就是他了。他们一起上学放学，走过整个高三。

十七那年她考上大学。上大学后就分了。

二十七岁，萧美已经是悉尼某服装公司的设计师。一天早上她去上班，出了火车站就看到一辆白色敞篷宝马跑车跟在后面。从火车站到办公室，她的步行速度是每小时五公里。上班高峰时段，宝马车后面堵了一溜车，有人不耐烦，摁喇叭。宝马不管，依然陪她步行。萧美暗笑："老冒，还白马王子呢？不是吧？"果然，当萧美走到办公室门口时，车里走出一位白马王子来。此人三十出头，老外，极帅。貌比贝克汉姆。萧美火眼金睛，一看他那身着装，走路的姿势，眉宇间蓄着的一股子英气，认准此非凡人也。不是金矿，也是个不小的钱袋啦。

"你好。"

此人一开口，萧美更是吓一跳。这普通话讲的，非同一般的好，是极好。萧美眉毛高挑，顿时眉开眼笑。她自认见多识广，尤其是在时尚圈里混了四五年，阅男无数，什么妖魔鬼怪没见过？这次的表现却有点过。

"你好。"萧美也用中文回他。通常跟老外讲中文，萧美都带着"逗他玩"的心态。这次挺认真。

"我叫魏德文。很高兴认识你。"白马王子跨前一步，俯过身来跟萧美握手。（他长得可真高，萧美一米七三，他高出萧美一个头。）

"我也一样。嗯，我叫 May，萧美。"

他们站在萧美公司的大门口，身边偶有人经过。人人都在赶着去上班。进了大门就算到了。萧美的眼珠子掉在白马王子的身上。她突然醒起，指一下大门口，对白马王子说："我去上班，赶时间，要迟到了。"

十点钟，上午茶时间，鲜花公司送来一巨大束的粉色合欢花，点名萧美收。

整个设计部门哗然，沸腾起来，同事们七口八舌问她："谁送的？""所为何事？你生日？""你生日才过去三个月啊。""好豪华的花呀。"羡慕得啧啧声。萧美在羡慕的眼光中接过鲜花，虚荣心空前满足。她也不知道送花者谁，不过她不好奇。像这样意外收到鲜花，于她是常态（这次的花超豪华，与往常不同）。如果没几个暗恋者，就太辜负她的美貌啦。她气定神闲，翻来覆去看随花小卡片。小卡片上这样写的：

收花人：May，萧

希望你喜欢。

送花人：——

"谁这么闷，逗我玩？"她在脑子里过一遍最有可能干这事的人。找不到理由他（们）为什么要改变风格？玩匿名。

"小心，别是定时炸弹啊。"有人嘀咕。她转过头去，对方已经向茶水间走去，留给她一个黑衣黑裤的背影。"你个基佬。"她娇嗔，脸上笑意抹也抹不掉。美滋滋的。

答案在十二点差十分揭晓。

魏德文来电话："喜欢那花吗？"

萧美说："当然。"她谢了他。

"我可以请你一起吃中午餐吗？"他的中文虽然字正腔圆，用的却是英文句式。萧美觉得他挺真诚的。又觉得他讲话挺逗，就应了。

一起吃过几次午饭后，魏德文开始约萧美出去晚餐。第一次被他正式约会，萧美的心情可以用狂喜来形容。此男生温文尔雅，气质高贵，又帅又多金又有见识。关键的点是，他具有女生喜欢的一切特质。高，富，帅，外加解风情。萧美相信，地球女生都无法抗拒他的魅惑，都会为他神魂颠倒。只是，萧美这次倒得有点丢人。

早在午餐时期，萧美对魏德文的身世背景大致了解。

魏德文，澳洲最大传媒公司的准继承人。他家跟梅家族渊源根深。祖父从德国移民来澳洲时，梅家族还在老家澳洲当一方霸主，占传媒市场百分之七十的份额。镜报，先锋报，晨报，三大报都是他们家的。梅家进军美国市场。他祖父买下梅家的几份小报和电视台九频道部分股权。在梅家的影子里做个小王。他老爸从祖父手中接过家族生意是在二十世纪七十年代初。梅老头在美国开始他人生中的第二段婚姻。这促使他把根据地从澳洲转移到美国。也许是为了开辟美国市场的需要，才有了梅老头的第二次婚姻。说不清哪个是因哪个是果，鸡和鸡蛋的关系。当时的实情是，梅老头让自己二婚的消息上所有报纸头条。大字标题：澳洲报业巨头迎娶美国小姐。这个八卦在澳洲和美国的新闻和娱乐界发酵了两个礼拜。他的报纸一时洛阳纸贵，成就了销量第一。梅老头用几年间，让美国传媒业的版图重新分割。他家占领百分六十的市场份额。到此，梅传媒帝国的雏型基本成型。魏德文的祖父呢，也没闲着，乘梅家后方空虚，迅速增加澳洲市场份额，从三十变成七十，修成一方霸主。

作为富三代，十一年前，魏德文在悉尼大学硕士一毕业，就被老爸送去复旦大学学中文。一年后又去香港大学读传媒。

老爷子是这样想的：在美国，魏家铁定争不过梅家。要推翻一个王朝，谈何容易。要赢他，指望在第三代。而且，战场必须在中国。老爷子预言，未来的三四十年，中国将继续走强，二零二五到二零三五年，中国将走到鼎盛期。经济文化各方面将对世界起着领导性的影响。（他会算啊？或者有水晶球？）那个时候，如果没意外的话，魏德文应该接班了。要占领中国这块领地，语言是必备武器。要想赢，魏德文首先要把语言搞定。

基于老爷子这一战略部署，魏德文在中国大陆和香港混了两年。他实在不负父望，楞是把国语和广东话讲得字正腔圆，跟英文一样好。

他中文的练成得感谢那些中国女朋友们。"要学会，跟着睡。"中文速成班的女老师，一个矮小壮硕，拥有棕榈色皮肤，长得像澳洲大学校园里每个角落都可能遇到的，来自橡胶国的，身条像橄榄的女生，

（在澳洲，这种女生颇受白人男生青睐，为了她们的异国风味。）在开学的第一堂课上这样告诉她的学生们。魏德文是个听话学生，照她教的做，反正不难，有丰富的资源。他只要右手食指一勾，花姑娘就大大的有。这学习方法果然神效。在澳洲学中文的时候，老分不清"睁开"和"打开"的用法。老师说："睁开，就是打开的意思。例如'睁开眼睛'。"他造句："睁开门。"老师说："门，不能说'睁开'，必须说'打开门'。"在中国半年，他能把"混"字用成褒义也能用成贬义。他能把丫字卷在句子里滑出去。"魏德文"这个中文名就是在复旦的时候，教授根据他的姓 Wittmann 给起的。

他目前的身份是富三代，公司董事。老爷子还活着。世事难料，如果老爷子足够长寿，像英女王，或者像梅老头，接班人是不是他还难说。

萧美开他玩笑："你可是有个神老爸啊。"她告诉他看过一个科学家预言，未来人类可能会分为两种人。一种是普通人，会生老病死。另一种是超级富豪们。他们会成为半人半神的种类。将来科技可以做到改变基因，让人类更加长寿，甚至永生。他们有人类的生理机能，又有创造生命的能力，类似上帝。普通人享用不起这样的科技。那需要很多的钱。只有那些掌握着世界上 75% 以上财富的超级富豪们才有机会成为这样的类族。

魏德文笑说："要真的那样子，老爷子就不需要接班人啦。除非他愿意。"

魏德文亲口对萧美讲：

他，三十五岁，未婚，无婚史，钟情中国女孩。在复旦养成的品位。

他们开始约会了。

二十

他带她去 888 大厦买时装。

萧美当然知道 888 大厦。作为一个时装设计者，888 大厦不可不知。意大利时装设计师的地盘。里面尽是名家专柜。除了为世人所知的，诸如阿玛尼之类，还有很多小众的，名媛专爱的牌子。

读时装时她常常跟丹丹去那儿逛。买不起，就是看看（window shopping）。看看也过瘾。眼睛享受。偶尔也幸运地淘到偶像的作品。打一折两折的超低价才是她心目中的价格。至今衣柜挂着一件 Giambattista Valli 的白底粉色大印花锦斜纹布短裤，就是在 888 大厦淘来的，三折后一百六十四块。一百六十四块澳币是她两天，税前的工资，一周的房租，三个星期的伙食费。"为了偶像，把嘴封起来也值。就是饿死也值。"从售货员手里接过短裤，她兴奋地说。丹丹说她神经病。丹丹说能在这种地方购物的中国人，除非像她一个中学同学的妈，一个贪官的太太。

就在萧美买 Giambatista Valli 的前两个礼拜，丹丹陪这位同学的妈在这里买了三双 LV 鞋子。一双给她丈夫，一双给她自己，一双给她儿子。

丹丹是奉命陪她逛街的。哥哥一次一次打来越洋电话，很不放心，一再叮咛务必把官太太陪满意咯。

虽然有哥哥担保："不计成本，一切费用哥哥给报销。"丹丹看她那样消费，还是会心口痛，像针刺进肉里。哥哥的钱也是钱。

她抢着给官太太刷信用卡，不提哥哥给报销的话，说是要积分，攒够六万点就能换一张澳航直飞香港的来回机票。官太太临离开悉尼前要还她港币现金，她也笑纳。两天购物，花掉两万多块钱，合港币约十五万。不要才傻。她唰唰唰数钱数到手软。

丹丹说："这地方东西贼贵！我那同学的妈买的鞋子，最便宜的一双也要七百五十块。不发神经，谁会在这里买东西？"

萧美不以为然，如果能有偶像 Giambattista Valli 的才华，敢用白底粉色大印花布做短裤，发神经也值。"弄不好，看起来会像大路货。是个危险大胆的尝试。"萧美深情地说。充满对偶像的崇拜。"可是，你看。"萧美扬起那件短裤，"这就是他，面料高级，设计简约，剪裁精良。穿在身上，让你看起来又大方又大气又青春又激情。甚至，连小清新都不是他想要的。一般人也只能做到小清新而已。大师手笔啊。"成为偶像那样的设计师是萧美的终极目标。

魏德文带着萧美在 888 走，霸气地告诉她，着装不要太隆重华贵。"那，是上了年纪的女人才需要这样。你最好的打扮是简约。对于一个青春美丽的女生来说，简约就最美。New Look 的风格适合你。你穿一定好看，澳洲没 New Look 专卖店，待下次我去英国公干，给你捎几件。上次在伦敦它们新产品的发布会上，我见过一件薄荷绿 V 领系带连衣裙。那个真的很适合你。"

萧美的玻璃心受微创。想反抗："哎，你忘了我是干什么的？你班门弄斧么？"想深一层又觉得他讲得对。找不到反驳他的理由。再说，他所谓的隆重华贵，因人而异。New Look 一般吗？在一般人那里，它就是华贵的。一般的工薪阶层谁买得起。

"听他的，不会死。"萧美为他的审美观折腰。他的话，句句都是金字良言。她是真的爱听。被人赞青春美丽十几年，听得耳朵都起茧，但从他嘴里说出来，却别样有意义。"他美丽的标准，相信也跟一般人不同吧。"

他讲话，她颔首恭听，微笑的脸庞罩在信仰的光环里。

他带她去达勃贝吃雪糕，意大利雪糕店，悉尼最昂贵的住宅区里最老字号最著名的雪糕屋。

她第一次知道此店是在大学时代。似乎很久远的事啦。感谢那个开红色敞篷奔驰 SLK125 跑车的香港男生。在记忆库里，他的名字连位置都没有。跟魏德文再次光临这个窝在小巷里的小白屋，才想起这位基督徒港生，她生命中的流星，清靓白净，像女生一样羞涩腼腆，让她有资格在魏德文面前说："当我年轻的时候，常跟男朋友来这儿吃雪糕。"

她喜欢"当我年轻的时候"这个造句，有沧桑美。也喜欢"天凉好个秋"。也喜欢"白头宫女在，闲话讲玄宗"。强说愁的人都喜欢这样的字眼。

他给她买 TIFFANY&CO 手链和项链。告诉她不要戴劳力士金表，"那，看上去很暴发户。"他告诉她不要五个手指上都戴满戒指，"那，看上去很没品位。""你无需戴耳环。你五官完美。任何饰物都显多余。""手表戴卡地亚就好。我喜欢卡地亚。你可以试它的手链和戒指。""手袋拿博柏利或者爱马仕。""身体才是最美的。亚洲女孩的毛病，总是穿得太多，身上的点缀太多。往往喧宾夺主，让人忽略了身体的美。"

萧美偶有反驳："不是谁都有资格穿得少的呀。亚洲女人普遍胸平腰长腿短屁股扁。拿什么露？没得露啊。"

恋爱中，男女抬杠，最后都沦为逗嘴撒娇。她对他的反驳，在他，是情趣，逗起亲她的欲望。于是，他就亲她。

作为时装人，她，十分认同魏德文的观点。人的身体才是最美的。即使平胸。即使腰长腿短。即使扁屁股。美，从来不是因为它怎样，而是因为它美。美就是美。服装的使命就是尽可能把人体美的部分展现出来。

她好庆幸魏德文与自己审美趣味相投。没共同语言的爱情走不远。二十七岁，遇到对的人，萧美即使再洒脱，也期待这次能有个平凡的结局，跟那些长相平庸的姑娘一样，结婚生子，不宠无惊度一生。她从来不怀疑爱情，也不怀疑自己遇不到爱情。找一个各方面都过得去，又爱自己的丈夫，即使三十岁，四十岁，五十岁，都能做得到。她自认长得好，有魅力，相信一辈子都会有人爱。可是，可是要遇上魏德文，不是有美貌就可以搞得定的，得有很多很多运气才行。

她真的感恩。感谢好运对她的眷顾。感谢命运让她遇到魏德文。

跟了魏德文后，萧美的画风起了变化。潜移默化，他，培养了她低调奢华的品位。她悄悄摘下大圆空心耳环。必要时，她会配戴魏德文送的，线一样细，项坠上仅镶有三颗小钻石的 TIFFANY&CO 项链。手指上，原先五颜六色的戒指也被退下，偶尔在左手中指穿一个白金 M 型戒指，或者在左手小指头戴一个卡地亚白金 O 型戒指。多数时候裸指。她指如削葱根。魏德文特喜欢柔她的手指。

当初戴那样的大耳环，是因为妈妈不喜欢。妈妈不喜欢什么她就做什么。就是要跟她对着干。妈妈说戴那玩意儿像歌星。于是她就戴了。戴着戴着就喜欢了。

魏德文天天中午等在萧美公司楼下，接她去吃午餐。他爱带她去达勃贝的斯坦福酒店。斯坦福的对面有一家泰国餐馆。吃腻味了就到这家来换口味。这里的牛肉沙拉做得不错。

喜来登酒店在斯坦福的邻街。去斯坦福得经过那，每回萧美都望见一排排露天餐位坐满了人。引得她起了期待，哪天去尝尝那儿的味道？

魏德文从来不光顾那儿。连念头都不起。

一天，他们车子经过那儿，魏德文不经意地说："喜来登的餐厅是犹太人老板。我不喜欢犹太人。"

他们也去城里。乔治街的希尔顿酒店的隔壁，466号，是魏老爸公司的总部。魏德文在那儿上班。有他自己的专属车位。他们把车停在那，去希尔顿用餐。

星期六，萧美加班，他来陪她。他坐在她办公室里，旋转着椅子看她画画。跟她逗趣。

约会一个星期后，他带她回家。他们在歌剧院的餐厅用晚餐。上甜点时，魏德文手指往旁边一座高楼随便一指，说："我家就住那。喏，那座楼。想不想去我家喝杯咖啡啊，等一下？"

他轻描淡写的样子。萧美知道将会有事要发生。男人不会做无用功。丹丹说不管怎么样，总要熬三个月。恋爱指南上说的，男女见面不到三个月就发生性关系，恋情通常会短命。萧美不屑："那理论只适用于平常女生。"她看不起拿捏的女生，一边约会，一边计较，待价而沽。在两性关系中，把自己放在被消费的位置上。男生碰她一个小手指头都觉得是吃亏。"他碰了我，我不也碰了他么？"她理解不了她们这种吃亏理念。爱就爱了，管它几个月。有那么冷静的爱吗？在萧美漫长的恋爱史中，如果约会三个月还没发生关系，这辈子都不会发生了。结论是：她不爱他。只有不爱，才可以这么冷静。

"认识才两个星期，发生关系也太快了啊。"她本能地犹豫。问题是，她是真的喜欢他。每次他拉她的手，她身体就有反应。怎么可以说"不"？

——在他家里，两人站着激吻，他的手在她身体上搜索，一把摸到胸罩扣，解开它。他温柔而熟练，在她乳房上搓揉。他的手温与她的体温完美吻合。暖流由上而下，顺着乳房往下走。他的手，在她肚脐那摸到牛仔裤腰的皮带。解皮带扣的手有些猴急，动作粗鲁，他迫不及待……手机铃声响起……"对不起，"萧美的手推在他的胸口上——我接个电话——我的电话——

萧美虚拟的视频让她聚然想到一个可以两全的绝招，给郝佳发个短信，让她半个小时后打电话来。如果真的出现那样的情况，就用手机干扰。想到郝佳不用手机，她给朱姐发短信："朱姐，你半个小时后打我手机行吗？"朱姐回应："你在干吗呢？这么神秘？""现在讲话不方便，回去见面跟你说。就这样，拜。"萧美不耐烦，要是郝佳，她会毫不迟疑地说"好"。什么也不问。

他家在二十七层，顶楼，三居室，楼中楼。楼下客厅，一百八十度海景。楼上三个房间，每个房间九十度海景。通客厅的阳台七十平米，面对歌剧院。

萧美见过的最豪华的豪宅，美得让她尖叫。

他们站在阳台上讲话。

魏德文贴萧美背后把萧美圈怀里。他们看向黑色天空中的悉尼大桥。大桥虹一样悬在眼前，右手边是歌剧院的帆顶。恍恍惚惚，仿佛置身于太空中。

他给她讲荤段子："有一次跟梅老头吃饭。他告诉我们，他太太是个吹箫能手。"

"什么？"萧美没听懂。

魏德文看萧美，不信她连这个都不懂。一个二十七岁的美女。

萧美告诉他，她二十岁上还不知道男人跟女人要接吻这档子事。

"那你学得也够快的呀。"

他不信她。她听得出来。她向来不喜欢西方男人就是因为，他们不欣赏女人的单纯。

"就是说，那个女人的嘴上功夫好。"魏德文给她解释，开始淫荡起来。

萧美知道梅老头刚娶了个中国新娘。这是世界新闻，地球人都知道。新娘子小他三十六岁。老头儿今年六十八了。全世界人民都盯着他们的床，一半好奇一半妒嫉。男人妒忌他，女人好奇她。"看你怎么死？怎么在床上搞定你的中国娃娃。老牛吃嫩草，没好牙口，行吗？"

萧美知道他在想什么。

"我们不需要那样。你还没他那么老。"她尽可能温柔地说。美景良辰，不想把"不"讲得那么直接。在意对方的感受，这是第一次。以前啊，都是男友任虐的。

可她摁不住从心底往出冒的失望："他怎么会有这不良爱好？这么低级趣味。如此俊逸的青年。"她本想说他：恶心，实在喜欢他，不忍心用词太狠，对他太毒舌。她对他做过各种想象，就是想不到他会要她给干那事。有被侮辱的感觉。

"变态。"每回看到报摊上的成人杂志，封面上那些奇形怪状的画面，她就这样想。眼光也总是快快地绕开。深怕弄脏了眼睛。他（她）

们的世界她不懂，也没兴趣懂。她跟他（她）们没关系。

"那种事情，不是下贱女人才做的吗？"

被她拒绝，魏德文兴奋起来，抱起她转圈，转到两个人一起倒地上，他在上，她在下，头枕在他的臂弯里。他俯看着她："那，我们拍录像吧？"热湿的呼气吹在她脸上，有些腥，"拍我们自己的 A 片。"手顺便在萧美的后腰搂一搂。

她看着他，一脸问号。

他明白了，她还是不懂。看来得好好培训一下才行。他请她喝咖啡。

"不了，刚才喝过。"她说。跟着他从地上爬起来，一起进到屋里。

"试一下这个。"他给她一颗巧克力糖。"配咖啡，味道不错。"

"嗯，是不错。"

萧美吃着糖果，感觉跟 LINDOR 差不多，但不是 LINDOR。

"美妙无比。是吗？"他的手伸进她的上衣里，在里面搜索。

他一个一个解开她的扣子："是不是很好！嗯！"

她感觉到他的嘴唇贴在耳朵上，舌头在耳廓里舔一轮，游走到耳垂那，轻轻咬住。"嗯。"她呻吟出来。

"一百五十块钱一颗的糖哦。"迷糊中，她听到一个声音在耳边说。

她管不了糖的事。她只知道他在咬她的耳朵，吻她的脖子，到脸庞了，到眼睛，到鼻子，到嘴唇……她已经等不及了……啊……快些啊……她呻吟啊……

朱姐的电话来了。晚了，戏收场了。

二十一

萧美："哈啰。"

朱姐："对不起，刚才突然想起来，忘了给你打电话。到底什么事啊？"

萧美："我让你半小时打来，现在都两个小时了。没关系，我现在回家的路上。跟朋友在一起，不方便讲话。见面再聊。"

萧美想，越觉得可靠的人越靠不住。以为朱姐有责任感，这才找她。却掉链子。

二十二

不错,他们的约会进展得不错。按正常程序走着。逛街,吃饭,聊天,看时装秀,看电影,逛成人商店,回家……大家都懂的。随着时间的推移,程序的重点不断调整。逛成人商店占的份额越来越大。魏德文抠门大叔的本性也渐渐显现,给萧美买的礼物不再是 TIFFANY&CO,卡地亚。通常是不超过两百块钱的无名氏。只有在成人商店,他依然大方。

在成人商店里买一条鞭子,他随手就甩出两三千块,眼睛都不眨一下。

回家,他让她用新鞭子抽他。让她把他捆起来抽。还抽他那活……不管做什么,尽管从前觉得匪夷所思,发生在魏君的身上,萧美都能接受。

他俊美的体形,小麦色的皮肤瓷亮,在萧美的眼里,他是米开朗基罗的大卫。大卫在世人面前赤裸千百年,试问谁敢在面对他的身体时起丝毫淫秽念头?

"这是性的艺术吗？"她试着说服自己。魏德文出现之前，她把这叫——"变态。"

魏德文，他是她的神。她听他的，一鞭子下去，再一鞭子下去，再再一鞭子下去，再再再一鞭子下去……直到他磁亮的皮肤鼓起一道道红痕。直到他叫停。他被启动了，开始神一样的发挥，直到两个人都飘升起来，成仙了。

如果不是在他家里发现了女人用品，萧美会以为这段感情是健康的，可以顺风顺水，平平安安地成长，茁壮地走进婚姻里去。

她，一直满心欢喜着。

她颤抖着声音问他，没办法不颤抖，再没想到会气成这样，平生第一次尝到被欺负的滋味，两条腿好像快要站不住了。

"为什么？她是谁？"

他说女人是自己的未婚妻，家里给看上的。门当户对的。她还在上学，博士生。

"要么跟她分手！要么跟我分手。你选择。"萧美扬起脸来，理直气壮。

"现在我还得听老爸的。顺从他，否则拿不到遗产。"魏德文神色凝重，眉头皱出大大的11。

他拥着萧美的肩膀，把她扳过来拥进怀里。头低到她的耳边轻语："我会跟她分手的，你放心。请把问题留给我，让我用自己的方法来解决。你要耐心嘛。"

他的肩膀很宽，胸膛坚实，肌肉男的体形，萧美压在上面，能感觉到六块肌的凹纹。他的气息呼进她耳朵里，融了她。给她吃了颗大大的定心丸，心里暖暖的。

他爱她。她相信自己的感觉。女人的第六感很准的。再说，她是谁呀，她是萧美，大富美人。从上小学起，就有男生等在上学的路上，一起上学放学。中学时，男生们排着队给她送花 。她，在恋爱的战场上从没吃过败仗。她不信这次会败给鬼妹。

她被挑战了，不应战不是她萧美的风格。美女的好胜心被挑了起来。鬼妹不经老，十四，十五，像枝花，二十四五，皮松毛孔粗，远观还行，近了没法看。

她选择相信他。信他就是信自己的魅力。

她看上的男人都爱她。向来如此。

算命的说了，她条命与异性有缘，是大富美人命。

她不信鬼神，瞧不起算命先生装神弄鬼。但好话她爱听。也爱信。她信算命的，也信魏德文。听他的，把问题留给他。她再不过问那女人的事，只负责跟魏德文拍拖，白雪公主与白马王子，过着幸福的拍拖生活。

二十三

圣诞眼看就要到了，来到了街角转弯处。电视铺天盖地的圣诞促销，人们穿红戴绿，圣诞老人高唱圣诞歌。

公司也开始筹备圣诞大餐。年年如此。不提前一个月，预订不到餐位。部门经理来数人头，预算人数，问萧美，"魏德文可来？"见萧美犹豫，经理说："你就带他来呗。人多才好玩嘛。"大家跟着起哄："来啦。来啦。你就带他来嘛。"萧美特幸福地说："看吧，如果不吵架就带他来。"

经理在本子上写几笔，走出去前，讲萧美："那你从现在开始别见他。"

大家跟着起哄："对，不见面就不吵架啦。为了我们，你就憋一憋吧。"

萧美笑："你们真坏。"

二十四

圣诞晚餐，他们俩都迟到了。萧美因为要等魏德文，魏德文因为要应付自己公司的圣诞庆典。

那天他直接从公司来，身着米白麻质松身 Boss 衬衣，海军蓝 Polo 西裤。衬衣塞进裤腰里，领口开到第二个扣子，袖口整齐地扣着。褐色 Polo 皮带体贴地系在胯骨上两寸处，腰弯微微呈凹弧形。从腰到臀的弧线流畅丰满，画出他的美腚。腿线笔直。比身高一米七三的萧美高半个头。

萧美穿他从伦敦带回来的 New Look 薄荷绿 V 领系带连身衣，脚踩鲜红色高跟晚装凉鞋，脚丫涂粉色指甲油。

两人牵手闪亮登场，轻轻往人前一站。

众人鼓掌："欢迎——欢迎！欢迎——欢迎！"

一对璧人入座。

再没有比公司聚餐更闷的了。尤其有老板在场。又不能不讲话，又无话可说。又不能不笑，又实在不想笑。每个人脸上浮着一层冻结的虚笑，像画上去的。连高声大笑都假，捧场的。 表面上看似热闹无比，实质寂寞异常。

有魏德文加入后，笑声似乎真的了。

他不断搞怪，一会广东话，一会普通话，逗那香港合伙人十二三岁的儿子玩。

小孩子用香港话叫魏德文"鬼佬"。

合伙人和中国员工们吓一跳，众口同声喝断："衰仔，你讲咩吔啊？毋礼貌！"小孩说："佢又唔识听。"

魏德文听了，笑："衰仔，你讲咩吔啊？"

公司有三分之一员工是香港，马来和大陆人。华人都会讲几句简单的广东话，包括萧美。被他的幽默逗乐，哄堂大笑。连邻桌都投来好奇的眼光。

都没想到魏德文的粤语如此之好，更没想到他的幽默能力。有些人是第一次见他，听说了他的身份，本来有些拘谨的。在他秀了十分钟后，也放开来跟他玩。

继续做秀，用普通话打趣那谁的儿子："我们不跟你玩了。你不好玩。澳憨。"小孩不懂普通话，用英文问他："你什么意思'澳憨'？"魏德文说："你脑子进水了，澳憨都不懂。不跟你玩了。"还是讲普通话，小孩跟他讲英文："你什么意思'脑子进水'？"

众人笑翻。

笑得最开心的要算萧美。她坐在魏德文的身边，整晚几乎没怎么讲话，只负责笑。看着他跟大家伙儿逗笑。在看他的眼神里，满满的爱和骄傲。平日里两人用英文交流。不知道他的国语，港语好到这程度，随口就来，用词惟妙惟肖。

更让她自豪的是，他肯为自己放平身段跟他们搞笑，娱乐众生。虽然是同事，不都熟。别的部门，像仓库啊什么的，只是哈喽，拜拜的关系。

她整晚都在微笑，大笑。这晚，和这晚之后，她更爱他了。

她很满意他的表现。看到他王子般受捧，自己王妃的感觉都出来了。骄傲得不可不可。恋爱让女人昏庸，萧美亦如此。她以为自己是坐在光圈里，灿烂到爆炸。

魏德文相信自己的魅力。知道萧美被他电晕了。也知道在座的女生们都为他竟折腰。要拿下这些人太容易啦，只需要发一成功力，一成就够啦。他俯仰间不经意地显露出富家公子没敬畏心的傲慢，举手投足更自带一股风流。

跟这些人一起玩，他有一种高高在上的感觉。亚洲人给他这种感觉，众星拱月般。仿佛回到了复旦时代，那不可代替的，快乐的旧时光。那时候的东方刚开放不久，很少见过西方人，对他，这个来读书的西人，像珍宝一样的宠爱。东方女生对他的迷恋到了一呼百应的程度。

现在，这一时刻，当年的那只鹤回来了，立于一群鸡中间。

众人皆沉醉在他搅起的欢笑氛围中，唯有阿泊·派奇奴对这一切冷眼旁观。他很酷地坐那，整晚都不怎么笑。

圣诞假期过完，萧美第一天回公司上班。

前辈阿泊·派奇奴在茶水间对萧美说："魏德文是个完美的情人。太完美了，不像真的。你要小心噢。"

"什么话？"

萧美不爱听。她不吭声，端着咖啡杯坐回自己的位置，摁开电脑，开始工作。好一会儿，阿泊的话又浮出来，在她心间徘徊。

她悻悻，意难平："八卦！你不是也看上他了吧？妒忌我？同性恋爱起来比女人还疯狂。"

二十五

萧美跟着卡皮尔走没多远，后面上来一对年轻中国夫妇。他们主动跟萧美打招呼。

"你一个人来？"妇人问。

"是的，我一个人来。"萧美说。

"你从哪来？"妇人讲的一口京片子。

萧美想起来了，在停车场，他们的车就停在自己的旁边。当自己不断回头去看那组老外时，眼睛的余光看到一对亚洲夫妇冲自己笑来着。

"悉尼。你们呢？"

"悉尼？"夫妇俩互看一秒钟，仿佛没想到是这个答案。妇人说："我们从北京来。"

"澳大利亚的悉尼吗？"男人想一想，再问一句。

"是呀！"萧美扬声应道，没讲出来的话："连这个都不知道？"

男人一戳，凝重地看着萧美："加拿大也有个悉尼。英国也有个悉尼。"

"哦。是吗？"萧美轻飘的口气。明显的瞧不起他。见卡皮尔已经走出老远，来不及多讲，对他们叫："再见。"快步追卡皮尔去。"不信你谷歌一下。"男的好受伤，冲着萧美的背后喊。

望见铁索桥，萧美有些激动。终于要进山了。

卡皮尔在桥前停下等萧美，跟她要登山证。萧美茫然，一时半会想不起来是什么物件。卡皮尔提醒她："昨天办的，有相片的登山卡。"她慌忙从包里找出一个大信封。就是怕不好找，她把从加德满都一路来的所有单子，发票，机票票根，文件等放一个信封里。把信封交给卡皮尔："都在里面了。"

卡皮尔从乱纸头中找出一个蓝色封面，护照大小的小本本，向萧美扬一扬，"就这个。"信封还回给萧美，让她等在那儿，自己小跑进村委会样式的房子里。

萧美等在路口。看天变色了，要下雨的样子。九月是雨季。萧美来了差不多有十天，天天下午下雨。她在随身包里翻翻，确认雨衣在里面。

偶有人从她身边走过，大多数是本地人，鲜有旅游者。她奇怪，刚才看见那么多旅游车，那些人呢？他们都哪去了，这一路上也没见着几个。难道他们走别的路线？

她等在那里，孤孤单单的。

下雨前，气压低，特压抑，空气里弥漫着灰尘的味道。

不一会，卡皮尔从村委会的房子里出来。满脸灿笑。

他把蓝本本递给萧美："搞定（Done）。"

萧美接过来看。从昨天到现在也没好好看一眼费了一个下午劲搞到的证件。原来那不是个本本，是一张 A5 的硬纸皮，拦腰折起，看

上去像一本护照。打开了，两面都有印刷。 一面，中间偏上，一行
16 码的白色英文打在蓝色背景上：Thekker's Information Management
System（TIMS）。中间偏下，一行背包客走在大山里。 另一面，萧美
的大头相（拍了四张，一张贴在这里，一张被办证处留做文档，两张
被放信封里，自己收藏。），出生年月日，国籍，进山日期栏，出山日
期栏。进山日期栏上戳着当天的日期。红色墨迹。显然是刚才进去戳的，
墨迹新鲜，萧美用手指轻触一下，看墨干了没。

"放好咯。"卡皮尔站边上看着她，焦急。"待会还要用的。"

"还要盖吗？"萧美问。

"还有两次。进到山里一次，出山的时候一次。"

到此，萧美终于放下心来。她终于弄明白他们的管理模式。"我
的安全，就靠这个小本本上的戳啦。"

昨晚躺在酒店的床上，想着今天要上山的事，心里一点底都没有。
万水千山走过，从来没有像这次，这样无所适从。心里不禁浮起一丝
悔意。也许不该来这地方？ 也许，"进山"是个错误的决定？

她想，到了山里，这小孩要是动了杀心，把自己推下山崖去，"那
也只有神知道啊。"

"现在好啦，如果我没出来，他们会知道的。说明我不是丢了就
是死了。谁带来，哪天进山，走哪条路，线索全在这个小蓝本本上。
他们还挺聪明的。"

萧美悄悄地欢喜着。

她小心着把登山许可证放进包里，放好。有了这小蓝色护身符，
她放心地大迈步向铁索桥走去。

一过了桥，天就开始下雨。

在桥上已经有雨点落下，萧美被打了几点在头上。因为跟马们挤

在一起，想到抄雨衣的，楞是不敢动手，怕惊着马们。马们那么善良，怎么这么怕它们。平日里没少说马的好话来着，因为郝佳属马，还是匹火马。叶公好龙啊。雨衣在包包里，拉开链子就行。马们一溜，五匹，六匹，七匹，八匹，没认真去数，（在这种情况下怎么可能数？真没那么幼稚啊。）长长的队伍，从她后面赶上来，把她逼到桥边上去。惊着马，被踢下桥去不是不可能啊。

从桥的边上望下去，下面的流水汹涌。她发觉这里的水跟别处不一样，淡蓝中透着乳白色，绝对的冷色调，流得特别猛，轰轰直响，听着挺吓人。她必须把头转过来，再这么看，无需马尥蹶子，自己就掉下去了。脚后跟一缕酸感往上串。她畏高。头转过来就对着马们。她没有选择地被马汗熏着，快要窒息了。如此近距离跟马们待一块，头一回经历。马汗真骚，她控制不住地想吐。可怜的马们快些走吧？她暗暗祈祷。马们驮着煤气罐麻包袋什么的，身形凭空大两倍，几乎擦着她走过去，踢踏踢踏，脚步声听着蛮有力。她吓得几乎挨着卡皮尔，站那儿动都不敢动。

炎热压抑的午后，看样子，是要来场大雨了。

说都没那么快，雨点刹时间密集起来。萧美快快从随身包里掏出雨衣给套上。新雨衣，特意为这次来尼泊尔买的。叠压太久，这里翘一块，那里折一道。为了安全，她把 DIESEL 帆布包斜挎在前面。里面有护照，现金，信用卡，手机，相机，还有那本蓝色的登山证，护身符。贵重物品随身带，这是原则。为了保护里面的东西，又怕掉出来，又怕让雨给淋湿，她弯腰转身，动作幅度都不敢太大。没了钱，没了护照，那将是不可想象的灾难。这会儿没了卡皮尔还真不行。

他在她的背后帮着给这拉拉，那拉拉。亲爱的雨衣从她脖子那罩下来，像个台灯罩。

萧美拍拍前面的包包，像个大肚婆。雨衣长不过膝盖，方便走路，腿迈得开。走山路，最怕腿脚不灵便。"那会很危险。"萧美想，她一边前后检查，"完美。"一边评价，很是得意。

雨衣的头罩有些松，风一吹就往后退，萧美的额头和刘海被淋了。她发觉问题出在下巴那儿。那儿有个摁扣，她死劲摁，却怎么也扣不住。这尼泊尔雨衣，质量就是有问题。

卡皮尔退下大背包，在包身上找塑料罩，见她着急，放下手上的活过来帮忙。她仰着头让他捯饬那摁扣。他的手在她下巴那儿蹭来蹭去，碰到她的痒痒肉，"哈——！"她喷笑出来，闪电般推开他的手。"我自己来好了。"

卡皮尔的手好暖。被他触到，电流在她身上不怀好意地震荡。

卡皮尔把背包翻来覆去地看，问萧美："你这背包可自带雨罩？"

萧美说不知道。

背包是在加德满都买的。做了徒步的决定后，苏雷什建议她去买个背包，明显的，不可能拎着行李箱上山。晚上九点多，她疯跑到街上，要抢在店铺关门之前赶到。街上，不能说黑灯瞎火，也几乎在那个水准上。店里昏暗的光线，包包都一个样。百分之九十的店铺打烊了，她一心想赶快闪，越快越好，赶紧回酒店去。随便拿了一个，大小合适就成交。

雨开始大了，斜风夹着雨丝打在萧美的脸上。天灰云低，峻峭威武的大山霎时变得空濛淡远。

萧美突然烂漫起来。信步前行。

雨让她漫起少年时的情怀。

悉尼不是没下雨，只是悉尼的雨给不了她小时候的感觉。为什么？她也说不清。也许是因为生活方式的不同？在悉尼，出门就开车，遇上下雨，也会是在车里。没直接接触怎会有感觉？也许是因为南北半球的问题？她认为北半球的人去到南半球后，性情会有颠覆性的变化。例如她自己，自小就痛恨甜食，痛恨到食不下咽的程度。每次被妈妈批评过后，第二天就会有咸早点吃。妈妈特意为自己做的，当做道歉。在悉尼，为了能吃上一款叫白兰地巧克力的蛋糕，她特意坐火车到北悉尼去买。因为只有那家小咖啡店里的配方最好。

小时候常常这样子淋着雨走。

记得在小学升初中那个年龄段，看过几本民国小说，浪漫得不行。请书法老师给写了个条幅："最难风雨故人来"，挂卧室里。看着它，常常有想流泪的感觉。在雨中漫游，特"凄风苦雨"，特"风雨飘摇"，特"笑傲江湖"。每遇下雨，即使妈妈不让出门，候雨一停，立马骑单车出去瞎转。最疯狂的一次是，大概是小学五年级吧，下午去上学，路上遭遇大雨。家乡的夏天，下起雨来一点也不含糊，大雨滂沱，人都躲雨去了，站到屋檐下，也不管那是别人的家。一条马路空荡荡就自己一个人在走，走在烟雨中。雨，兜头兜脸泼过来。出门时太阳当头，戴的遮阳草帽，帽沿被雨打塌落下来。衣服吃了水重沓沓贴在身上。刚刚开始发育的身子，被雨洗得细长细长的，及薄的肩膀和腰，小小的乳房像两只小苹果。屋檐下有人对她指指点点，嘈杂的声音："这孩子傻啊？还不快来躲躲，要感冒的呀。"她不躲。她有理由。已经迟到了。午觉起来晚了。就这次淋得狠。印象特别深。后来再没发生过。

快四十年过去了。在尼泊尔想起那个下午，还会心动。想着浑身像洗澡一样站在教室门口向老师喊"报到"的样子。不到一分钟，等老师说："进来"的工夫，地上一下子一滩水。那情景特别清晰，特别清晰。

雨，让她想起小时候的家。家乡四季分明，冬天苦寒，秋天萧飒，春天万紫千红，夏天炎热。她喜欢这样的气候，像坐过山车，一会舒畅一煎熬，天堂地狱来回走。悉尼就不一样，永远春天，永远无聊。永远室内单衣，即使夏天，出门也要带外套。靠海的城市，风大。刚到那会儿也很爱那的。再热的天，即使太阳直射在南回归线上，从海上吹来火风，只要往大树底下一站，就不觉着热了。在最冷的冬天里，只要呆屋子里，也就不觉着冷了。这种日子过久了，人就钝了。难怪悉尼的老人爱犯痴呆病。

在悉尼这么久，从来没有像现在这样清晰地想起家乡，感觉着那一丝丝的气息。难道真的钝了么？小时候爱在快雨后骑单车在街上没目的地胡乱转悠。空气清新，有一丝甜的味道。且闻且走，且走且闻。雨后街上没人少车，爱咋骑咋骑，过马路也不需要左右看。

想着过去，心里暖暖的，人变得柔软起来，好像被唤醒了某种意识，突然觉得特孤单，特柔弱，特害怕。她想到了卡皮尔，却发现他不见了。

"什么时候走丢的？"她站住脚等在路边，东张西望想。雨，打在她的雨衣上叭叭响。

那对北京夫妇从后面赶上来。男的问："咋不走啦呢？""导游不见了。"萧美说。

"啊哈！你把导游给弄丢了？"男的逗趣的口气。

"你的导游在后面。我们看到他啦。"女的说，表情有点怪。

典型的山路，羊肠小道，只能走一个人，又逢雨季，严重泥泞，萧美笑着往边上靠，等在那儿给他们让道。

男的，女的，导游，一个跟着一个打萧美面前走过去。看着他们渐去的背影，尤其是那对夫妇，他们的雨衣，鞋子，背包，登山拐，样样精良，像登珠峰的配置，精美且豪华。越发想念卡皮尔，像对亲人的盼望。别人都走了，不理她了，留下她一个人待在这荒山野岭里。

二十六

约会一年多，魏德文还没用"自己的方式"把未婚妻处理掉。当萧美发现这个事实时，几乎气疯了。她颤抖着声音质问他到底想怎么样？他没有直接回答她的问题，只竭尽全力地温柔地吻她。吻到她筋疲力尽，气也消了大半。她再没力气去生气。

他是爱她的。他在用行动向她表白。

但无论如何，萧美心里长刺了，对他的爱，再也去不到往常那个层次。当他的手滑到她裤腰那，她条件反射推开他。

"亲爱的，我想你。想你分分秒秒。"

萧美推开他，坚持。

她需要把这件事解决掉。马上。当下。否则……没有否则。处理掉的意思就是：是她？还是她？俩，只能留一个。她宁为玉碎。

她坚持，今晚他必须做出选择。就是说出大天来，也不让步。这件事到头了。已经给了他足够长的时间。

静默十分钟。

魏德文似乎有了答案。他再次发气质功，气定神闲："我们分手吧！对不起。我现在能做的就是这样。你要的我给不了你。我没那资源。"说完，他顿住，看在她的脸上，细察她的表情。见她没抓狂，声音再放低些，再温柔些，"对不起，我可能伤害你了。其实你可以找到更好的。"

即使曾经拍过 N 次拖，分过 N 次手，萧美第一次有栽的感觉。这算是她的第一次失恋。第一次尝到被蹬的滋味。这滋味不好受，很不好。她瞪大眼睛看住魏德文，仿佛难以相信刚才听到的话。"他怎么可以这样讲？他怎么可能这样讲？不是讲好的吗？他会把'她'处理掉。哪里搞错了？肯定是哪里搞错了。"

她脑子空空，心空空，泪水自顾自长流不止。好像是别人的眼泪，不关她的事。

每次回想当晚的状态，她都觉得奇怪，奇怪自己由始至终都没感到伤痛，但眼泪却像水龙头开到最大的状态，狂流不止。

和魏德文分手，她第一想到的是，怎么跟同事们交代啊？才在圣诞晚餐上得嗤完。怎么 hold 得住啊？

从魏德文家出来，她大哭了一场，哭完就回家。

踏进门，看到那瓶前晚和魏德文喝剩下的威士忌坐在饭桌上。像招财猫在向她笑："来。来。来。"她走过去，抓起来，750ML 装还剩半瓶，仰起头，对着瓶口喝下去。天花板立马旋转起来，像洗衣机在甩干，她的身体向地下斜下去，头往下冲，往下冲，她赶快伸出手去想要抓住桌角，桌角咫尺天涯，就在眼前却怎么也够不着，无限延远。她，像电影里的慢镜头无声无痛地倒在地上。

二十七

萧美醒来的时候，是第二天早上。她从地上爬起来。在哪里跌倒就从哪里爬起来。去洗了个热水澡。把自己打扮打扮就上班去。

圣经上说："太阳照常升起。"海明威也说《太阳照常升起》，估计海明威根本没时间看日出，他是学圣经上面说的。

萧美还得照常上班，生活照常过下去。

阿泊·派奇奴，纯种意大利人，永远的一身黑色衣裤，廋削流线型体形，比女人还要妖娆。见萧美进来，就向她招手。萧美这时候不想讲话。跟任何人。她的脸像塑料做的，没有丝毫表情，仿佛灵魂出了窍。奈何他是上司，只好过去。

"你好吗，美？你的脸色很差啊。"阿泊指一下身边的空椅子，示意她坐下。

"很好，谢谢。昨晚睡得晚，不够睡。"萧美撒谎。这个时候，必须的。她必须保护自己的尊严。就剩它了。她眼帘浮肿，蔫蔫地。

"美，我给你看一样东西，你必须平静啊。深呼吸啊。"阿泊说着在电屏左下角点一下，隐屏转显屏。阿泊点播放，视频动起来，渐渐凸显一对赤裸男女，狗熊一样抱一起滚床单。各个角度，正面，背面，全景，部位特写。足有一分钟长。设计部门的电脑配置好，分辨率高。视频特清晰，跟小电影无异。

魏德文只现背部，萧美三点尽露。

"Fuck"萧美脱口而出。（设计部的人都神经，自个儿对着电屏"Fuck"是常态。）

"美，你还好吗？你脸色不好哇？"阿泊探头看着萧美，同时把视频删掉。

"阿泊，请你帮我请病假。我有病。"说着萧美站起来往门口走去。

"美，自己保重！照顾好自己，别太当真啊。"阿泊目送她，眼神忧伤。

从公司出来，萧美在第一次跟魏德文讲话的地方站住，有点懵，静止五分钟，想到郝佳。一分钟也不能等，就给她打电话。上班时间只有打到她公司去。

郝佳一听到萧美的声音就知道肯定出事了，要不不会这个时候来找。她恋爱大过天，这事肯定跟魏德文有关。约她在单位附近的泰国快餐店见面。中午饭总是要吃的。边吃边聊，能做到的就这样了。

在电话里，萧美只说要乘火车来，马上。没再说什么。没给线索，郝佳猜不到她到底发生了什么。知道从她单位到这里没直达火车，又是小站，车少，估计最快也得四十分钟。现在快十点了，提前些吃午饭，说得过去。

郝佳在忙一个大活。市中心的电影院正在建一个"好来坞蜡像馆"，这也算是城中大事了。据说蜡像馆里会有史泰龙的真人手印。她公司拿到蜡像馆的空调工程。由郝佳和另外四位工程师负责这个项目。萧美这时候来找真不合适，但凭她俩两肋插刀的情分，郝佳没二话，赶紧把手头上的活干完，交给同事，提早五分钟去餐馆。

午饭只给半个小时。听一个失恋人倾诉，半个小时肯定不够，尽力吧，先安抚安抚再说。看情形，她肯定是扛不住了，要不也不会这么火急火燎撞过来。郝佳做好准备当垃圾桶。

她往餐馆赶，像去救火。到了那，萧美已在，怒气冲冲的样子，满脸乌云。

"发生什么事啦？"她边坐下边逗趣，笑嘻嘻地，甚是放松，没等萧美回答，转脸对刚放下餐牌的服务生说，"要冬阴汤，跟虾。谢谢。"转脸问萧美："你点了没？"

"还没。"萧美说。

"两份冬阴汤，一样，跟虾。"萧美也对服务生说。

没见过萧美这般气急，几近粗鲁。服务生走后，郝佳一脸的庄重，说："对不起，我赶时间，点了餐我们再聊。你好吗？出什么事了？你今天不上班？"

萧美把被视频的事告诉她。她惊呆的样子，张开嘴好几秒钟才合拢，很夸张的表情看着萧美，一下子找不到合适的话讲，低下眼睛去看着自己面前的茶杯。

过去为萧美善后过不少，每段恋情结束，都由她当耳朵当垃圾桶外加婚恋心理导师什么的。没想到这次闹这出。已经超出她的经验范围。真是太震怒，太垃圾，太卑鄙太超出想象太不可思议了。世上还有这等人类？真是人类的耻辱。

十一点，离午餐时间尚早，店里只她们这一桌。坐下才五分钟就出餐。有服务生在，不好讲话。静静等着，服务生动作真叫慢，好像存心想偷听似的。

等了一个世纪那么久，终于等到服务生走开。"那你打算怎么办？"郝佳低声问。

"我要告他！"萧美信誓旦旦，像要跟谁拼命。本来是想跟郝佳要主意的，见她这样，不禁烦躁起来。

郝佳看看她，不说什么，轻轻叹口气。低下头去吃饭。

萧美知道刚才讲话有点冲。正常情况下她会向郝佳道歉。现在正憋着一肚子火没地撒，不想讲话，希望郝佳能理解，不是冲她的。

萧美吃不知滋味，满脑子都是视频，像轰炸机轰隆隆响。当看到阿泊放的视频时，简直像是冷不丁被人在头上扣一盆屎，懵了。在火车上四十分钟，绝望中，耳朵里骤然响起一个声音：告他。刚才对郝佳说出这两个字的刹那，浑身充满了快感。仿佛看到他身败名裂的衰样。

"你可以试一试。"用了三分钟来思量，郝佳这样说。三十秒后又说："先找个律师咨询一下。"再想不到该讲什么。低下头去静静喝汤。

郝佳的反应不如萧美意，她更激动了，忍不住口口声声 F（Fuck）。顾及到是公众场合，有服务生在，邻桌也有了客人，尽力压低了音量。

"我个人认为，跟有钱人打官司一般都赢不了。"郝佳弱弱地说，斟酌每个用词，知道萧美这时候的脆弱，再经不起任何，哪怕是风吹草动的打击。一不小心，她就会崩溃。

"你这样认为？"萧美的声音比刚才软了好多，一下子没了底气。

见她口气，不那么铿锵，郝佳试探着，语气稍微更肯定些："你还是把他忘了吧？ 这种垃圾不值得存在你的记忆库里，占内存。一分钟也不值得。忘记他，马上。"例牌的安慰话，连自己都觉得多余。

告别了郝佳，萧美更觉堵。她的话如同隔靴搔痒，不得要领。"唉，她不明白我有多愤怒。她感觉不到的。她不懂的。这有多伤啊。"萧美的五脏六腑好像错了位，好想杀人。

她进了家门就大喊一声——啊——！

二十八

好不容易熬到晚上，萧美上楼去找朱姐。白天有了郝佳的缓冲，萧美没原先那么冲动，自控力回来了。

朱姐和郝佳并列为她最好的朋友，没有之一。

郝佳是同龄人。两人同声同气，浪漫，爱情至上，趣味相投，可以一起疯，一起荒唐。彼此欣赏，互相理解。但她是俄国人，看问题有时候会出现角度问题，有盲点。朱姐既是同胞，又比自己年长，她智慧，客观，冷静。她的话总能讲到点子上。毕竟是自己人嘛，比较对口型啦。遇到问题，萧美更愿意找朱姐出主意。

她把她俩分组：郝佳在有福同享组。朱姐在智囊组。两人都是终身朋友。

其实朱姐并不欣赏她，在很多事情上朱姐并不认同她。她们不是一类人。这，萧美清楚。两人的友谊得以维持并茁壮，靠得是萧美的付出和忍让。没办法，谁让自己崇拜她呢。

朱姐说："这种事，还是不要张扬的好。你这么一闹，连不知道的人都知道了。对你有什么好处？"

朱姐说："这人坏，还坏得有高度。把你的裸照放网络上。平头百姓恐怕连听都没听说过网络这个单词。你幸运。你不说，没人知道这事。"

从朱姐嘴里出来的不是人话，是刀子。刀刀戳在萧美的心窝里。

朱姐说："跟魏德文斗，你斗不过他的。他有钱请得起好律师。你可以吗？顶多到唐人街请个香港移民第二代。再牛也是黄皮肤。这里毕竟是人家的地盘，华人不过是外来人，在人家这讨生活。关键时候谁不是站在自己人一边？你往法庭上一站，法官见是个黑头发的，在心里就已经判你输了。"朱姐突然冒出一句英文" Turn the table around（换位思考）。你要是法官，会判华人赢吗？"

朱姐第一次这样，讲话中文里掺英文。

她曾经撰文讽刺在悉尼的华人："香港人也好，台湾人也好，大陆人也好，讲话都喜欢夹带英文，把中文讲得像东南亚华侨的语文水准。大陆人尤其堕落，堕落成小国寡民而不自知。"她更看不上那些中国人，明明知道对方是中国人，还要跟对方讲英文。她说那些人是文化汉奸。

萧美笑说她文风犀利，"快赶上鲁迅了都。"

朱姐没讲完，还有话要讲。她讲萧美："不是我说你，都快三十的人了，也该成熟了。他说你美，你就当真了？也不想想，像他这种人，想找多漂亮的女人没有？金头发蓝眼睛的，在他家门口排一长溜呢。（萧美暗忖，你也知道？）你以为人家真没有门第观念？白人最讲究血统了。（话下之意，有空你多读些书吧，别一天到晚就知道拍拖。）他会跟你结婚吗？凭什么呀？ 哦，你以为他们真的跟你平等了？ 别天真了。嘿，如果有他妈的平等的话，魏德文就不会拍你的照了。那些个十七八岁的澳妹，脆生生水灵灵，多漂亮啊！他为啥不拍她们？

偏你？"

被朱姐喷一脸狗血，萧美悻悻然回家。本来魏德文那段公案未了，又添上朱姐的堵。她这时候感到天苍苍野茫茫，自己像一只掉进黑洞里的羔羊，凄清又迷茫。

"没想到朱姐这么恨魏德文。"

萧美对朱姐对裸照的反应如此激烈，始料不及。验证了她一直不肯面对的直觉：朱姐不喜欢魏德文。什么原因？ 她不知道。

朱姐讨厌魏德文已久。原因是，因为他喜欢萧美。这个，萧美更没想到。

朋友都哪去了？ 怎么就剩自己一个人呢？ 说什么 A friend in need is a friend indeed（患难见真情）。友谊算个屁呀！

"他妈的朱姐，他妈的朋友。"

她发觉怎么恨朱姐超过恨魏德文了呢？ 这是危险的信号。不能让思维往这条道上走。已经失去了男朋友，不要再搭上个朱姐，不值得。

"懂吗？ 不值得。"她自言自语，拿出一瓶酒，拧开盖，往杯子里倒。何以解忧？ 唯有杜康。

跟着魏德文，练出了些酒量，一瓶 13.5 度的红酒被她喝剩四分之一，没醉，就是思维跳跃得厉害。一会儿想到被魏骗子欺负，一会儿想到朱姐的阴招。在酒精的帮助下，翻出对朱姐的积怨。想起第一次去魏德文家那个晚上，有叫朱姐半个小时后电话来干扰的，她既然晚了两个小时。现在怎么想怎么觉得是她的阴谋。

点上一支烟，她烟龄不短，在大学的咖啡室，课间休息，跟一班男女同学坐地上聊天，书包，设计图纸，统统扔一地，就那时候开始学会抽烟的。大家人手一支烟，她耳垂上的大耳环，在她大笑时拼命地晃，中午一点钟的太阳照在上面，反光打在墙上，同学的脸上，地上的书包上……

红酒虽然度数低，但也是酒。萧美脑子有点懵，需要烟清醒一下。郝佳看见的话，一定会阻止她。烟酒混用，会死人的。不用烟酒，有比烟酒更厉害的就是魏骗子的背叛和作弄。即使这都杀不了她。到底年轻啊。

白色的烟从指缝里袅袅生出去，一直高，一直高上天去，像一条随意的粉笔线。想着朱姐的那些话，她郁闷非常。讲得不是没道理，可是，怎么那么戳心啊！"谁都可以对我指指点点，就她朱姐不行。"

往事像过眼云烟，一幕幕掠过萧美的脑海。

萧美喜欢朱姐，是第一次在《新新报》的文学园地看到她的随笔。《新新报》虽然跟《星岛报》一样，同属香港老板，但路线不一样。《星岛》亲港，专登港台作品。《新新报》周末版的文学园地专发旅澳大陆作家的作品。萧美买周末《新新报》就是为了看文学园地，闻闻大陆的味道。

爱朱姐的文字，它硬派，虽然稍嫌文革腔，但觉悟高，站得高看得远，放眼世界，关心人类。不像港台作品，除了风花雪月还是风花雪月，腻味死人。喜欢过一阵子三毛，那是在少年时。林燕妮也很不错，因为她是个贵族。香港有个茜茜凰什么的，（连名字都起得别扭，没人读得准。）看她的东西萧美恨不得一头撞墙上。没见过这么自恋，这么扭捏作态的。什么女作家爱上博士，酸得牙掉一地。朱姐不一样，她的文字痛快，含枪带棒，京味浓，很王朔，大雅若俗。读它有快感。跟朱姐做邻居后，简直把她当精神导师，跟她无话不谈。甭管是头晕脑热还是疑难杂症，都到她那儿找解药。

跟朱姐闺蜜，还有个原因，大家都喜欢苏联文学。虽然与朱姐的年龄差几近二十岁，却有相同的阅读经验。都经历过共和国废黜英美独尊苏俄的特殊时期。外国文学，除了苏俄，别的都是毒草，禁阅。是高尔基，托尔斯泰，《远离莫斯科的地方》《青年近卫军》《静静的顿河》培养了她们的文学审美趣味。其实，在萧美的年代，这些也都成了毒草。《钢铁是怎样炼成的》也禁。她也说不清楚是怎样看完这一系列作品的。有些是在妈妈的旧书架上找到的，夹在鲁迅的《两地书》《野草集》《朝花夕拾》和毛选中，成了漏网之鱼，没被烧掉。有些是从图书馆的旮旯里拾出来。有些是解禁后再版，从新华书店买来。有一点是一致的，都是在被窝里打着手电筒看完的。

　　每在一起聊天，是各自对自己童年的回忆，各种趣事，各种坎坷，一个讲一个听，那个讲这个听，回忆旧时光，津津有味，韵味悠长。两人常常是这样的，各自手里夹一根烟，像在现在这样的夜里，天空繁星点点，黑暗处撒落着人家，窗口里透出的橘黄色的点点灯光，闲聊。聊过去，聊文学。

　　正是："与君论心握君手，荣辱于余亦何有。"的情怀。

二十九

自然，萧美对朱姐的信任就无底线了。一有心事就跟她讲，尤其是恋事。也喜欢跟郝佳讲。但跟朱姐会讲得多一些，深一些。还开玩笑说朱姐是自己的日记。

郝佳是外国人，有些只可意会不可言传的感觉，她悟不到。有时候，觉得很走心的情节，郝佳却一脸茫然。这让萧美很受挫，仿佛行亲脸礼，亲了一边，待要去亲另一边时，对方却把脸转开，扑空的感觉，聊兴大打折扣。

还有一个原因，朱姐有时间，又肯浪费在自己的身上，随叫随到，永远没档期冲突。又住楼上楼下，串起门来方便（朱姐来访的时候多。她是作家，只许打搅别人，却不喜欢被打搅。）重要的是，朱姐感兴趣她的事情，愿意听，专注而耐心，永远理解万岁。不像一些所谓的朋友，没事时，吃吃喝喝还好，一旦你倒霉了，就避之大吉，要不就变身导师，立马对你指手画脚。好像自己什么都行，从不犯错似的。

想聊天，就得请饭。

　　萧美也喜欢跟朱姐吃饭。她俩不把吃饭叫"吃饭"，叫切磋。萧美对朱姐说："今晚有空吗？我们去切磋切磋？"也不说请，顾及到朱姐的感觉。有请就得回请。不回请，朱姐的自尊心过不去。那不成白吃了吗？回请？一个卖文为生的人，荷包是吃不消的。吃完饭，也不说买单，不动声色，借口上厕所就悄悄把账给结了。从厕所回来，朱姐已经做好撤的准备，只等萧美一句话："我们走吧？"便站起来，说："我去结账。"萧美尽量做出不经意的样子，说："我已经给结了。"

　　去哪吃饭也不是个议题。心照的，当然是怡苑。

　　怡苑是留学生名流出没的地方。各大中文杂志报纸的编辑，记者，作者，都喜欢在那聚。对酒当歌是文人墨客的拿手活儿。怡苑有卡拉OK，酒喝到微醺时，上台去高歌一曲，那种情怀堪比曹操。即便平时羞答答的 A 型血的文学青年，专栏作家，也借着几分酒力，号出狮吼。

　　英儿是每个周末都去怡苑的。朱姐对萧美感叹："喏，那个就是英儿。每周末都带不同男朋友来。我最想要的就是这样的生活呀。"

　　也不是因为怡苑有名才去那儿。是没选择。方圆十里就这么一家京菜馆，又是大陆老板大陆厨子。可谓地道也。价格又好。还能唱歌。

　　也不完全是这个原因。

　　怡苑的老板是北京人，朱姐北大的校友。她中文系，他外语系。他们是来了澳洲才认识的。

　　中国八十年代的文化人，来了澳洲依然当文化人。

　　他们刚到澳洲时，为生活所迫，过了一段类似美国西部牛仔的生活，群居，迁徙，开辟家园。渺茫中等待政府的消息。一年半载后，熟悉了环境，生活相对稳定。政府给了个临时居留签证。简称临居。除了接受，除了等待，没更好的法子，就等着呗。看样子，一时半会政府也不会有大动作了。他们便自娱自乐，大兴办报。报纸杂志，雨后春笋般冒出来。《满江红》《大世界》《华声报》《自立报》，踊跃登场。澳洲华文文坛一派欣欣向荣，七国争雄般热闹。

怡苑的老板就是这批报人中的一个。他用笔名"黑明亮"，在自己的报纸上写专栏。大家叫他黑老板。

朱姐曾经是黑老板的专栏作家。由于某种不能说的原因，黑老板在报纸销量最好的时候，把它卖了。去开了家小京菜馆，就是驰名留学生界的怡苑。

萧美看得出来，朱姐对他有感觉。

每次去，黑老板都出来招呼。也不知从哪里，她们饭吃到一半的时候，突然就冒出来，出现在她们的面前。

朱姐一见到他，立马两眼放光，精神抖擞。

黑老板从来不关注萧美，或者说，不特意看她，一眼带过，微微一点头，算是打招呼了。他请朱姐唱卡K。像尽孝，每次见面都做这事。

她跟着他站到台上去，肩并肩。萧美留意到，他俩总是挨得很近，尽可能地近，又尽可能不让碰着。怎么看都有欲盖弥彰的嫌疑。

他们把能找到的苏联歌曲唱个遍，三套马车，莫斯科郊外的晚上，卡秋莎，共青团之歌，听妈妈讲过去的故事。

一唱完K，这顿饭的高潮算过了。

朱姐从台上下来，脸上带着余欢。黑老板直接消失。他任务完成了，回到自个儿的岗位上，该干吗干吗……

三十

卡皮尔远远向萧美走来，背上的背包被盖着黄色的雨布。萧美心里一暖。在这荒山野岭中，只有这个人跟自己风雨同路啊。

卡皮尔看到萧美眼睛里的期盼，轻笑，舒缓中带着些羞涩。

他看着她满是水珠子的脸，想起昨天初见这个女人的情景，如何的冷傲啊！今天早上她还是一副拒人于千里的样子。多美丽的女人。现在这个样子多好。好美的姐姐。

"你去哪了呢？刚才还听到你跟那个导游聊天来着，转眼就不见了。"萧美有扑到他怀里去的冲动，表面上却清风吹杨柳，轻轻悠悠，暖声说道。

"我小便去了。"

萧美恍然大悟：怪不得呢那女人的表情那么怪。

如果告诉萧美，他就是站在路边把问题给解决的，她一点都不奇怪。这一路从加德满都到博卡拉，男人站路边小解她看见不少。像看见藏民在泥路上扑腾一路跪拜到拉萨朝圣；巴厘岛上的原住居民，老女人不穿上衣，晃着两个干瘪的口袋似的乳房，自在地走来走去一样，当民俗，长见识。

路上，卡皮尔开始讲话了："因为你是一个人来，到了山上，会有很多人跟你搭话，给你提建议。到时候别理他们，只听我的。这五天里，由我来安排你的住宿。你的旅费包括餐费和住宿费。一天三餐，随便你点，但不包酒水。我每天早上会送你一杯喝的，咖啡或茶，随你喜欢。"

前面出现一个小杂货店。

进山以来见到的第一个，萧美想都没想，径直就走进去。卡皮尔才说的话："你只听我的"，也已成风，耳旁风，飘走了。进去以后，她发现卡皮尔没跟进来，回头看，见他站在雨中，愠怒的样子。

"进来！歇歇脚。我走不动了。"不是请求，是命令。对他不高兴的脸高视而不见。

大小姐，就这么任性，与生俱来，想改也改不掉。

萧美去买汽水，指着可乐问柜台后面的老女人："多少钱？"视线落在她两眉中间的红点上。（印度女人尼泊尔女人都有这红点，不知什么意思？）

"一百卢布。"老太太说。

"请给我两瓶。"萧美掏出钱包。

卡皮尔卸下了背包跑过来，接过萧美手里的钱递出去，同时对女人讲尼泊尔话。萧美听不懂，也不需要懂。老太太给卡皮尔找回二十块卢布。

萧美接过可乐，顺手递一瓶给卡皮尔。俩排排坐在椅子上喝。

北京夫妇和他们的导游走进来。萧美瞪大了眼睛问："你们不是走在我前面的吗？怎么到我后面去了？"

"我们拍照去了。"

"哦。"

萧美不说话。她对拍照不感兴趣，自从踏进四十岁就不照相了。除非有需要，例如办登山证什么的。接受不了自己四十岁后的容颜。

夫妇去买饮料。

"让导游给帮买，一瓶会便宜十个卢布。"萧美赶紧说

他们给导游说。导游笑着跟老太太说。老太太听了张大嘴笑。

大家坐在一起喝可乐。萧美问他们的导游："他们眉间的红点是什么意思？"用手指点在自己的天眼上。

"这里有我们的神。"导游用手指头在自己的脑门上一圈，"把羊血点这，供养我们的神。"

"你们每天都点，每天都杀羊么？"萧美学他，用手指在自己脑门上一圈。（那里有神，不能用指的。）

"不。有些妇女点的是颜料。装饰。为了美。"

"点着羊血，是不是神就在身边保护你啊？"

"是的。我们有好多神，围在我们身边。"

"你有点，卡皮尔没啊。神不帮他吗？"

见萧美喝完可乐，卡皮尔催她走。

告别了北京夫妇和他们的导游，萧美跟着卡皮尔继续上路。

三十一

其实，萧美错读了朱姐对她的关注。

朱姐一点也不是萧美想象的那样，当她是朋友，愿意听她的故事，做她的恋爱顾问。在朱姐的眼里，萧美幼稚得可耻。可是男人偏喜欢这个缺心眼的女孩儿。本着一个作家的本能，她愿意探究其详。任何人在她眼里都是探究对象。

其实对萧美的关注，已经超出她对人物探究的范围。看着她换男朋友，像风车一样转个不停，朱姐又是羡慕又是妒忌。自己不一直都憧憬这样的生活么？永远被男人前呼后拥。永远有备胎。旧的去了新的来。可她从来都没有过这待遇。

朱姐百思不得其解，这萧美有什么秘诀，怎么就弄得那些男的为她神魂颠倒？一天到晚轰轰烈烈？自己这边门可罗雀，连苍蝇也不来一个。要说漂亮，漂亮的人见多了，跟北电表演系的那些女生们没法比。在悉尼，还真没遇到过一个让人心服口服的美人呢。萧美嘛，顶多算顺眼。

听着萧美讲自己的男朋友,她心里猫抓似的煎熬。表面上和颜悦色,淡定冷静。以高人的姿态专注听讲(这是她的位置),必要的时候安抚一下,开解两句,给个评论,送个提醒什么的,充当一个一百分的挚友。心里的声音是:"来吧!你尽管讲,想多高兴就多高兴。我扛得住。"

自尊心不允许她流露出半点妒忌。

要萧美为了照顾她的感觉躲躲闪闪,把幸福藏着掖着,那才叫侮辱她呢。可是呢,即使意志如钢铁,也不是每次都能承受得住这样的自残。意志这东西不完全靠得住,偶尔,不注意的时候,下意识就会出卖她。例如,当萧美在兴头上,讲得忘形的时候她会冷不丁冒出一句有关床事的问题,暗讽萧美。男人找她不过是想跟她上床。她不是故意的,也不想手法这么不漂亮,就是控制不住,就是想损她一下。让她难受,自己就好受了。

萧美因为没防备有暗器,被噎得一愣一愣,不知怎么反应。翻脸吗?才对她掏心窝子呢,咋能说翻就翻?刹不住车啊。她错愕的表情,在心里挣扎3秒钟,做出选择:回答问题。有时候问得太赤裸,刀子刷刷直刺过来插在心窝上,她挣扎挣扎着还是拉不下脸来,能做到的就是假装没听见,顾左右而言他。

萧美反应慢,对朱姐的不怀好意要在回到家里,脑子闲下来,反刍,咂出味来,才后悔没踩她两句。在脑子里演练:我刚才应该这样回她。我应该这样反击她。一两个礼拜不跟她联系。

之后,不知道是谁先迈出的第一步。俩又去怡苑切磋。她们的友谊,在萧美一次次的退让,克己中延续下去。

萧美以为朱姐睿智,渊博,彪悍。玫瑰还带刺扎人呢,可人人都喜欢它。人都有缺点,与优点相比较,朱姐的缺点可以接受。她就是直,不太照顾别人的感受。作家啊，干的就是挖别人的隐私，啄痛别人的活。宁愿跟一个丰富，有趣的人相处，即使被扎两下，也比跟无聊的人待一块好。萧美的哲学。

朱姐手夹着香烟扶在方向盘上，骂违规超她车的人："妈个巴子"的样子让萧美觉得酷毙了。

"多过瘾？都酷成丰碑了都。"

"没办法，就是仰望她啊。"

朱姐对萧美说："人家都说瘦的人性欲强。"

朱姐说萧美："你真瘦，单薄得像一片柳树叶子。我姐姐就像你一样瘦。"

萧美问："你姐很瘦吗？有多瘦？"

朱姐说："她不穿乳罩就看不到有胸。"

萧美被海蜇蜇了一下。

朱姐坚信，这萧美的床上功夫了得。

萧美跟魏德文拍拖。朱姐说她："你是留学生中找老外的，找得最光鲜的一个了。"

萧美被海蜇蜇一下。抗议："是他找我，不是我找他。"

朱姐一方面硌刺萧美，一方面又对魏德文超感兴趣。每次见萧美，总假装着随意问，没几句就滑到魏德文头上。萧美要在家呢，就说："在家啊？不出去拍拖？小魏不约你？"萧美刚好从外面回来呢，就说："浪漫啊。跟小魏去哪快活啦？"这话听多了，萧美也烦，好想吼出来："能不提他吗？我也有别的生活的。"

朱姐明问暗引，从萧美那挖出不少魏德文的资料。她们聊天，魏德文自然是主话题。在朱姐的强大磁场作用下，萧美不经意地，自然而然地，把从魏德文那儿听来的有关他家族的故事及梅富豪享受老婆口交的八卦，都一一转述给朱姐听。当然，这些事是经过很多次聊天，在不同时间不同地点讲完的。把片段凑在一起，就有了故事的全貌。这于朱姐不难。她就是干这个的。问题是，这故事有点嫌瘦，需要加些肉，最好是肥肉。这样吃着才香，有嚼头。

"介绍我认识魏德文。"她们站在朱姐家的阳台上看小花新养的宠物兔。公寓里不准养宠物。兔子不像猫狗，没动静，好藏。小花把牠藏在纸箱里放阳台上。之前养过一只硕鼠，也是放在阳台上养。

她们一直在聊兔子，朱姐突然冒出这样一句，很无厘头。

萧美说"好"。以她对朱姐的了解，这应该酝酿了很久，鼓足了勇气才逼来的吧。这朱姐何其骄傲。要她去求人？比要她去死还难受啊。

不假，朱姐实在是想认识魏德文，要不然也不会求萧美。这个传说中的澳洲大钱袋。想实质性地接触一下他。光听萧美说还不够，要跟他面对面近距离地交流。难得有机会见识一下这个阶层的人。

到目前为止，没有一部满意的作品。最受刺激的是，同龄人张戎都写出澳洲人手一本的《鸿》。她那种东西自己也能写，要说家族背景，显然要比她张戎显赫得多。可是被她抢了头签。文贵在新。现在再去写《鸿》这种题材，没意思。《曼哈顿的中国女人》那种东西她不屑写。特瞧不起一种女性写作人，像妓女一样，在作品里卖自己的身体。文以载道，应该关心社会，怎能做肚脐眼展览？ 现在写来写去的，都是新移民故事。无非过语言关，找工作，适应新环境，文化冲突，再加上矫情的乡愁，借以提高作品的思想境界。澳洲华语文学基本处于这一层面，肤浅，做作，陈腔滥调。台湾六七十年代的留学生文学已经把乡愁写透。再写也写不过聂华苓们。再说了，聂华苓们的乡愁也不符合现代大陆移民的心态。他们的心态是怎样的呢？朱姐感觉被生活遗弃了，都不知道这帮人现在在想什么，在做什么。当初的北京帮消失得无声无息，像水蒸汽一样散掉。那些曾经同吃同住同娱乐的混蛋们，当初为了生存大家捆绑在一起，过起原始社会生活。现在一个个的，老婆从国内来了的，在这里找到女朋友同居了的，生孩子的生孩子，供房子的供房子，个个都关起门来过自己的小日子。当初那番热闹，下了班直接来家蹭饭，待到半夜不赶不肯走，再没有了。现在再不见人影，连电话都不留一个。有时候特别怀念那段原始生活的日子，那才叫个火啊。

"男人没出息，一有了女人就不出门。天天捂家里。"憋不住了，她向萧美抱怨。

对八十年代末九十年代初的留学生是了解的。那是自己的年代。这些留学生跟台湾六七十年代留美学生相似，多的是乡情友情亲情，少的是银子。多的是壮志，少的是根基。还有一相似的背景，中国以弱势民族的姿势存在于世界舞台中。台湾是美国的穷亲戚。大陆是澳洲的外乡。从支那时代到社会主义阵营，中国留学生从来都是咬断牙齿和血吞。大陆留学生更多一层苦难。来自社会主义阵营的他们，知识体系与西方的完成断层，造成的语言障碍和思维模式的相悖。在外面的挣扎求存，他们比台湾留美学生更艰难，完全站在零起跑线上，像新生婴儿一样学习讲话，思考。前半生的悬梁刺股，寒窗十年苦读拼来的战绩，完全作废。找工作，继续深造，就是清华北大的文凭，人家都不认。处境比越南难民更不堪。越南难民有政府罩着，找不到工作有救济金，语言不行就去技校学习，政府发助学金，无限期资助。他们可以学到老只要他们愿意，钱不是问题。大陆来的留学生，像自己这样拿奖学金修博士学位的，不说绝无仅有，也是寥寥无几。绝大多数是自费生，澳洲政府教育出口的产物。这些人自给自足，又要打工挣学费生活费又要保持学校百分之九十的出勤率。做不到，就存活不了。有人就因为上课出勤率不达标，续不了签证，变非法居留。别名叫黑民。黑民才叫那个黑，整天东躲西藏地过日子，像老鼠一样，白天窝着，晚上才敢出来活动。做忍者龟，无论如何都不能动拳头打架，被惹急了也不行。那谁，小北京，他就差些豁出去："还不如被抓了算了，大不了被遣返，还省了回家的机票钱。这么活着他妈个鸡巴窝囊。"唉，这些都过去了。该写的都写了。

写多了这些就恨起中国人来，恨中国人活得窝囊，活得没尊严。也恨自己。有段时期就特恨，得着谁恨谁，尤其老木。不写这些又写什么？现在是全球化时代，信息开放，文化互相渗透，大家彼此不再陌生。乡愁随之交通便利和思想开放视野开阔，再不是一张船票，你在这头，我在那头的表现形式，再这么说，会酸掉人大牙。人们已经超越温饱需求，进入更高层次的精神活动。身处这样一个波涛壮阔的大时代自己却没有作为。问题还是没有生活。现在还游离在澳洲主流社会的边缘，既不熟悉澳洲华人的生活，也不参与本地人的活动。想写，可是力不从心，源泉干枯，老瓶装老酒，再写，还停留在表现老留学生挣扎求存的层面上，前进不得。创作进入了瓶颈期，没有一部跟进时代的作品。

如果不是萧美，逻辑上来说，依照目前的生活轨迹，再活两辈子也不会与魏德文阶层交汇。趁这个机会，见识见识。也许会有意想不到结果。

那天跟萧美说要她引见魏德文后，朱姐心里就放着这件事了。每天她有意无意地总踱到阳台上，在那儿站站，朝马路上望。

她住在三楼，阳台对着马路，看得见过往的车辆行人。魏德文来来去去接萧美送萧美，远远地就能望见。他的车显眼，敞篷白色宝马，跑在这条街上，是一道亮丽的风景。

这天，晚饭后，朱姐又踱到阳台上，突然看见魏德文的车，停在楼下，萧美在车里。看样子是她回来，还没下车，朱姐赶紧拎起垃圾袋下楼去，赶紧着，要赶在萧美下车之前遇上他们。

她咚咚咚在楼梯上往下跑，出了大门，绕到车子的旁边。故意绕道，垃圾桶在反方向，楼的后面。

"还好，他们还在。"她松口气。

萧美站马路牙子上弯着腰，头伸进车子里，他们在吻别。

朱姐站在萧美的身后，等着。

看到朱姐，萧美赶紧把魏德文拉出来，给他俩介绍：

"朱姐，毕业于北大中文系，现在是小说家。"

她故意提朱姐北大的资历。想魏德文既然在复旦待过，自然知道北大的魅力。想引起他足够的重视。

魏德文的手已经伸来了，朱姐才发现自己右手拿着垃圾袋。赶紧把它过到左手上。晚饭后老木已经倒过垃圾。垃圾袋只是个道具，里面几乎是空的，只有几张抹手纸，轻飘飘被风一吹，紧贴在手腕上。她左手用力扯，把它从右手腕上拉下来。

朱姐笑着握住魏德文的手。（郭沫若在文化大革命期间被毛主席接见，那样的握手姿势，茅盾也是。在网上能搜到。）

萧美注意到，朱姐满脸都是褶子。

魏德文的反应让朱姐很受伤。

他眼光宽宽地罩住她，轻轻握一下她的手指尖立马松开。（这个动作实在伤人）懒懒的声调打招呼，"嗨"字轻轻地从喉咙里憋出来，不认真听，还以为他在咳嗽。声音没落地，他已经斜着身子坐进车里。车没熄火，说再见的同时，他把档从 P 拉到 D，松开手刹，车箭一般扬长而去。

萧美和朱姐目送魏德文的车子，直到它消失。

萧美看向朱姐，不好意思地笑笑。

他敷衍她。她讨厌被人敷衍。为了写作事业，她忍了。小不忍则乱大谋。她不信搞不定一个毛头小伙子。从这个傍晚开始，她憋了一股劲等，等下一个得住他的机会。

后来的几次巧遇同样令朱姐失望。

老外是放养的畜生，唯利是图。以为对他足够热情，加上萧美的面子，可以感化他。谁知道这家伙不吃这套。有萧美在场的时候，他"嗨"她一声，萧美不在，他把她当空气，透明的，视而不见。

他不给她机会进一步交流，甚至不给她一个恰当的时机，让她说出准备好的话："有空请来我家坐坐，喝杯咖啡或者茶。"

"他妈的鬼子，赤裸裸的利益主义者。"朱姐在背后骂街似的骂他。骂他，就是安慰自己。

魏德文的态度再次证明了她的观点："白人总是把中国女性跟性连在一起。"自己不在他的猎艳目标中。要命的是，这个证明加深了她的内伤。她有一种说不出的痛。这痛令她恨萧美。

现在萧美翻船了，翻在魏德文的阴沟里，简直是大快人心。听到萧美被拍了裸照并上了视频，她的心情是复杂的。有快意，也有同情怜悯。时间证明，她是对的。萧美不是被男人爱，是被男人玩弄。

哪有什么爱啊？天真得可耻。

她甚至不想掩盖自己的快感，假装同情，假装慈悲，讲一些言不由衷的安慰话。她指着萧美的鼻子骂。骂她，是恨铁不成钢。骂她，是中国人说的，骂是爱，打是亲。

她狠狠骂萧美。中国人要骂，中国女孩更该骂。别那么他妈的——崇洋。

三十二

终于来到这山中的驿站。

驿站,有古色。萧美喜欢这样叫山中的小客栈,有穿越感。仿佛走进了古代。

在这崇山峻岭中,古道秋雨,精疲力尽的独行旅人。把这些元素放在一起,就是马致远的词了。

进山前,她一直以为山上住的是宾馆。还问过博卡拉酒店的客房部经理,山上的酒店可需预订?万一客满怎么办?经理看住她,他的眼神像看怪物,一个劲地说:"不必,不必的。"

当卡皮尔指给她看这座孤独地卧在山腰里的两层小牌楼,说:"到了,今天就住这里"的时候,突然明白了客房部经理的迷惑。他肯定听不懂这个中国女人在讲什么,什么预订?什么宾馆?不存在的事啊?心里咯噔一下,有那么一秒钟的错位感,跟想象对不上号。

不管怎么样,在雨中跋涉了那么久,好像走了一个世纪。脚泡了好几个小时,真的需要好好坐下来,喝杯热茶,然后洗个热水澡,然后，管它是《魔戒》里的小矮人房子，还是马致远的人家，吃顿热乎的，再睡个好觉。一句话，即使眼前的房子是狼窝，也要进去歇脚。必须的，要累晕了。

她跟着卡皮尔一头撞进小矮平房里。卡皮尔径直往里走，跟女店主讲话，叽里呱啦。

她站在门口。雨衣已经脱下来拎在手里。一直站那儿，等机会问卡皮尔雨衣搁哪？不能拿进去，会弄湿地板的。

尼泊尔雨衣不见得怎么实用，膝盖以下整个湿淋淋，拧得出水来。打在身上的雨水沿着雨衣往下流，顺着小腿灌进鞋子里，流进去的水比外面的雨还大。

她注意地看一下卡皮尔，看他什么情况。

卡皮尔已经很舒适地坐在矮凳上，侧着头跟女店主有说有笑。

女主人长得像昨天在茶庄遇到的西藏老女人，干黄大扁脸。见了卡皮尔，笑眯了眼。估计卡皮尔给她带来不少客。她让萧美把雨衣放在门口的盆里（那盆好脏哎），"进来，进来。坐下。"指着靠门口的一张长凳说。

萧美顺从地在那坐下，并拢着脚膝盖。

女店主不紧不慢，给他们各自送上一杯热茶。

萧美张惶着一张脸，又湿又累，从门口望出去，苍天下一条羊肠小道蔓延在崇山峻岭中，时高时低。她想着刚才就是从那走来的。不识庐山真面目，只缘身在此山中。现在回过头看，那画面真美，美得让人想哭。喘匀了气，开始喝茶：

怎么走到这的？与卡皮尔跟丢过一次，再不敢让他断后，怕又给消失了。跟在他后面就知道走。长长的路，怎么也走不到头的感觉。

喝了茶，暖过来，她开始查看自己，发现全身几乎湿透。可怜的脚不定被泡成什么样子了？无法想象。屋内与外面明显的温差。温暖，让她深深地幸福着。

看得出来，这里是餐厅。摆着好几套桌椅，足有两排。桌子上的餐具，刀叉汤勺样样齐全，挂在西餐具架上。还挺专业的。对面是小黄楼，中间隔着条道。是羊肠小道的延伸，在这里变大变平，有一个单行车道那么宽。她望过去：

小黄楼印度黄的土墙，叶绿色的小窗户，瘦瘦的楼身，二楼走廊上挂满干苞米，有点眼熟，想到西藏。说不出什么感觉。走过那么多国家，见过那么多各款各式的房子，它不过是其中一款罢了。这个阶段的萧美，对什么都不会大惊小怪。太阳底下没有新鲜事。一定要找出些感觉的话，或者可以说有点爱它。因为它将是她今晚的行宫。

她双手捂着茶杯取暖。茶杯口冒着白烟。转头看向另一个方向，望出窗外，白色的雨雾一样灰蒙蒙一片，透视着远山的轮廓。天亮得发光，冷绿连边。也不知道几点了。时间在这里也没意义。一口一口喝着茶，肚子里暖暖的。她忘了预防蛊术。

三十三

被朱姐喷一脸，萧美告状的念头也消了。她干脆连工作也辞掉。公司里没法待。每天去上班,总觉得有千万双眼睛箭一样射在背上,"如芒在背，大概就是这样吗？"原本就知道，人一倒霉，就会有人趁你病要你命。忍了你那么久，平日里对你妒忌要命，恨不得扎你小人，还得对你笑脸相迎笑脸相送，现在机会来了，还不趁机出口恶气？

她给自己放大假，一个人到欧洲去了一个月。过去太乱，该理理。想想将来的路该怎么走。

从法兰福克回悉尼经香港转机，她在香港停留两天，去拜会丹丹。有两年没见她了。

丹丹听了魏德文的事，气得摩拳擦掌："有他的相片吗？我找人把他做了。欺人太甚！他要是在香港，我非拿砖拍他不可。不就是一个钱袋吗？我让他瞎了，看他还牛逼不。"

丹丹今时不同往日。在香港混了几年，有钱了，讲话牛气得很，财大气粗嘛。

她做过运动员，五大三粗，高出萧美半个头。跟她走在一起，萧美觉得像走在男友的身边，很安心。

不动手，只说说，也给萧美解气。

当初妈妈同意萧美去悉尼读书就因为有丹丹同去。临走前萧妈妈拉着丹丹的手说："你多照顾萧美啊，嗯！"丹丹临危受命，脸色庄重，颔首应道："到了那里，我们就是姐妹了。"

那年头，出国就像出征，路漫漫兮其修远。这一去就是八千里路云和月。丹丹不辱使命，在澳洲的几年里一直跟萧美做姐妹。她确实大萧美一岁。

如果不是丹丹的大哥突然成了富豪，也许丹丹现在还在澳洲。她们还做着姐妹？也许就不会有魏德文那档子事了？也许丹丹真会拿砖拍他？丹丹这人豪气，从小就这样。为朋友两肋插刀，这事情她干得出来，萧美相信。

但不需要了。萧美听了笑笑，在心里感谢这位发小。

在欧洲游荡了一个月，从法兰福克到柏林，从罗马到凯旋门，从奥地利到黑森林到琉森湖。奥匈帝国，文艺复兴，法国大革命，哭泣的狮子，纳粹的大屠杀。历史把她的眼光拉远，远到看不见自己那小小的伤口。恨也罢，痛也罢，都过去了。也原谅了朱姐的践踏。

在这一个月里她想了很多。反省了自己。在魏德文这件事上自己也有错。虚荣？不可否认。耳根子浅，轻信？很严重。

但是看着丹丹拍着胸脯帮忙骂魏钱袋，心里感到有说不出的温暖。闺蜜是干什么用的？就是在需要的时候站到身边，给予支持，帮着骂人，不需要理由，不问对错。

"我们出国后那几年，国内究竟发生了什么事？你哥发得那么厉害？把你弄来这里坐阵。"她想说"坐牢"，话到舌尖换成"坐阵"。感觉，就是感觉，丹丹把香港看得很神圣，动不得的。"要不，我们俩都在澳洲有多好。"

"在澳洲最要命的是没自信。"丹丹把头向萧美脸上靠，眼睛看进萧美眼睛里，"上次我回悉尼，就有人上人的感觉。人最重要的是要有自信。"

"你决定不要澳洲身份了？"

当年哥哥叫她回香港工作。等不及拿澳洲政答应给的永居身份，她逃难似，连同男友一并放弃，只身跑回香港。她等这个机会等得太久了。后来澳洲政府宣布，所有九零年代前入境的中国学生，无条件获得永久居留的身份。萧美费尽口舌，想说服她回澳洲。只回去递交申请表，拿到身份就走人。她也不干，推三推四。眼看申请资格就要自动作废了，萧美也放弃了说服她的念头，突然一天她回来了，跟萧美在悉尼见了面。那一趟，她待了十天。

那是两年前的事了。

"我没时间啊。要我等那三个月。这边的生意怎么办？唔通唔捞咩（港语，那道不去赚钱吗）？三个月，我要不见多少钱啊？赚钱事大。有钱还怕移不了民？去英国去美国都得啦。"

"看来你现在真是有钱人了。口气不小。"萧美笑说。"你哥就不能想办法？他不能来顶替你一下？就三个月。没你，他地球还不转了？"

"他的中国护照出入香港不方便。即使肯花个两万块搞一个一年多次往返签证，也没那时间，不能老待在香港啦。国内的生意也要他看的。聘香港人来坐我这位置吧，又不放心，成盘生意啊，交给个外人打理？"

"你真香港人了，连讲话口音都香港了。被你那靓仔男友同化的吧？"

　　回香港两年，丹丹就买了辆二手劳斯莱斯。前些时候还在电话里，特别兴奋地告诉萧美，找了个特靓特靓的靓仔男友，堪比刘德华。丹丹常开玩笑说自己哪天要是死了，一定是死在靓仔手里。

　　萧美戏称他"流华"。

　　去吃饭的路上，萧美问丹丹："你的流华呢？还没分手吧？他来吃饭吗？让我过过眼，如何？在电话里老听你讲他，我耳朵都听出茧来了，到现在还没见着真人。你嫁谁，总得过我这一关的。"

　　"唉！"

　　"看你这气叹的。香港人不是忌讳叹气么，说会把好运给叹走。"

　　"我们早分了。"

　　"分了？上次在电话里你还攒他棒棒的，像赛车手。给你买宵夜，开你的劳斯莱斯从九龙塘飞车到湾仔，来回不到二十分钟。才多久的事儿？你这速度，也叫香港速度吗？"

　　"他是个流（读劳音）嘢，跟我一起就是为了钱。他呀……"丹丹把头凑到萧美的耳边低声说："跟我上床，总要关灯。"

　　"？？？？……"萧美看丹丹的眼神，满满的问号。

　　"他的前女友是空姐。"

　　"那也不说明什么。"

　　"你还那样，钝。走，我带你去吃顿好的。在欧洲没饿傻了吧？他们的名菜也不过意大利披萨，法国的气死汤。吃了都没屎拉的。"

　　丹丹带萧美到中环一家汕头酒家吃汕头菜。丹丹点菜：鱼翅，冻蟹，榄菜，汕头稀饭。"我最近跟汕头人走得近。他们都这么吃，又讲究又不胖人。"服务生收走餐牌后，丹丹转头对萧美小小声说，"你来得不是时候。我刚被人坑了六百万。否则我带你去吃鲍鱼。"

　　"哇噻！六百万？你不是开玩笑吧？"萧美一只手掌挡在嘴上，怕邻桌听到。

"我哥找了势力人士帮忙追款。"丹丹又把头凑到萧美耳边，比刚才更小声地说："我猜他特有势力，否则也不会干这行。"顿一顿，得意，见萧美傻傻的，没反应，继续加料："他是黑社会老大。"萧美惊呆的样子。她终于满意这效果，坐直了身子，头也摆正了，用正常的音量说："我连这种人都见了。牛逼吧？"

中环的夜晚车水马龙，从酒家出来，步行百来米至拐角处，是崇光百货。她们要到崇光斜对面的钟表店取两块欧米加情侣表。吃饭的时候，丹丹她哥从汕头打来电话，要她赶紧把表给某太太送去，那太太明天就要回大陆了。一通电话，害得她们俩饭也没吃好。送表是丹丹下午就该做的事情，因为接萧美给耽误了。哥哥的电话让她们又回到少女时代，俩大眼瞪小眼做鬼脸，捅娄子被大人发现，紧着去补救。

"还记得我同学她妈吗？那个，在悉尼我陪她去逛 888 大厦，一个礼拜花了我十五万那个？"

丹丹边赶路边说。

"那个官太太啊？你刷信用卡，然后跟她收回现金的那个？"

丹丹人高腿长，大跨步向前走。萧美跟得气喘。

"嗯！"

"记得！为这事你被哥哥在电话里臭骂了一通。怎么还是她？"

丹丹 O 型血，萧美 B 型血。萧美觉得丹丹像树，自己像风。

"人家老公现在官更大了。"

"表店几点收工？"萧美尽量避开"关门"两字，入乡随俗，香港人在意谐音，关门 = 执笠 = 倒闭。

"表店没事，开到十一点。我是怕影响同学她妈上床。"

"哎，你哥有没说你懂事了？"

丹丹假装没听出来萧美的挖苦，跟官太太拿回现金那事，被萧美笑了好久。她太需要倾诉。在香港，连个讲真心话的人都没有。

"要懂事的话，就不会捅这么大的娄子。这次真玩大了。你知道吗？那个势力人士跟我协议，追回的款要分一半。"

"你同意啦？"萧美仰起头望着丹丹。

"同意。追，我兴许还能捞回一点渣，不追，就什么都没有。"

街灯下，丹丹走得飞快，她的超短裙刚盖到大腿三分之二处。因为光线的缘故，她大腿露出的部分，肌肉好像突突在跳。萧美时不时要小跑几步才跟得上趟。

在萧美眼里，丹丹不会穿衣。简直糟糕透了，衣服是好衣服，不知怎么搞的，穿在她身上就变得乱七八糟。她不会搭配，也不知道什么颜色适合自己，也没自己的什么风格。胜在她够生猛。活力能解决很多问题。像现在，她臀部有力的摆动，让人不由联想到性，联想到生育，未尝不是一种吸引力。

丹丹练过八年帆船，大腿和背肌像男人一样强健，海风吹过的皮肤永久性的古铜色。

这丹丹，偏又喜欢袒胸露臂，特喜欢穿短裙吊带衫。难怪会被香港警察当街查身份证。警察一定是奇怪她的样子，菲佣不菲佣，本地不本地的。菲佣没她那么高，本地人没她那么黑。想到这里，萧美呵嗤笑出声来。笑问她：“现在警擦还查你身份证不？”

"查啊。怎么没查。尤其是当我陪哥哥那边来的人逛街购物时，就截我，要身份证看，真的好没面子。我真的想 Fuck 他们。"

讲那个字的时候，声音自然降低，条件反射似的瞟一眼身边，看有没人听到。

萧美看着她好笑："她也知道自己在哪里。"

香港女孩是不会讲这个字的。她们最愤怒的时候就说"好 Cheap。这么 Cheap"。

"可能是那些土肥圆连累了你。"

"告诉你吧，"丹丹自己先笑出来，"我哥不喜欢来香港就是因为警察爱查他。他不肯承认，我觉得吧，见到警察，他就发怵。"

"啊哈！想不到，一物降一物。还有你哥怕的。"

"打住，什么话？"

萧美知道讲错话了。哥哥是她的英雄，动不得的。

到了表店门口，萧美不进去，让丹丹自个去拿。她站那看 SOGO 的霓虹灯。崇光百货永远那么多人。不分白天黑夜。上次来这里是六年前。去了澳洲四年，想家想得不行，爸爸就带妈妈来香港与她相会。她说要买只网球拍带回悉尼去，爸爸带她来崇光。到柜台付钱的时候，爸爸实在忍不住了，问："一只拍怎么打？你们的网球是一个人打的？"她笑弯了腰，说："爸！我们在悉尼吃饭都自个付自个的。"她告诉爸爸，去打球的人都自带拍子，这么贵的东西，谁爱请啊。

丹丹出来，看见萧美呆站那。"想什么呢？走吧。"

"拿到啦？"

"拿到啦。"丹丹边走边说。"你猜多少钱？"

萧美不吭声。等她讲。知道她憋不住，走不到两步路就会讲出来。在心里数，数到二，就听到丹丹说：

"二十万一块。限量版。全球只有十块。"

"哇塞！二十万？ 难怪算命的说你的命跟钱有缘。你真跟钱有缘啊。"

"是她儿子指定要这款。他新交了女朋友。难得她和她老公都很满意这个。以前儿子每找个女友，都要被他们拆散，弄了几回。儿子跟他们赌气，不找了，只玩游戏，空窗了十年。她那儿子看着就像个吸白粉的。估计是怕儿子变太监，又极想抱孙子。她跟我说闲着没事就织 BB 袜子。"

"很漂亮吗？肯定的吧？你见过那女生吗？"

"看过相片。像咖啡猫。眼睫毛假得快要掉下来。Cheap（贱，廉价）得要命。还当她是宝，不知什么品位。"

今天听到丹丹讲了很多次"cheap"，都口头禅了。在悉尼，不兴把这个字用在人身上的。很侮辱人的。萧美每听她讲一次，心就抽搐一下。

萧美不再讲话，默默跟在她后面走。人也多。她们在人群中穿插。酒店不远，五分钟就到了。

三十四

"丹丹，你的豪宅啊？"

萧美一进门就大喊。这是第一次真实性地看到丹丹的家。相片看了很多，也听丹丹在电话里讲过不少，百闻不如一见。典型的李家楼盘，钻石型客厅。踏进门第一感觉就是个"小"字。开口却讲出另一句话。没有讽刺的意思，来香港几年，就能拥有这样的公寓。应该很自豪了。说它小，也不公平。只是因为在悉尼看惯了大房子而已。

萧美把鞋一甩，坐到沙发上，像回到了家里。

"丹丹，你一个人住着三居室，不寂寞啊。"

脚搁上沙发，趴着，冲着空气喊。（丹丹不知哪去了，不在萧美视线内。）

"干吗要给官太太在中环租酒店啊？一个晚上三千块。嫌钱多啊你？住这还可以大家聊聊天。多美？"

"这里不是澳洲啊，亲爱的。让她来住我这，我哥要杀了我的。"丹丹弓着腰，正在试着把行李箱拖进门，讲话有些气短。她们在一起，丹丹总是干粗活那个，从来都是这样分工。

门口有点嫌窄，箱子横着进不来，她把它放倒了拖，屁股撅得老高，嗓音被挤压成公鸭嗓。"你也不把航班标签撕掉，贴得满箱子都是。一看就知道你满世界跑。上次从悉尼回来，我就把箱子扔了。"

"啥意思？你不是想告诉我你有钱吧？全新的箱子啊，用一次就扔了？"

萧美跑过去帮忙。上次在悉尼是她陪丹丹走了几条街，在唐人街周末集市上买的大箱子。"早知道是一次性使用，咱就不费那力啦。亏我跟着你满街跑，真是吃饱撑着。"

"你以为呢，这里寸土寸金，放家里占的地比箱子还贵。"

好在有丹丹。刚才她们把表送到酒店后，又折回丹丹的写字楼。原来没想到有送表这一出。行李留在写字楼，计划吃完饭回来拿。明天去机场，从丹丹家走。她家离机场近。中环，人多路窄，拖着个 $60 \times 40 \times 30cm$ 的行李箱满街走，实在不方便，一路都是丹丹在干这活。上巴士下巴士，遭了不少白眼。看她们的眼神像看表姐。要是九七前，早被赶下车了。

她们乘海底巴士回来的。

箱子弄进来了。

萧美赶忙开箱，翻出给丹丹的礼物。在欧洲走一个月，有旅游经验的人都知道，箱子是越走越大的。在柏林火车站给丹丹买了条围巾。

丹丹又消失了。

她拿着围巾到房间里找到丹丹，见她抱着一怀衣服正在往抽屉里塞。

"丹丹？你在干吗呢？"

"收拾床铺，你睡这个房间。"

"这么多衣服啊。"萧美见乱七八糟满床都是衣物。"看你，真够乱的。"

丹丹归类，把胸罩内裤放进一个抽屉里，袜子放进另一个抽屉里。明显的，抽屉都满了，她在上面压压，继续往里塞，叨叨着："多大的房子都不够用。两个房间拿来放衣服还不够。太忙，没时间啊。这些都是晒干收回来的，就是来不及叠。"

"丹丹，你这里这么舒服，不需要找男朋友啦。"萧美在床边，找个没衣服的地方坐下来。

"快没了。六百万没了，房子，银行随时可能收走。"

"横着你这房子是贷款买的呀？"萧美很丢人的少见多怪。

丹丹也坐到床上来，在萧美的旁边，"你有病啊？谁会拿出真金白银来买房子？银行肯给，当然要用银行的钱啦。快，问问你爸，看有什么赚钱快的？拍来做做。真的不行啦，要睡街啦。"不等萧美回答，她仰躺下去，"条气不顺啊。我这辈子没做过什么后悔的事，就这件事我后悔啊。"

"什么事？你后悔了？"

"和流华合伙做生意呗。我给他钱去炒楼花，说好赚的钱五五分。刚开始，回回该资金回笼的时候，他有拿钱回来，连本带利还我。我越发相信他，把银行密码都给了他。"

"啊？"萧美"傻逼"都要出口了，硬是给绷住。在澳洲，夫妻都不知道对方的银行密码。

"很二，是吧？"丹丹说："我忙啊。他半夜里叫我起来数钱，不烦啊。干脆把钱交给他，不闻不问，放手让他玩去。"

"这么多钱怎么拿回家，不是放银行的吗？"萧美打趣道。"就是让看银行的转账单啊。我发觉你在澳洲待傻了都，以前不这样的，画公仔要画肠。"丹丹对萧美听不出自己的幽默，很生气。

丹丹僵尸一样坐起来，看进萧美的眼里，说："人家要是瞄准你，设计要骗你，你是怎么也跑不掉的。"又倒在床上，"每次拿到他赚回的钱我都会去买个手表，犒劳自己。你知道的，我收藏手表。"

"你不是改行收藏古董椅子了吗？"

萧美在电话里听丹丹说过在做古董红木椅子生意。还想过等有钱了让她帮着弄一张，送给妈妈做生日礼物。妈妈出身大户人家，虽然被改造了，骨子里那点红木情结就是改不了。

"不是收藏，是做生意。我哥投资，在深圳开家古董店。派人到内地收购宋朝的红木椅子。我负责找两个人在深圳看铺，隔三差五去看一下。别打岔。"丹丹不耐烦萧美："你听我说，就在二十几天前，答应好资金该回笼的时间，没见钱到账，我去问流华。他支支吾吾，说要拖几天。拖几天就拖几天呗，我信他。谁知道，等到前几天，连他人也不见了。"

萧美无话，看着丹丹。一个坐着，一个躺着。像一对儿。

"刚才吃饭的时候，我不是接了个电话吗？"丹丹呼地又从床上坐了起来，诈尸一样，看住萧美，神秘地说："是我的追款人来的，他说收到风，有人在悉尼的唐人街看见流华和朋友饮下午茶。"见萧美淡淡的表情，为了引起她足够的重视，丹丹压低了声音说："你知道他总共拐走多少钱吗？讲出来会吓死你！"跟着竖起一根食指说："一个亿。"

"一个亿？"萧美大喊。眼珠子瞪得要掉出来。

"不都是我的钱。"丹丹放松了声音，回到正常音量，"我只有六百万。好多钱都是我哥的朋友的。那个富婆，刚才我们给她送表那个，主席的太太，单她就有九百万落他手里。她这次就是为这个来香港的。"

萧美心里想，这些贪官污吏，活该。对流华没了原先那么憎恶。他们不过黑吃黑罢了。又想到丹丹，她怎么就跟这些人搅一起呢？转儿又警告自己不要审判别人，生活的深意，我们谁也不懂。至少，自己也享受过丹丹的电话费。

通常都是丹丹就打电话来聊天。因为时差，香港人又有夜生活的习惯。夜里两三点钟电话铃响，准是她。有时候萧美太困，没心情陪她聊透，第二天回打过去，丹丹拿起话筒就说："你挂了，我给你打过去。"

丹丹从来都比萧美有钱。花她的钱，萧美心安理得。从小就这样，习惯成自然。丹丹妈是印尼华侨。那年头有海外关系是灾难，萧美住四房两厅的时候，丹丹睡阁楼。但她总有钱花，海外寄来的，是美金。还有吃的，午餐肉罐头什么的。很小的时候，萧美常爬上她的阁楼看她数钱。一次在班上，她把姑妈寄来的一条珍珠手链剪断退出珠子分给女同学们，一人一粒。萧美说她不要，要就给整条。

"最要命的是，我哥香港公司里的员工也有投资。钱被他卷跑了，就天天跟我要。"

打工仔不容易，朝九晚五，风雨无阻，一天八个小时卖给老板。卖命的钱都吞得下？不是人啊。萧美对流华淡下去的恨又反弹起来，觉得这流华可恶无比。那帮员工也坏。丹丹也是受害者，不带这样的。"投资就是有风险的嘛，凭什么亏了钱，就找你要？你不也亏了吗？"

"这些人呐，赚钱的时候又不见请我吃顿饭。次次都是我请他们，还是吃鲍鱼。所以我说你没口福，来得不是时候呢。"

"可怜之人必有可恨之处。你甭理他们。"

"所以我干脆搬办公室，不跟他们一块儿办公。图个耳根清静。你不知道他们要钱时那架势，我每天一进公司，他们就围上来，要吃人似的。真的好难顶。"

丹丹现在是钱也没人也没。萧美看丹丹的眼神散漫开来，想起软饭男，听丹丹说，他待拿到澳洲身份，就回广州娶留守那儿的旧女友。萧美讨厌这个男人。讲过丹丹好多次，不要再给他买衣服，不要供养他。丹丹也拍着胸脯说："以后再不了。"

"阿森现在什么状况？你们有联系吗？"

"我们常讲电话。"

"有没想过吃他的回头草？你们还有没可能？"萧美一只手搭在丹丹的大腿上，轻拍一下。

"菜。人家都把娇妻带到悉尼了。"

萧美不讲话。心情沉重地看着丹丹。

"上次他差点不够资格申请澳洲身份。"

萧美懒得吱声。老生常谈，都重复过好多遍的话题了。单身女人在一起，讲的不是现在的，就是过去的男朋友之类的话题。讲也无所谓，只是这个软饭男实在令她讨厌。也说不上讨厌。跟他没怎么联系。丹丹不在悉尼呢，连跟他打个电话问声好的愿望都没有。讨厌他，是为丹丹打抱不平。

连日来的舟车劳顿，突然放松下来，她感觉特累特舒服特酥软，开始有点神智不清，丹丹的声音变得飘渺：

"他问我，万一他自己申请不到澳洲居留，可否回去，以同居的身份跟他一起申请？他说一夜夫妻百日恩。我说，谁跟你百日恩？我还是答应了。如果他实在不行的话，我就回去帮他申请。我自己才不要那身份。要我在澳洲境内待三个月。三个月，那我得少做多少生意？有钱抓手里，以后移民去哪不行？干吗非得去澳洲啊？"

"有异性没人性，我那么讲你都不肯回去，他手指头一勾，你就屁颠屁颠跟着他跑。你现在还常跟他讲电话？"

"他现在开的车还是我的。我要他把车卖掉。你忘了？他家里的东西都我的？"

"嗯。"

"几个月前他回广州接老婆。她的签证下来了。"

"不是吧？你还让他带老婆住你这？"萧美袭上来的倦意一下没了，愤怒，怒其不争。心想这丹丹也忒大方了，天理不容啊。

"他回广州时住我这。从广州回去悉尼就不知道啦。"丹丹讲软饭男，一惯的语气，不紧不快，带些轻蔑。瞧不起他又爱他。萧美听出她的话外音，在香港他能住得起什么酒店？放他走，看他有情饮水饱？"嘿嘿，"丹丹冷笑，"就算我肯，他敢带老婆来住我这？敢吗，他？"

悉尼广州没直飞，都在香港转机。软饭男住这也正常，更何况跟丹丹是这层关系。住她这等于住免费酒店，地方又宽敞，她人又阔绰，好吃好喝的招待着。趁机在香港待几天，买免税品。再加上丹丹也寂寞。他来，她也高兴。她跟他的事，萧美无话可说。一个愿打一个愿挨。但是做人得有底线。萧美说："你要是让他带老婆来住，就不是人啦。天都不帮你。"

丹丹自尊被伤到："我是不想搞他喷。想弄死他还不容易？没事就往他家里打电话，是他接呢，就尽讲些肉麻话，想他啊，想死他了。是他老婆呢，就不吱声，玩静默，一分钟后收线。你想啊，他们家能不鸡飞狗跳吗？我发誓，他一听到电话铃就哆嗦。信不？"

"你真无聊。"萧美被她逗乐。死撑，过嘴瘾，讲讲罢了，还不知道她？就是广东话说的'死鸡撑硬脖'。就算把她烧成灰，也不肯这么下作的。

"你今时今日还跟他计较那辆车？当初就该让他给卖掉。现在还值几个钱？那时候要肯出手，用不到一年的新车最多打个两折。我看你啊就是有病。病得不轻。"

"那个时候跟现在怎么能一样？现在他老婆过去了。进进出出还不都坐我的车？那不等于我天天被她骑？"

再怎么自大，到底还是意难平啊！萧美心疼起她来，"他现在干什么工作？"

"在机场，澳航属下一个食品部门工作。做飞机餐。"丹丹加快语速。

"不错的工作。"

"哼。就是切沙拉呗。我看他就天天这么切切切，"丹丹两手做出切菜的动作，非常不屑的样子，"什么时候才能切出个房子来。"

"这就是丹丹的死穴，太自信。"萧美心想。再不济的男人也受不了被女人看轻。也许，软饭男也有他的苦衷，不是自己想象得那样垃圾。他宁愿天天切沙拉，跟一穷二白的初恋女友过也不要丹丹。他也有自尊。他的自尊也是很男人的，硬得过银子，也受得起穷。他也许也爱丹丹。可是，谁叫丹丹有钱呢……

三十五

萧美要乘晚班机回悉尼，中午回请丹丹。丹丹知道萧美，拒绝会伤她的自尊。自从她们的经济状况起了巨大差距后，丹丹表面上虽然大大咧咧，暗地里却异常小心，不要撞碎她的玻璃心。就说自己馋汕头菜，要带萧美去吃顿好的正宗的汕头菜。好像忘了昨晚也说过同样的话，而且真的是吃了顿好的正宗的汕头菜。

她带着萧美从中环一路走去上环，干诺道中，一家汕头茶餐厅。她说最近上火，要吃清淡些，要了稀饭，榄菜和一条大眼鸡鱼。萧美买单，一百来块港币搞定。

萧美心水清，丹丹连坐电车的钱都为她省。

去机场的路上，丹丹说："你那点事儿不算什么。感情这东西，被骗了就骗了，骗了还会再有。钱不要被骗就好。钱被骗了就没了。那些个澳洲鬼，那些个垃圾，就他们拿自己当回事儿。"

自从昨天下午机场见面，萧美简单告诉她魏德文事件后，现在是第一次重提这个灾难。她们一直都是在议论丹丹的生活。突然听到丹丹提这茬，萧美喉咙发堵。

"我的那些相片……"萧美一想到相片在网络上漫游，两眼就发黑，心重重地往下沉，掉进黑洞里。"我差点不想活了都。"她指的是在欧洲漫游的那些日子，曾经多次想到死，乘车希望出车祸。坐飞机上希望飞机掉下去。在法国，乘坐的旅游车走在隧道里，她祈求上帝，让事故发生一次，把她收回去。

"咳，都什么年代了，谁爱看谁看去。在澳洲，就算你脱光了衣服在街上跑也没人看啊。"

丹丹的夸张，把萧美给逗乐了。满满骨胶原的脸庞浮上一层笑意，一种少女模式微笑。是有脱光了衣服没人看的地方，但不在大街上。是在海滩上，女人剥光只穿件比基尼裤衩躺沙滩上看书晒太阳比比皆是。刚去悉尼的那会儿也很为这事新鲜过。男男女女在一起开玩笑，打趣对方说，到海滩上去呀。

"你又不是明星，谁稀罕看你。就算稀罕也看不到。谁懂得上网啊。我都没网呢。"丹丹手抓方向盘，眼睛看前方，关注路况。看不到萧美的表情，却能感觉到她心情的变化。

"让你这么一说，我轻松多了。你不知道，我差一点……差一点……"萧美在脑子的词汇库里搜索，想表达得婉转些，不想用"自杀"或"想死"这样的字眼，太凶险。都过去了。准确地说是扛过了。其中的痛和煎熬，无法言说，也不想旧事重提，她尝试幽默些，以示洒脱。

"傻啊，你？"丹丹没让萧美把话说完，"你看我，人也没，钱也没。还有，你看我哥公司那些员工，他们是怎样逼我的？我还不照样日出而作日落而息，正常人一个？你还可以跑，说走就走，到欧洲散心去。管它火星撞地球。我要像你，跑去欧洲一个月，看吧，火星肯定要撞地球上，球毁人亡的。"丹丹自个儿先笑起来，被自己的幽默打动，"我哥也说要卖楼卖车帮我还债。他超过一百万的轿车就有六辆。卖掉几辆不成问题。但你知道的,这个圈子的人有多敏感。一旦你卖产业,就没人敢跟你做生意啦。我跟我哥说不要,我扛得住。你想啊,我不能毁了自己又去毁我哥吧?不能啊!不就是钱吗?等我赚到了,你亏十万,我还你二十万。"

萧美被逗得哈哈大笑:"你有病啊?拿钱砸他们?会有人怕被钱砸吗?"

"我要让他们后悔。让他们害羞。让他们想想当初为那点钱,那般嘴脸对我。那么为难我。最好的报仇就是活得比仇人好。"丹丹觉得这话讲得经典,再强调一遍:"真正有力的报仇就是活得比对方好。"

"对啊,我有的是机会,我的天空宽得很。我一定要活得比那王八蛋好。"萧美斗志昂扬,一扫一个月来罩在心上的阴霾,内心充满了力量,感觉像膨胀的氢气球,一不小心就会飞得很高,高到天上去。"我一定要活得比那王八蛋好。"她再重复一遍,声音更加坚定有定力,一是给自己打气。一是表决心,跟自己,也向丹丹。还有就是她觉得这话讲得漂亮。

丹丹陪着萧美去 Check-in。"还差一分钟就要关闸了",地勤说,"经济舱已经客满,我放你到头等舱去。"

萧美拥抱丹丹:"我们的好运已经开始了。我们一起加油。"

萧美回悉尼后,开了一爿时装店,卖自己设计的时装。

三十六

洗完澡出来，雨小多了，只是还在下，淅淅沥沥地。天亮得奇怪。根据十一点左右进山算起来，这时候也该五、六点了吧，又是雨天，怎么一点黑的意思都没有？

萧美拿着湿淋淋的袜子到处找卡皮尔，想叫他帮忙找个地方烤干它。明天还得上路，不能湿湿地放背包里。这天气，晾，是干不了的。她在走廊上转了一圈，人没找着，倒看到自己的雨衣被挂在走廊上，刚才这里挂满了苞米。她认真看了一下，见卡皮尔的衣服也晾在旁边，是袜子和内衣裤。"他手脚够快的。已经搞定了？"

她猜正对门就是他的房间了，轻轻敲几下门，没动静。怕敲错门，不敢再试。往前走，见一个大厅，"这二楼还有客厅？"她进去走到窗口处，望出去是对面的餐厅。卡皮尔正从餐厅后面转出来，在青稞地里走着。高兴得大声嗨他，"嗨！嗨！嗨！"她向他招手，又向他扬起另一只手里的袜子，做嘴型说"烤火"。

卡皮尔带着招牌微笑从室外楼梯走上来。带萧美又从那楼梯下去。

她一步一颤悠，心惊胆颤。毛毛雨还在下。整座楼就这么个楼梯，没得选择。洗干净的头发又淋上了，身上的干衣服滋滋地吸着滴上去的雨点。她跟着他到一个貌似厨房的地方。他在一个土炉灶里，用玉米棒子生火。

她把衣服都拿来了。有卡皮尔在，她先拿出袜子来烤。内衣裤撮在手里。内心极为纠结：怎么办，烤还是不烤？在陌生男人面前展示自己的内衣裤，还真需要勇气。还有个问题，不知道卡皮尔是否忌讳看到女人的内衣裤？

这个保守的国家，女人连脖子都要捂着，男人却可以随地小便。

"我家里就是用这种炉灶做饭的。"卡皮尔边往火炉里煽风边说。

玉米棒子湿，浓烟滚滚，他煽得越猛，烟越大，火苗一蹿一跳，苦苦挣扎，一冒头就被湿气摁住。

"我家里的炉灶是三个相连。家里人多，做饭要三个灶一同开火。"卡皮尔对萧美的尴尬毫无知觉，悠悠然，自顾自加大力度煽火。

"哦。那样才够快？"

萧美随便应着，也不知道自己在讲什么，心思在手里的内衣裤上，"烤与不烤"两难。

她真希望他出去。在这里挡住地球转。

"就是太快了，其实也不需要那样快。我家里有一个哥哥，你见过的，昨天去办登山证，跟你讲笑话的那个就是我哥，有一个嫂子，一个侄子。"

萧美在记忆库里搜索，昨天？好像有几个人陪在自己身边讲笑话，一个讲，别的助笑。哪个？估计是话最多的那个。在等签证的时候，他不停给大家讲话，逗她笑。

"哦。"萧美假装想起来，嗯一下，"还有呢？"

"爸爸妈妈。"卡皮尔看一眼萧美,"还有姐姐。三个姐姐。她们不在家里吃饭。她们都嫁出去了。"

"哦,嫁出去的就不算家里人?你几岁了?"

"二十二岁。"

"有女朋友?"萧美想起早上给他打电话的女人。

他犹豫了一下,"嗯,有。你几岁了?"他反问。

"我?你猜。"萧美不再犹豫,抖开她手里的内衣裤在火上烤。卡皮尔接过她的袜子帮着烤。"我看你……二十七八?"他小心翻烤手里的袜子。

"狡猾!"萧美在心里嘲笑他。

昨天办登证的时候,他就站边上。她填表,他在看,怎么会不知道她几岁?

"我今年过生日就四十七岁啦。"

静默,他们各自注视着自己手里的活。卡皮尔又提起话头,告诉萧美去年带过两个中国女生,一个二十五岁一个二十七岁。"她们教我中国话,姐姐,弟弟,美女,帅哥。"

"你弄清楚这些关系没?"

"你是姐姐,我是弟弟。"他指指萧美又指指自己的脸,"帅哥,我。美女,你。我讲得对吗?"他得意地微笑。

"你懂多少中国话?"

"就这些。我想学中国话。干我们这一行,懂中国话,会多很多工作机会。这几年来旅游的中国人很多。"

门口突然出现驿站的姑娘。她站门槛上,跟卡皮尔轻语几句就走掉。卡皮尔也赶忙站起,"去吃饭。"他说。

萧美这才感到了饿。想起从早上出门到现在还没吃过东西。跟着卡皮尔马上站了起来。

　　两人看看手里半干的衣物，犹豫着，互相看对方。卡皮尔突然弯下腰在地上的烧火柴堆里扒拉，终于给找出一截干竹子，"等一等。"他说着把竹子架在炉子上，把手里的袜子晾上去，又接过萧美手中的内衣裤——萧美的心提了一下，一件件晾到竹子上去。

　　萧美看着他做每个动作，不让心里有活动。

三十七

经历了魏德文事件，萧美像注射了免疫针，爱情对她再没有杀伤力。感情收放自如。就算跟尤里交往五年，说分手就分手，心静如水，连一丝涟漪都不起。

"他像活在天上，毫无章法。"偶有想起尤里，只有无奈。他好则好矣，却非我族类也。

尤里是个天才。她始终这样认为。始终崇敬他。即使是现在，也没人能从她心中把这份敬意拿走。即使是谭天，也无法改变她对尤里的看法。即便是这样，她也无法对尤里投入更多的感情。因为在尤里那里，她觉不着温暖。不是尤里对她不好。尤里是爱她的，尽他所能地爱她。尤里是尽力了，但对萧美来说，还不够，远不够。

尤里常常带给萧美一些 CD，从网上下载的音乐。他只要有时间，也会带她去郊游和烧烤。但更多的时候，他把她留在家里。因为他总是很忙很忙。

他的忙，在她看来是无事忙。瞎忙。他脑子有病，而且病得不轻，简直病入膏肓，不可理喻 。（她用完所有懂的词组，也形容不出他，在她眼里的非正常。真真非文字能形容。）例如：

他花五块钱买来的鞋子已经穿得很旧了，旧到看不出原来的颜色了，正常人的做法，通常是扔掉，买双新的，没悬念吧？就五块钱啊。而他是怎么做的呢？你看看他怎么做吧。他跑去买来白油漆，蹲阳台上把鞋子刷成白色。在他看来，鞋子又是新的了。在他忙完这项伟大的工程，功德圆满，颤悠悠的，要站直腿的时候，发觉腰紧得很，紧到不能马上恢复正常站姿。他悠着悠着，慢慢地直起腰来，小腿已经麻木到没知觉的程度。还没来得及呼一口气，放松一下，马上，立即，发现了另一个灾难。"啊！"他就惊住了，眼睛盯在左裤腿的末端，那儿白了大一片。经过仔细查看，得出的结论：刚才蹲着的时候 ，蹲累了，身体左右晃，（把体重从一边腿过到另一边，两条腿轮着休息。）不小心蹭着了白漆。他忙完了鞋子又忙洗裤子。一个问题带出另一问题，这就是他忙的原因。

白漆不溶于水，他得去邦宁五金店买松节油。 最近一家邦宁离他家也有十几二十里路，开车来回一趟，加上路上等几个红绿灯，买松节油，花了他一个小时二十分钟。工业松节油是臭些，不过没关系，虽然闻着刺鼻，但对人体无害。关键是便宜，价格好接受。他家附近有家美术店，有卖油画家洗笔用的松节油，那是一点味道都没有，可是贵啊。比工业松节油贵十几倍。

那是给傻瓜用的。傻瓜，澳洲人都是傻瓜。（尤里是打死也不做傻瓜的。）

他身上的裤子是在跳蚤市场，花一块钱买来的。穿了两年。质量好好。继续穿没问题。一点问题都没有，只要把这白漆去掉。

又例如：

他车子的离合器坏了，他到车行去讨个报价。车行说这车年头太久，市场上找不到相同型号的离合器，得到废车场去拆。人工跟机件加起来要一千来块钱。"很费人工的。"黎巴嫩人老板苦着脸说，像是要去完成一件不可能完成的任务。

他一听就火了："骗谁呢，废车场拆汽车零件是免费的，跑一趟，竟然收我一千块钱？还不如我自己去。"

隔两个街号有个俄国人开的车行。

"去那试试，要个报价呗。"萧美建议他。

尤里竖起食指放在嘴唇，"嘘"，示意她别吱声。待回到车上，他说："苏联人专宰苏联人，更坏。"

黎巴嫩人欺负人。苏联人欺负人。什么人都想欺负他。他开着像得了肺结核晚期，不停咳嗽喘气，嘎嘎响的车，连续跑了几个废车场，花掉两个周末，终于找到他想要的离合器，把它给换上。

忙完，已是深夜。他高兴啊，要庆祝一下。他给萧美做咖啡。

他的咖啡做得好，只要有时间就会给萧美露一手。

做咖啡的时候他脑子也没闲着，跟萧美叨叨，投诉苏联政府坑了他，十四岁就把他从乌克兰招去莫斯科物理学院。"我当初就不该去读什么物理。读个技工学修车,现在找工作多容易？修车容易挣钱呐。"

萧美没记错的话，这是他第 N 次的转行意愿。给必胜客送餐，给杂货铺送货，他悔不当初不去学开车做卡车司机。他像童养媳一般抱怨，没选择地嫁给一个不爱的人。

他做好了加酒咖啡给萧美端过来，非常浓郁的香味扑在萧美的脸上。他殷勤地对萧美说："这是波兰咖啡。"

她喝着他做的咖啡，原谅了他，不跟他计较从鞋子里找出来的咖啡杯。

她原谅了他土豆一买就一大袋，搁浴缸里，没来得及吃的都长出芽来。弄得浴室像温室。因为他给她从网络上下载了苏联的摇滚乐。八十年代中末期苏联的摇滚。他放给她听，给她做同步翻译："在一个寒冷的早晨，我醒来发现袜子冻成了冰块……我用袜子敲在女朋友的头上……我打死了我的女朋友……我操……我操……我用袜子敲死了我的女朋友！"

偶尔，他清闲的时候，兴致特别好，抱起萧美转圈圈，一圈一圈，直到晕阙站不稳脚，两人笑倒在单人沙发里。他坐直了身，萧美坐在他大腿上。"我请你去吃印度餐。"他看在萧美的脸上。

萧美知道这是他的上限，也不挑剔，印度餐就印度餐吧。总比不请好啊。要是让她做选择，打死也不会吃阿叉的东西。那股叉味，几里外就能把人给熏倒地上。"叉"这个名词还是从丹丹那引进的。"阿叉"，香港人对印度人的别称。萧美不明白他们为什么把印度人叫"叉"，"阿"好理解，广东话里的助词，人名单字时，必须在前面加个"阿"，例如王菲，叫"阿菲"。她瞎猜是不是殖民时期，英国人把印度人弄去香港当警察，当地人叫"警察""察佬"，后来在香港的印度人越来越多，在酒店当门童，给客人拿行李箱，"察"就变成"叉"？

沙发已经没有弹性，扶手转角处已经磨掉面料的花色，毛毛的张着绒线头。萧美的脚膝盖靠在那儿，触着硬梆梆的架子，搁得生疼。从沙发的款式，面料的质地，看得出它曾经的风华绝代。也曾经在贵府豪宅里呆过吧？也过过好日子？被主人喜新厌旧捐给救世军。从救世军那里再流传出来，到了平常百姓的家里。像年老色衰的名妓，从良后被一而再，再而三地转手，这沙发应该是被二主人搬家换房子的时候扔的家具，放路边，让新移民／穷留学生们捡回家来的？要不就是直接从俄国犹太裔的家里搬出来。大概就是这来历吧？

郝佳就从她妈妈的闺蜜那得到过碗筷衣服桌子椅子。犹太人讲究，他们的物件都是有名有牌的。郝佳拿到的那些捐赠，无一不是名声显赫的牌子。

萧美看进他的眼珠子里。他眼珠子像蓝色的玻璃弹珠。"你像耶稣。"萧美手指点在他鼻子上。

"耶稣不会编程序。"

他笑呵呵。他笑的时候像孩子。

哦，对了，他现在终于有了好工作。他多么痛恨澳洲这个鬼地方，大学教授比不上一个卡车司机更受人尊敬。

"你得感谢比尔盖茨呀。"

"哦不。"此君说，"第一个发明电脑的人是谁你知道吗？是俄国人。二战期间他死于贫病交加。这才让美国孙子捡了大便宜。后来才有了比尔盖茨孙子。"

萧美嘟嘟嘴，无奈的样子。不跟他争。在他的领域里。她承认，他肯定比自己对。但她坚持比尔盖茨就是牛。 没有他把计算机发展成PC（个人电脑）。能有现在这场面？她见证的，这几年，"PC"这个名词是怎样走红的。当她读设计的时候，还手工制图。现在电脑不只为工业使用。它开始走进办公室，走到公司职员的办公桌面上，走进家庭。因此，IT人才这么抢手，个个牛得像黑社会老大的秘书似的。

原以为有了好工作，好收入，应该可以岁月静好了。谁知道他比以前更忙，整天车殆马烦，焦虑不堪。从前没有电脑，他一个星期有三个晚上在萧美家里。（要用她的电脑啊。）找到工作后，变虚拟人物，只有名字存在于萧美的生活中。找到工作，对于萧美来说，不是灾难的结束，是开始。

三十八

他们的圈子流行自学成才，不屑去上什么大学。（编程算什么呀，大学一年级就玩过了。我们玩剩的玩意。）自个儿在家里敲电脑。尤里的一个学姐苏联解体前去了巴西，在巴西大学教数学。苏联解体后，她辗转流离来到澳洲，在家敲了三个礼拜电脑就去应聘，老板问："有经验吗？"回："有。"问："做编程多长时间了？"回："三年。""哇塞，三年你就做得这么好？"老板惊叹。她的故事在圈子里流传，是尤里们的样板。尤里跟萧美讲了又讲。他这样正面地去仰望一个同辈，活着的人，萧美第一次看到。他在萧美家敲几个礼拜电脑，也去骗工作。居然也成了。

程序语言的更新比翻日历还快。他的哥们余俊儿在澳洲电讯公司。大公司，信息快，美国流行什么语言，第一时间知道。信息共享，他一个电话，大伙儿就往他家里聚。

他除了公司就是跟余俊儿一块儿喝啤酒。程序言语没完没了地更换，他们就没完没了地喝酒。"余俊儿这个抠门犹太佬，大家一块儿的时候，他一定不会买啤酒的。"他的同伙在背后常常编排余俊儿，可又忍不住都往他家里聚。没办法，他是编程天才，都得忍着他。

余俊儿的犹太抠门作风，萧美也领教过。

一个星期六的下午，他们俩去余的家。那天凑巧没有聚会，去的人只有尤里和萧美。一进门，余太太就叽哩呱啦，跟尤里讲个不停，从头到尾讲俄文，完全不在意萧美的存在。萧美也无所谓，笑笑着站边上。她已经习惯了。参加郝佳的派对，常常都这样，在一堆人中间，不懂他们在讲什么，自顾自开心。

余俊儿在他们进门时露过一脸，招呼过就闪了。之后再没出现，直到吃饭。

尤里让萧美坐沙发上，自己跟着余太太招到阳台上过烟瘾。他们的动作是这样的：余太太从电视柜上抄起一包烟，对着尤里向门口外一摆头，示意：走。出去。径直向阳台走去，尤里在后面跟上。

萧美看着他们的默契劲，看他们俩站阳台上边聊抽烟，偶有顺手把烟灰弹向阳台外面去。自己被晾客厅里，甚觉无趣，没人招呼，也没有茶水，电视机也处在关机状态。发一会儿呆，萧美站起来去开电视。电视机是厚度大于宽度那种，旧到不想看它的程度。不想看电视了，在转身的瞬间看到地上躺了好些色情录像带。她不好意思地看一眼，像看别人的走光，忍不住好奇："难道电脑天才也下流？"她后来找机会把这个发现告诉郝佳。郝佳态度平常地说，可能不协调吧？夫妻间有障碍就需要小电影帮助。快快坐回沙发上，并着脚膝盖，双手掌扶在上面。

尤里过完烟瘾回屋里，坐到萧美的身边。余太太直奔厨房里去。

饭点到了，余太太捧出一盘白米饭放咖啡桌上，这会儿余俊儿突然从房子里的某一处（不知处）冒出来。他出现了，大家都坐过来，就着咖啡桌用餐。余太太打开一听午餐肉罐头，倒盖在碟子上，抽起罐头盒，用小刀切出小块，做下饭菜。

一盘白米饭，一听午餐肉罐头，怎么看都好像不够四人餐。萧美也算开眼界了，在余俊儿这见识了犹太人的抠门本事。

吃了她平生最饿的一顿晚餐，再没兴趣去余俊儿的家，不管后来尤里怎么讲发生在尤里家的趣事，她都反应冷淡，无可无不可的态度。

萧美不用再听尤里的抱怨，说什么后悔当初不去读技工的话了。她已经很少见到他。就是有抱怨，也是抱怨税局抽他的税。"我没有生活，税局吃了我的生活。"

萧美现在有点害怕见到他。怕听他没完没了的抱怨。郝佳说萧美，"你别把他的抱怨当真嘛。他呀，你别看他苦菜花似，其实乐在其中的，你信不？"

"我不懂你说什么。"

"他享受抱怨。"

萧美不信。

郝佳说，"你别不信。请你回想一下，从认识他的第一时间起，有没见过他不抱怨的时候？没有吧？他见人第一句话就是抱怨，不是吗？可他一边抱怨澳洲这不好那不好，一边拼了命地要在澳洲把根扎下来。一边抱怨税局吃了他的生活，一边拼命挣钱。抱怨，是他跟人交流的方式。跟我们见人问好一样。有些人只会带给人负能量。像他，就是。"郝佳从书架上抽出一本书，"我最近看了这本书。关于应该怎样对待别人，给人带来正能量的书。"

萧美说："他也挺可怜。骂税局，不是没道理。你想啊，他时薪一百块，拿到手才五十多一点，比那些时薪五十的多不了多少，可老板却恨不得让他睡办公室里。真的是税局吃了他的生活。"

萧美怜惜他，因为他不快乐。因为他长时间超时工作。因为他长时间盯在电屏上左眼差点瞎了。她已经很久不去他那了。

这一晚，他终于腾出时间来跟萧美待一起。

夜里两点，电话铃起，睡床外侧的他第一时间跳下床去。他怕吵醒萧美，（萧美已经醒了，装睡。）轻手轻脚，灯也不开鞋也不穿，在电话铃响到第二声半时抓起了电话筒。萧美不知他是怎么做到的。他的电话机通常埋在乱报纸堆里，即使是大白天，要找话筒也要拉着电话线顺藤摸瓜。

"谁呀？"尤里重躺回床上时，萧美迷糊着声音问，"这么晚打电话来。"她嘟囔。他讲电话用的俄文，听不懂，也不在意，已经习惯了，就随便问问。

"余俊儿的，得去他家一趟。"他亲在她的额头上，翻身下床。

尤里才要出门，电话铃又响了，这次他在客厅接，连讲话声萧美也只听得模摸糊糊，基本就不去理会，尝试入睡。

不一会儿尤里却进来了。把刚穿上的衣服给脱下来，躺回床上。他不马上睡下，而是支着左肘子，斜侧着上半身看萧美。萧美仰躺着，佯装睡着了。他用右手撸萧美的头发，一趟一趟，把她额头的发往后撸。她仍然闭着眼睛，睡着的样子。他低下头去亲在她的额头上。即使在黑夜里，也能看得见她额头发亮。

"怎么不走啦？"萧美含糊的声音。

他亲一下她的额头，说："余俊儿又来电话叫让我别去。他说人都散了。"

萧美不讲话。

"对不起。他们肯定喝醉了。"他边说边往后撸她的头发……"余俊儿说弄到一本最新版的计算机语言书，都在那讨论，让我也去。后来又来电话说大家都要回家睡觉，让我就别去了。"他解释。

萧美郁闷。

三十九

萧美郁闷，找到郝佳倾诉："以前吧，以为跟着他熬，总会熬到头的。以为只要他找到他想要的工作就变回常人来。以为我们所有的问题都是因为他没有理想的工作。当他找到第一份编程工作时，我们俩多高兴啊，我还开了瓶酒给他庆祝。可是，当他花三个小时去刷他五块钱买来的鞋子时，我多失望，你知道吗？那时候他已经时薪五十块了啊！工作三个小时，买双 BOSS 皮鞋都行了。你说他不是脑子进水了？当他时薪一百块时还在半夜里去找那帮电脑痴喝酒，探讨新电脑程序，我真的是绝望了。你说这还能有个头？我投降。"

"还有，还有，"萧美见郝佳只管笑，为了得到她的支持，加强了语气继续讨戈："他家里的浴缸是用来长土豆的。你知道吗？他的食油论桶买，你说他不是有病吗？如果闹地震，他也用不着担心被饿死。他囤的粮食，被困三个月也饿不死。"萧美说着说着语气急促起来。

"他图的就是这个。"

郝佳见她有要动真气的迹象，赶忙帮腔。但做为尤里的同乡，又心有恻隐，尤其对于一个天才的恻隐。又说："他有过很不幸的童年。妈妈死于乌克兰核电站的事故。那时候他才十三岁。后来又是苏联闹饥荒，排几个小时长队买土豆。又有在莫斯科流浪的经历。后来，你知道的，被前妻背叛。"

"弗洛伊德的童年阴影？"萧美语带讥诮，"乌克兰的受害儿童多了去了，就他有？"

"他不是天才吗？天才就是与众不同的嘛。"郝佳歪起嘴巴笑。一方面觉得这样背后讥笑挖苦尤里，不够厚道，对他不公平，一方面觉得身为盟友，声援萧美是必须的。

"居里夫人还生儿育女呢！"

一听萧美这话，郝佳再难忍，现出不自在的表情。萧美也自觉太过刻薄，随即"呵呵"赔笑。

"不一样，人跟人不一样的。"郝佳的表情严肃起来，"我为他感到惋惜，兴许他生长的时代不对。他十四五岁就被莫斯科物理学院录取，离开家乡乌克兰，到莫斯科上学。莫斯科物理学院的前身是莫斯科大学的一个系。苏联时代，军工需要，独立出来。学制六年，毕业就硕士了。这个学校专门为国家生产尖端科技军工。他们被统一分配，没有自主权。大部分被分配到保密军工单位。尤里也一样。他对学校说"不"。原因是他不想被保密。像前辈们那样，除非被放射得了绝症没几个月活头或者死了装在骨灰盒里才可以离开单位被放出来。不服从分配就意味着没单位。没单位就意味着没莫斯科户籍。没莫斯科户籍就意味着没口粮配额没住房分配。没工作没收入没地方住，就意味着他被剥夺了在地球生存的权利。为了生存，他自学中文，去考中文翻译。他只学了半年中文，就撂倒了读四年中文系的对手。"

　　工作分配，分房，调动工作，户口登记，这些关键词萧美耳熟能详。她是在这种语境中长大的。跟郝佳，尤里作朋友后才知道，曾经的中国和前苏联有多相似，简直就没有不同。不需要用"在我们的国家"来为任何故事做脚注。像跟南美洲人，东南亚人，中东人，非洲人讲话那样。新移民专属用语"在我们的国家"，萧美简直听出病了。

　　出国前对前苏联的认知不是这样子的。那时候，苏联在萧美，是保尔柯察金的苏联，是高尔基的苏联，是喀秋莎三套马车小路……是……英雄的苏联。苏联的专制也偶有在字面上看到过，也许因为感情上不愿意接受的缘故，从没把它落实到现实中，跟具体生活联系在一起。即使现在，听郝佳说尤里在专制下的生活情形，也不走心，像听耶稣被钉十字架，听走出埃及记。是故事，是历史，跟自己没关系。即使有伤害，也是历史发展的必然。自然有自然灾难，历史有历史灾难。不像那些来自西方国家或者那些东南亚国家的人，或者晒幸福，或者孤陋寡闻，一讲到社会主义的种种事件，就咋咋唬唬，"哦！我的神啊！"张大嘴乱叫，像个弱智。宇宙有大爆炸，地球也有毁灭的一天，受害者怨谁去？　苏联专制或者文化大革命，那些事或者说的那种生活，对现在的人来说是曾经，是传说。在萧美，郝佳和尤里那，是亲历，是目睹。那个时代是那么近，仿佛伸出手去就能摸到。那些被专制牺牲掉的生命，它们的温度好像就在脑后，不用转过头去都能感觉得到。

　　"我能理解。"萧美说。不知是指郝佳的话还是尤里的行为。

　　她在心里是另一种看法。她觉得他就是一根筋。为了自由，可以睡大街，做翻译。因为挨过饿，所以囤粮。那年头谁没受约束？谁没挨过饿？做人，要学会顺应潮流，要不怎么生存？大环境都这样，你挣扎有什么用？还是我们中国古老的智慧管用，"无为"吧。跟郝佳讲"无为"？她怎能懂？

"可我不快乐啊！不快乐！不快乐！他妈的不快乐！"萧美把前额顶到桌子上，手掌轻拍桌面，半认真半搞笑地说。突然抬起头来，凝视着郝佳说："这是他的问题，我没有责任为他的经历买单啊。"

萧美从郝佳那听过关于尤里在莫斯科的生活。他在客厅里挂中国地图，用筷子吃饭。他认为要学好中文首先要了解中国文化。了解了中国文化后，他就喜欢了中国女人。她问他喜欢中国女人什么，他说喜欢她们温良恭俭让。不像苏联女人，吼他。

萧美说这年头还有温良恭俭让的女人？连化石都没有。"你知道有1949吗？""知道就行。""你知道苏联有《莫斯科不相信眼泪》的。我们中国有邢燕子。"她们没什么两样。她心里想，"你就做梦吧你，温良恭俭让？你想找温良恭俭让？我看比你在街上碰到原子弹的几率还小。"

"他就是太天真了。世上哪有绝对的自由。就看你把自由的边界定在哪里。孙悟空还逃不出如来佛的手掌心呢。"

郝佳好像想起什么，忍俊不禁："你知道吗，在莫斯科的时候，他拿到移民澳洲的签证，高兴得邀了两个好朋友来家喝通宵。三人喝了四瓶伏特加。第二天他迈着醉步去买机票，排几个小时长队，轮到他的时候，售票员看护照，问他：你这是要坐船去悉尼呢？他这才知道站错队，排在买船票那。真的很搞笑。现在我们圈子里流传他的笑话。"

莫斯科时期他有妻子。萧美见过她。成为尤里女朋友不久，一个星期天的下午，跟他们一大帮朋友在公园烧烤，算是正式被尤里介绍给他的朋友们。聚会快结束的时候他前妻才来，老远就向大家招手打呼，直呼尤里，快快乐乐地畅聊。萧美猜就是她了。一早就从郝佳那收到风他的前任要来。她有些婴儿肥，中等个子，介于一米六五到一米七之间，属于知性美型。萧美喜欢她，看讲话就知道是个开朗的人。

如果是以别的身份认识对方，没准能成很好的朋友。她跟大家聊一轮后，改口用英文跟萧美打招呼。

对那笑话，萧美的本能反应反口问："他前妻呢？干吗去了？也不提醒他？也喝醉，跟着站错队？"萧美不信他会这样，怀疑是朱丽叶编排的。朱丽叶长舌，在圈子里是出了名的。余俊儿曾经说过，在邦带街上随便走走，在任何一个角落都有可能听到朱丽叶在八卦。

"不知道呢，他们那时候的关系开始变坏了。"郝佳不肯定地说。

四十

关于他的前妻，尤里给萧美的交代是：

出国前两个月，他的前妻因为办证需要常常回出生地乌克兰。在老家她重遇初恋。她重新爱上他。（萧美想，当初分手，一定是她提出的。女人只有自己提出分手才会吃回头草。）

"初到悉尼那阵我就感觉她不对劲，易怒，无理取闹，无论我做什么都是错的。"

（萧美暗忖："拒绝跟你那个了吧？两性关系发生质的变化，无非就这症状。"）

"我问她，你好像恨我？为什么把我当敌人？她承认心里装着初恋男友。'重新遇上，再也忘不掉。'她说。我当时就想到，怪不得拿到签证时，我都高兴晕了，她却闷闷不乐，蔫头蔫脑，心不在焉。我提出分居，给她半年时间，看看怎样，如果她还忘不了他，我们就离婚。"

半年后的答案是两人的关系加前缀：前任，过去式。

"她的英文讲得好。"萧美想起那次公园会面（唯一的一次）。她是他们中英文讲得最没口音的一个。当然这个评语萧美只放心里，不会跟郝佳讲。没那么二。

那次她待了十分钟就走了，没等到聚会结束。

萧美很自恋地认为她是冲自己来的。要不怎会知道自己不懂俄文？面对自己那么淡定，一点好奇心都没有？好像早就知道似的。（一定是尤里告诉她的。他们再见亦是朋友。）听说尤里交了新女友，看看何许人也，质量如何？女人最受伤的就是爱的男人爱上不如自己的女人。

"她爱你。"萧美心有千千结，对尤里说。

"我们现在是朋友。偶有见面，喝杯咖啡什么的。互相汇报近况。除了问'你最近怎样啊？过得好吗？'也没啥话讲。"尤里说。

"她后悔啦？"萧美指的是她回到初恋身边这件事。

"她说她愚蠢。"尤里说，"我们离婚后，她回到乌克兰跟他同居。申请他来澳洲。入境签证签下来，临来澳洲前他却躲了起来，玩失踪。"

"之后呢？"

"之后她就一个人回悉尼来。"

"她现在有男友吗？"

"她说她不需要男友，一个人挺好。"

"一个人挺好？"萧美从来不信一个人过会挺好，没得选择，自欺欺人罢了。打肿脸装胖子。女人经过这一役，够伤的，得静养好一段日子。心智弱一点的，恐怕一辈子也缓不过来。

夜里躺床上，萧美想到她，问尤里："你们在莫斯科的时候咋没想着要个孩子？""她怀过一个。那时候没莫斯科户口，没工作，没口粮，哪养得起孩子啊。我们拿掉了。""你们是怎么认识的？""我毕业后不服从分配，睡大街，偶尔住朋友家里。她当时在莫斯科有一间一居室的小公寓，朋友就介绍我去她那儿住。"

......

静默。

"她很有绘画天分。"尤里突然开腔讲话。萧美原以为他睡着了。

"她现在做什么工作？"

"她在新南威尔斯大学当接收员。曾经介绍过我工作。大学招生期间有好多信件要处理，招临时工，她就把我给介绍去。"

"让你干什么活？"萧美有一丝妒忌。

"让我在信封右上角盖戳'邮资已付'，然后封口。"

"她为啥不画画了？"

沉默 30 秒，尤里选择回答："在莫斯科的时候她就画得很好。为了生活，她总得干别的工作。能挣钱的工作。可惜了。"

萧美看到静静的顿河奔流不已，河边是无际的原野，低低的浓重的铁灰色的翻滚着云卷的天空，与地平线接口处漏出一放射性的橙色亮光。这是她小时候捂在被窝里打着手电筒读哈依尔·亚历山大维奇·肖洛霍夫的《静静的顿河》时，看到俄罗斯。

萧美喜欢这幅图画，苦难深重，强大无比的战斗民族。

两人躺床上，背对背。谁也不碰谁。

四十一

萧美无法跟他继续蹉跎下去。五年的时间不算短，但她不后悔。该发生的就让它发生吧。不跟他浪费这五年，也会有别的人，谁能保证结局不是分手？时间不就是拿来浪费的吗。结婚十年二十年，白头到老的，就叫不浪费时间吗？他们连纠正错误的机会都失去，那才是巨大的浪费。

"跟这种人一起生活真的是很难。"萧美经过五年的努力，最终得出的结论。她不喜欢三十多岁的愤青。尽管他十七岁就能用西班牙语读《百年孤独》，十八岁就在美国的物理杂志上发表论文，吉它弹到专业水准，这些都消除不了等待他五年的疲倦。就到这里吧，她是走不动了。她的美貌，她身上与生俱来的贵族气质和魏德文留给她的低调奢华品位都不允许她与尤里披荆斩棘地过一生。

四十二

晚饭后，卡皮尔兑现他的诺言，要请萧美喝青稞酒。

他郑重其事，弄来半玻璃杯酒和两个空杯子。"呵呵！"他脸上漾着异样的笑容，兴奋中混着期待，像小孩子点着鞭炮，等待爆炸的瞬间，"来啦，我们喝酒。"他把两个杯子在萧美面前排开，先往一个杯子里倒酒。萧美猜这个应该是给自己的，她两手轻轻扶着酒杯，他一点一点往里倒，边倒边不断地问："够了没？""够了没？"

萧美拿起酒杯试喝一小口，感觉没什么特别，甚至没期待的酒味。

他也给自己倒了一小半杯，喝一小口，喝一小口。每喝一口都做鬼脸，好像很呛的样子。

萧美看着他，觉得好笑："这就是他心目中最好的酒了。"

"我喜欢音乐。不带团的时候，在家里，晚饭后就跟朋友们玩乐器。"

"你玩什么乐器？"

"乌帕呼啦。"他加上手势比划。

"什么？"

"乌帕呼啦。"

"不懂。"

他十根手指头铺开点在桌面上，弹钢琴的手势，敲敲几下，用嘴配乐，哼哼着："呼啦呼啦呃，呼啦呼啦呃。"

萧美还是没听出是什么，猜是他们的本土乐器吧，可以奏三几个音符？

"有蚊子？"

萧美的手臂被叮了，隔着衣服依然很疼。她一巴掌下去，见蚊子飞起来。

卡皮尔站起来去把所有的窗户关紧。顺便开灯。萧美这才注意到，天已经全黑了。

灯光橘黄，不知有没十五瓦。

旅游淡季，驿站里就萧美这桌客人。

这山腰里的人家，门窗单薄。窗外暮色四合。山雨不知道什么时候停了，空气中水汽濛濛。

"除了音乐，你还做什么？上网吗？打游戏机吗？蹦迪吗？泡妞吗？"

卡皮尔坐回自己的座位，萧美开他玩笑。

他告诉萧美，家在山里，进城要走上三个小时。偶尔也到城里消遣，看电影蹦的上网什么的。

"今天早上我是从家里出来的。"

"你走了三个小时的路？"

"我们每天都走很多路。不带团的时候，在家里干农活……上山干活，走很多山路。我读兽医，想做医生。做医生要考牌照，需要很多钱。我干活攒钱去考医照。"

"你想过结婚吗？在你们这里，你这个年纪应该考虑结婚了吧？"

"再等两年吧。我想考到医照再结婚。"

"想要几个孩子？"

"两个，一个男孩一个女孩。"

"我教你一个中国字：一个男孩一个女孩，合一起就是'好'字。"

"你结婚了吗？"卡皮尔问。

萧美在想着该怎样回答他？卡皮尔看着萧美说："你有男朋友？"

"有过，分手了。"萧美淡淡地说。

"对不起。"卡皮尔放低声音，默哀的样子。在他，那是很悲哀的事情。

"你很漂亮。"卡皮尔温柔的语调。

"算安慰吗？"

"我给你的巧克力好吃吗？"萧美不想继续这个话题。早上在铁索桥头盖章时，给了他两条巧克力吧。爬山带巧克力是常识。那年去西藏就有经验。这次做了准备，巧克力管够。悉尼就巧克力多。以前日本同事回日本度假，一行李箱全是巧克力，带回去做手信。

"我没吃，留着给我哥哥的小孩，他喜欢巧克力。"

"这个，"萧美从手袋里拿出一瓶润肤露："送给你女友。搽脸的，搽手也可以。"他从她手中接过去，满心欢喜，忙说谢谢。

喝完杯里的酒，跟卡皮尔道过晚安，萧美回到自己房间里去。这时候睡觉又太早，七点还没到。后悔没带书来。不想给卡皮尔背的包太重，把书和笔记本电脑全留在了酒店里。她平躺床上，腿高高搁墙上，垂直地搁着，瑜珈的一个动作，可以消除腿部的胀痛。从窗口望出去，天已经全黑，黑漆漆里是山的剪影，什么声音也没有。

萧美想起瞿永明的诗《在古代》："我们只是并肩策马走几十里

地 / 当耳环叮当作响 你微微一笑 / 低头间 我们又走了几十里地。"

几十里地之后就是这驿站，而与她并背策马的人只是个少年；与她畅饮夜谈的人也只是个少年。在古代，男人女人互相望一眼就是一生一世，现在，要爱过多少回，才能修成正果？在古代，女人从一而终；现如今只能醉生梦死。

四十三

萧美的电脑老是出故障，老得找谭天帮忙修。她请他吃饭，因为他帮忙修电脑。

当她意识到已经过度到一起去买菜，一起做饭一起吃的时候，稍稍挣扎了一下："不该这样的？"旋即找到理由，"这是在澳洲！"她也不知道自己什么意思。在澳洲就可以同吃同住，无所谓男女（与男生不同房间）？还是说在澳洲，即使跟男生同吃同住（不同房间）也不说明什么？也不会——有什么不妥？事实是，一直以来都跟男生分租房子，没什么不妥，再正常不过。只是，跟他，感觉哪里不对，太默契？太那个近，心近还是身体近？……她不让自己继续往深里探索。

但是朱姐帮她想到了。朱姐说她："我看你是被他迷住了。看你现在讲话，三句不离他。"

"我有吗？"萧美不服气。

一天吃饭的时候，萧美看到谭天袖子上烧焦两个小洞，问他："咋整的？"他说做实验的时候被激光打的。

"实验很危险，一不小心就会被辐射到。如果不戴眼镜，眼睛会瞎掉。"谭天吃着饭，说。他在厦大待过六年，不知不觉染上些福建口音，偶有爆出一两个带福建特色的字，例如：掉，包包。

"那会不会影响视力？"萧美吃惊地问。耶稣都知道要爱护眼睛。更何况我们凡夫俗子。

谭天从饭碗中抬起眼睛，看住萧美，一个眼珠子往眼内角斜，像小兔子似地跳："我现在就看见一位好姑娘关心的眼神。"静静地笑着，"哎，我问你，你选择男朋友是看他的现在还是他的未来？"

"现在。"萧美不假思索地回答。

谭天把视线从萧美脸上移开，声音低下来，几乎是自言自语："她要是像你这样讲就好了。"

他给她讲他的初恋故事。

大三的时候，去迎接新生入学，第一次看见她。看见她骑自行车在远处滑过，很快，瞬间就消失在人行道的排树里。"就在这一瞬间，我留住了她的剪影：双腿修长，长发飘飘。"他的手在空中由上而下画一条线，仿佛那女生的腿在眼前。他很快就打听到，她是本地生，金融系，名宝钰。还摸清了她去食堂打饭的规律，"我踩准她的饭点，出现在她去食堂的必经之路，邂逅她。"他的语调和神态告诉萧美，很得意自己这一招，聪明。

"大三下半年我们开始约会。"

"后来呢？"

"后来分手了。"

"对不起。"萧美用英文讲。有两个"三字经"她必须用英文讲，感觉容易出口，发音也比讲中文溜，一个是"对不起"，另一个是"我爱你"。

谭天特别愿意讲宝钰。她的长发，她的长腿，她婴儿般干净的皮肤都曾经让他焦躁不安。甚至在某个阶段，一想到她的名字，就意乱情迷。激情像啤酒泡往上冒，捂也捂不住。

"舍友一见我去打饭就笑：'又去邂逅了？'"

舍友说："你别搞邂逅了，那是无用功。你知道她身边有多少蜜蜂嘛？那都是些家里有钱有势的家伙，你不是对手。"

"你指的那些全是苍蝇蚊子，我才是蜜蜂。"我说。

"所以，她最后还是和你约会了。"萧美笑。

"所谓约会，就是到学校的树林子里走一走。"

萧美懂，校园恋爱不都这样么。两人中间可以走一辆汽车。

"送她回宿舍，在离宿舍很远很远，远到看不见校舍的地方，就跟我告别。她要我做她的隐形男友。说宿舍门口总有很多候鸟。她不想他们看见我。"

萧美不屑的眼神，想："这世界上有两种动物，一种叫虐待狂，一种叫被虐待狂。她特瞧不起绿茶婊。作践男人。又不明白了，这谭天，看着明明白白的一个人，怎么就能接受这不平等条约。当然，那是他的事，她管不着。她和他，两代人。

"我学长说女人嘛，只要真心对她好，又有钱，就能得到她的心，哪怕她美得胜过戴安娜。我的目标早就定好了，本科毕业拿华罗庚奖。硕士期间在香港申请一个专利。博士，到哈佛或者斯坦福去做。我坚信我将来会有钱。"

他嘿嘿干笑。

他的笑很奇怪，嘿嘿，又轻又短，感觉特假。那天他来看房子就老这么嘿嘿。他一嘿嘿，眼珠子就斗鸡，一个眼珠子老往眼头溜，像要藏起来。萧美差点以为他是个变态。现在习惯了些。不觉那么怪异了。

见他笑，以为是难为情了。心想："不好意思了吧，年少轻狂！试试你就知道，这个世界不是你想的那样，什么都由着你。"

"像她这么漂亮的女生怎么可能没人追？像她这种读书好又长得漂亮又自命清高的女生，说找男人不看钱，但是那男人自然是要有钱的。我暗下狠心，总有一天，我要让她以我为骄傲。"

"原来他是陶醉在往事的回忆中。"萧美讥笑地想，"卧薪尝胆啊？"问他："你出国就是为了让她可以骄傲地向家人宣布你们的关系？"

"原因之一。"

"那就等你将来学有所成，定居下来，再找她呗。"

"我现在不这样想了。等我在这里什么都搞好了，接她来享受现成的？我不干。"

萧美心里发冷："又一个自私的。"突然不耐烦起来，噌地站起来，动手收拾碗筷，旋即发现碗里还有半碗饭，又坐下来吃饭。

谭天不讲话，轻笑，心里有数。

四十四

萧美睡床上做瑜伽，双腿垂直搁墙上，倒竖着。走了一天路，小腿胀痛。这样能消肿。还好，没想象中的严重。一路注意保养，安全走完这趟山，不出事故，估计没问题。

冥想中，她回想起昨天早上看到的山腰里那座佛塔。虽说那塔是没什么意思，又小又孤单，弱弱地站在翠绿的山腰。只是塔身上放满佛像这点与众不同些。走过那么佛教国，进过那么多佛庙，也没见过这样子的，把这么多不同国籍的佛像放一起。这做派，像各国首脑聚一起开峰会。有意思。

真有小日本的。

谁不好，偏他们？佛教又不是他们的土产。日本的佛塔佛庙也不出名，不像柬埔寨西藏泰国印度什么的。（柬埔寨不是有个吴哥窟吗？）还好意思跑到别人国家来造？

她又想到塔身上那些佛像。不管西方佛还是东方佛，都坐着，盘腿收腹，挺腰含胸底眉顺眼收下巴。

为什么都坐着？站着会太累？在世人面前摆 POS，一摆就是两千多年！

为什么就不能有别的姿势？像耶稣？

嗯，是累啊。

萧美觉得腰以下的部分痛到要断掉，好像都不属于自己的。

她不是宗教徒。对佛庙，教堂什么的没特别兴趣。试过接近佛教。去过一阵子南天寺，偶有参加他们的佛事活动。开始是因为好奇，想了解什么原因让那些人，就是那些信徒这么虔诚？死心塌地？后来？后来因为去得多了，（近朱者赤），像牛油在温火中融化，不知不觉的，几乎，差点就成了教徒。但始终无法真正投入。当法师要她皈依时，她逃了。

那个阶段，她像在人生旅途中犯困，暂时打了个迷糊。

说到底，从根本上她就不信。不信有"神"这个物种的存在。梅说的，像我们这样背景（在社会主义国家长大的）的人，不可能真的信神。我们没那基因。

曾经有一次共修，师傅开示佛陀的四十八愿。当说到"愿下辈子不生女儿身"时，她嚯地一声从坐垫上站起来，怒不可遏，冲着师傅大声喊："这不是重男轻女吗？没意思！"一甩手把佛经撂拜垫上，气哄哄地走出去。从那以后，她再没去南天寺。

拿神开涮，张爱玲也干过。

她的思维跳跃着。一会想到这一会想到那。

张爱玲。喜欢张爱玲。因为《更衣记》，她喜欢上服装设计。

在张爱玲的一本书上，忘了哪本，她的书，她都有，看到过一句话，大意是：圣母玛利亚在世人面前喂了一千多年的奶（袒胸露背）。

宗教最让人不能接受的是不平等。

为什么要我们给他下跪？他既然这么爱我们，保我们平安也是应该的，为什么还要我们跪求？磕头，叩首，俯伏百叩？千叩？万叩？无尽头的磕头。看着乌泱泱的人头，在自己的脚下捣蒜，一定很爽吧。

她试过一次性磕一万个头。牛仔裤跪破了一个洞。好几天走路都八字脚。

说这是虐待一点都不过。

这世上第一个敢跟神叫板的牛人是他，拿破仑。拿破仑就敢站着自己给自己加冕。注意，这里说的是，一，他站着。二，他给自己加冕。漂亮。只有他敢这么干。

她想到拿破仑。

那次欧游，在凡尔赛宫还是罗浮宫？忘了，最近老记不起从前的事，还好，只要记得昨晚餐吃什么就行，还没老年痴呆。（据说是这样的，犯老年痴呆病的人，记不住最近发生的事。）看到这幅油画。"拿破仑他真牛逼。"

"神和人的关系应该是恋人的关系。"互爱，而不是上下级的关系。

南天寺时期她曾经问过老处女师傅："为什么要给神下跪？"老处女师傅清寡的脸霎时黑下来，比下雨天还黑，一言未发，专身走开。

佛教禁男女之爱。她最不能接受这个。连动物都要恋爱，更何况人？没有爱，这世界还存在吗？

想到下跪，想起谭天就跪过她。

不让想他，她特意回想那山上佛塔。

塔身上的佛像也是各有面孔。看真了，它们的五官肤色体型，个个有异。佛座底部有英文标签。

印度佛，瘦，黑，苦大仇深，像这些日子见过的尼泊尔土著。

缅甸佛，泰国佛，老挝佛，新加坡佛，跟他们国人一个样，瘦小不干。

缅甸佛的服饰特别金黄些，泰国佛脸黑。

她绕着佛塔转。

中国佛圆润。

日本佛比印度佛胖比中国佛矮小。

佛也有 DNA？她转经筒似地走，眼睛刷刷上下找，"澳洲佛，意大利人呢还是希腊人呢？"喔，美国佛。喔，加拿大佛。澳洲真没佛吗？听过一个段子：南无阿弥陀佛，南半球没有佛。哎。要有的话，一定是从中国移民来，跟北美佛一个样，中国基因，祥和圆润。

没悬念，澳洲佛必须是中国移民。

悉尼的佛庙她去过不少。1998 以前，南天寺还不存在，那时候，华人，主要是中国大陆留学生，春节大年三十晚，他们拖家带口，没有选择地到帕拉玛塔越南华人的佛庙烧头炷香。不知从哪年开始，留学生们集体拜起了佛。坊间流传邓小平每年春节都要到上海的秦皇庙烧头炷香。（她猜这一定是造谣。不知哪个瘪三胡说的。）效仿邓小平，那是自然的，像呼吸空气一样，想都不用想。邓小平时代是他们的黄金时代。

因为中国留学生，帕拉玛塔越南佛庙成了南半球香火最旺的佛寺。

小佛塔右前方两米处有块石碑。

目测，它大概有两米高一米二宽。稍稍抬高视线就能看到碑顶。碑面有相片，在碑的三分之二高处，中线偏左，离碑底大约六十厘米左右。她以自己的身高做参照。明显的日本人长相。

日本人的发型很怪。说不出怪在哪里，就是很奇葩的感觉。发长及下耳廓，往后梳，头顶堆起寸来厚。日本人毛发盛，也许跟生吃海鲜有关？1970 年代的流行服饰。灰白色 T 恤，蓝色休闲裤，跑鞋，肩上搭一长袖衬衫，袖子绕过脖子在胸前打个结。那样的妆扮在台湾也曾经流行过，林青霞、秦汉就那样穿。1980 年代的中国大陆也那样穿。萧美就常穿球鞋运动套装剪丸子头，整得像中山明菜，骑单车满街跑，美癫了。她的那些衣服鞋袜还都是日本造。爸爸每季去一趟香港。连连裤丝袜都给带回来。

日本人就那样，讨厌，到处乱窜。哪里都有他们，连尼泊尔这么个穷山沟也不放过。

她的脸贴近碑面，看仔细这个坐在石头上的人。他叫成岛柳北，1969 年到此旅游。1970 年骑自行车从西藏到尼泊尔募捐，集资建塔，1980 年竣工。

他也微笑看向萧美："是的，是我。很牛哦。"

日本人不眉低眼顺，连日本佛这样，眼光炯炯，坚定冷酷。

当初决定出国。美国是不能去的。爸爸态度坚决，不久前他一个客户的独子和女婿死在美国。据说是在网球场上跟黑人起争执，被开枪打死的。客户是老泰国华侨。老华侨传统，想把产业传给儿子。送他去美国留学，没想送上了不归路。爸爸每去香港谈生意都去医院探望他。白头人送黑头人。老华侨愁苦的惨状，爸爸久久无法从心底里抹去。爸说如果她去美国，他会担心死。日本更不能去。"去哪都不能去日本。我们跟日本人有仇。"爸爸说。眼睛里有光。

爸爸虽然不让她去日本，却不反对用日货。他的第一辆车是丰田，后来换了凌志。他还去了东京和名古屋，还跟日本人做生意。还让家里挂富士山的风景挂历。还从日本给她带回过三件大衣。那时候她已经在悉尼，是时装设计师了。

"日本人都不穿自家的衣服。"大衣拿在手里，她嘀咕。日本人去澳洲都买欧美名牌。世界顶级名牌都靠他们发财呢。没跟爸爸讲这些。从他手里接过大衣，幸福满满的样子，一件一件穿给他看。从前爸爸每次从香港回来都给她带衣服，拿到衣服的第一时间就是一件一件穿给他看，拍他马屁。她心里的小九九，把他拍晕了，好再接再厉，多多给买。

那时候爸爸给带的衣服是真的好看。漂亮，时尚。有些衣服国内还没流行，被压箱子里。妈妈不准她标新立异。一年后，等市面上出现了，才拿出来穿。

爸爸老啦。眼光过时了。

那三件大衣一直挂在衣柜里，当收藏品。

日货最后留在她的记忆里是一款白色跑鞋。当时大街小巷在放刘美君的"一双白皮鞋"。萧美正是二八年华，强说愁的年纪，这歌特感动她。她反复地、伤感地、自残地一遍一遍听。"就要出国啦，这一走，哪一天才回来？回来的时候爸爸已经老啦。'手中的线已无力再紧拉。打礕一声一声响切小街。'"丹丹看不过眼，说她牵强，"你爸又不是补鞋子的老头儿。他是总裁哦。你回来，他会用车去接你，放心，大小姐。"碰巧一位裙下君一定要送她礼物，说就要天各一方，哭着喊着，要留个念想。架不住他的热情，带他到秀水街日货专卖店，指给他看刚上架的一款跑鞋。还记得，那个牌子叫"boni"。当时街头巷尾跑的穿的，满眼都是日货。她大小姐不屑于众乐。这款新鞋独一无二，就它了。那君一看价格，脸唰地绿了，说得回家一趟，让萧美等在那儿。萧美心照，他口袋里的钱不够。那时候不知道为什么就那么狠？对自己好的人一点恻隐心都没有，往死里宰。

那双鞋在澳洲找工作时被跑破了。也算物尽其用吧。也对得起那君了。

想起被男生追的日子，她嘴角勾起，幸福的微笑。

四十五

朱姐下楼来，到萧美家抽烟。家里小花不让抽烟，她就把烟搁萧美那儿。通常晚饭后来抽上一支。就一支，多了不行，晚上睡觉会咳嗽。

一支烟，一杯咖啡，闲聊一会儿。这是她的饭后节目。自从上一次碰到萧美和谭天一起吃晚饭，有一个多星期不来了。

进来后，她不像往常一来就坐到厨房里，从饭桌抽屉底下摸出烟来。那是她的烟，放在固定位置，就在底下破一个大洞的饭桌抽屉里。拿的时候方便，不需要拉开抽屉，手从桌子底下伸进破洞里就能摸出来。先踱到走道，在那来回走一趟，往各个房间里瞄，确认谭天不在家了，就放开声音说话，"你的小博士呢？不在家？"

"不在。"萧美不爱听什么"你的小博士"，听着就不敬。把服装图从饭桌上收起来，给她腾地方。弯下腰从橱柜底格搬出咖啡机。不用的时候，咖啡机被化整为零搁起。要用，就一件一件把它码起来。只有两种情况下才用到咖啡机。一是尤里来。一是朱姐来。平常时候就喝雀巢，图省事儿。"还早呢，他还在试验室。"朱姐的话她不爱听的多了，要计较的话，她们就不会走到今天。和颜悦色地回答。

"最近在忙什么？"朱姐已经摸出了烟盒，边说边从里面抽出一支给点上。

她夹烟的造型，据她所说是最标准的。在电影学院教书时，跟那些表演系的女生学的。

她肘子支在饭桌上，食指和中指夹着烟，伸得笔直，无名指和小指头内斜一度，与中指空出一个指位。鼻孔里呼出两条白白长长的烟，眼睛眯起，乜一眼边上被卷成筒状的图纸，随便问问。

萧美回过头看她这女特务造型，说："瞎忙呗。你呢？好久不见。最近又有什么大作？"

萧美一直是她的第一个读者。带任务的读者。寄稿前她让萧美先看，给提意见。萧美呢，自命半个文青，崇拜作家，视他们至高无上。承蒙朱姐看得起，免费阅读员当得乐呵呵的。遇到喝了一杯，高了，还大声地读出来。看到好笑的地方就大声笑。从不辱使命，每次都认认真真地读，认认真真地讲读后感。当然，也没笨到讲真感受。通常捡好话讲。觉得七分好，就讲到十分。作家矫情，她领教过。

有一次朱姐拿一篇东西来让她看。萧美还没看，她自己就一个劲猛说写砸了。萧美也觉得这篇东西不是她的正常水准，就实话实讲建议投给《购物指南》。意在免费报纸门槛底。她听了没说什么，也没不高兴。过了一阵子，她告诉萧美那篇东西发在国内的一个妇女月刊上。萧美听了挺高兴，连说几个好。她却狠声狠气地说："你还让我在免费报纸上发呢！"萧美被噎得瞪大眼睛，好一会儿讲不出话来。其实早把讲过的话忘了。根本就不知道朱姐这么在意自己的建议。吃了她这一记葵花掌，学聪明了，真话没必要全说出来。从此，只讲好的话。筛子不打眼不精。

"嗨。没灵感。写不出东西来哦。"朱姐又拿劲了，萧美最知道什么话她爱听，"你老这么说，东西还是一篇篇地出来。"边说边摁在咖啡机"on"钮上，咖啡豆被搅得嘎嘎响，刹时满屋子的咖啡味。真正的咖啡就是这样的，闻着就醉了。

朱姐情绪好起来，语调愉悦："在写一个知青题材。写主人翁谈恋爱，老找不到感觉。想了几天几夜，就是写不出来。拼命回想年轻时候的恋爱状态，就是想不起来啊。"

萧美被她逗得哈哈大笑。

"糟糕，太久没恋爱，都把那事儿给忘了。"朱姐眼帘下盖，看着手上的烟上。她弹掉烟灰。"我给他们设计的动作，夜里，男主坐在球场的台阶上，女主走过来，想向他表达爱慕，结果什么也没说，在他面前站一会儿，转身走开。"

"怎么听着像青春之歌呀？你们那会儿恋爱是这样子的？跟老木就这款？他白衣白裤白球鞋，你呢，穿个列宁装，从里面翻出个小白领，解放鞋。"萧美故意逗她。

朱姐不经逗，一聊起过去，她的话有一匹布那么长。"我们那会都骑单车谈恋爱。他骑车，我坐他车后座。"她弹一下烟灰，未讲先笑，朱姐的笑跟她人一个风格，压抑型，脸上漫开一层笑意："有一次跟老木出去拍拖，他要拉住我的手走。我不让，他非要，我说人家会以为我是瞎子，他说，那你就闭着眼睛装瞎呗。"

"算命的不是说你五十一岁时会有外遇吗？离五十岁还有多远？"萧美笑问。

烟灰很长了，朱姐看着它，手缓缓往烟灰缸伸去，还没来得及抖，烟灰自个儿断开掉进缸里。她表情没变，沉思着，语调平缓，"可怕啊，转眼就奔五张了。真不敢想哦。"吸一口烟，沉思着，像印第安人族长讲话："上个礼拜六老木五十岁生日，家里请客。骁勇燕西他们差点没闹出人命。"

"骁勇不是死了吗？"萧美吃惊不小。虽然跟他没交往，但朱姐经常讲到他。听多了，感觉像老朋友。"晓勇"两个字在萧美从来都是超大黑体字。听说他死了，也是从朱姐那传出来的。怎么又复活了？他的死真莫名其妙。"那他哪去了？"萧美一连串的问题，失控地大叫，眼睛瞪得大大，天真得不得了。

骁勇后期不再写佛法专栏，专门八卦留学生政治。大部分留学生都是他的粉丝。他是留学生政治团体里的积极分子，有机会获知核心机密。他最轰动悉尼华人社会的不是他的获奖作品，而是在专栏里讲出留学生团体背后的故事。那篇给他带来灾难的文章萧美也看过，确实算得上是惊天机密。萧美对搞政治不感兴趣，但对晓勇一边冲锋陷阵，一边做二五仔，背叛组织，出卖团体机密以获取个人名利的做法极为鄙视。奈何朱姐欣赏他。她拐着弯成了他的粉丝。

"他避进了难民营。"朱姐闲话的口气。突然发现中指的指甲批了一块。她瞄着夹烟的手指头，问萧美要指甲钳。

萧美转身去客厅，通常喜欢一边看电视一边修指甲，哪用完搁哪儿。嘴里叨叨："亏他敢想，想得出。真能混。也不怕丢人。"在大桌子上的笔筒里找出指甲钳递给朱姐。没节操的人，该灭。萧美暗想。

"丢人比死更可怕吗？活着就是胜利。"

"朱姐你可真会保密，咋不给漏一丝口风呢？都说没有不透风的墙，在你这就有。"终于没摁住怨气。当初那样子地追问，这朱姐，嘴令是给上了封条，就是不说，任由她以各种方式，从任何角度去打探。讲来讲去就一句话："毕竟年轻，得意过头，得罪人太多。"害她表错情，替他惋惜了好一阵子，说什么一代少年英雄就这么烟灭了。好可惜。

　　理论上萧美是不喜欢骁勇的，朱姐的那帮文化人她都不喜欢。（听朱姐说，老木也不喜欢他们。）可怜的老木，对朱姐老招他们来家做客敢怒不敢言，最胆肥的抗议就是在被朱姐拒绝床事的时候借题发挥，说她"近墨者黑"。

　　她在意的是朱姐的态度。态度要正确才好啊。自己的秘密都跟她讲了。她呢，连骁勇还活着都不说！还骗人。"自己拿她当朋友，可她是怎么回报的啊啊啊——也许这就是传说中的定律："一物降一物"？都怪自己太仰望她。跟她站一块儿，自个儿就矮下去。

　　指责了朱姐，又内疚，赶忙拍马屁，把新买的咖啡豆拿给她看，"新牌子，没喝过。纯天然食品。你看，这里写着呢。"

　　朱姐特爱跟萧美讲她那帮文人画家朋友。今天，说是来抽烟，其实是想跟萧美汇报他们星期六的故事吧。萧美琢磨，朱姐大概特以她那帮朋友为傲吧？在萧美的眼里，往好里说，他们不过一帮穷酸艺术家。又虚伪又矫情。往坏里说，就是一帮流氓。就说骁勇吧，拿了个破奖，同行们就对他叫喊叫杀。这不都原形毕露了吗？那个酸劲，才多大的奖？澳洲华文文学散文年度奖。少数民族奖啊，都争成这样。再说那个阿城吧，刀长脸，眼睛微凸，乍一看像香港演员黄秋生。对他作品印象最深的，不过是他给自己画展开幕式设计的邀请卡，他一只手掌遮住半边脸的自画像，还算有点意思。别的作品？看过转身就忘了。充其量也就是个街头艺术家。还有燕西，也见过的。跟阿城吧还一起玩过牌。燕西？就是路人一个。纯粹打个照面而已，连招呼都不曾打。那天干什么来着？到朱姐家去，忘了所为何事，匆匆忙忙进门去，看到有客人，退出已经来不及，硬着头皮打个广泛的招呼，就是横扫大家一眼，嗨一声，不特别对谁。眼睛的余光看见一个剃光头的（不是秃的，两者有本质的区别），二十尾的亚洲小伙子（典型的缺营养，发育不良的瘦小男人。）沉闷地坐那。赶紧对他微笑，做出要打招呼的样子，对方却没那意思，连眼睛都不动一下。把萧美给气得在心里直骂——没礼貌的傻逼。

就这么一个傻逼，朱姐当他是宝，说他如何如何在画家界横着走。说他如何如何有脑子，说他是贵州籍北漂画家的楚翘，如何如何魅力了得，收获了多少女人的爱情。老少通吃。这么瘦小不干的一枚？很怀疑他的那些艳遇是不是自说自话，自个吹的。看他那样子，很可能荷尔蒙都没达标哩。

后来他做了件匪夷所思的事，萧美又给他一个绰号："傻脱。"他在悉尼办行为艺术展：脱光光站在展厅入口处，让每个进门的人在他身上盖戳。门头上架一摄像机，做实况录像。站累了，就回放录像给后来者看。他当时的女友，后来的妻子，米歇尔陪他做秀，从头到尾站他身边不停地在他身上盖戳子，专在敏感部位戳。连朱姐这样重量级见过世面，处变不惊的人也被他惊到。看完行展回来就对萧美激动地说："哎呀，好在你没去。一进门就看到燕西脱光光一丝不挂站那儿，吓我一跳。连我都觉得难堪。"

长成那模样也敢脱光光给人看，还真需要好多自信的。死猪才会在身上盖章啊。萧美听了第一反应的想法。做设计多年，裸男裸女她见过不少，人家是模特，身条子美着呢。她想，服装拿来干什么的？除了保暖遮羞之外，还有个重要功能：遮丑。修补体型的缺陷。"这种人都脱，不是对服装的侮辱吗？"这话萧美放在心里，不想开罪朱姐。没办法，对他太没好感。他做什么都是错的。

"要不要试一试？"萧美向朱姐挥一挥手里的咖啡豆。希望得到的答案是"要"。自己也想喝一杯。虽然今天的指标已经用完——一天一杯，硬性规定。多喝不好。况且这么晚了，喝了会睡不着觉的。但谈兴正高，大家又有阵子没见面了，来一杯，多坐一会，多聊聊。

（她突然明白为什么宁愿让朱姐欺负，也不要失去这个朋友。因为跟她聊天带劲。有意思。）

朱姐看着萧美"是"的眼神，勉强道："好吧。"她也担心同样的问题，怕睡不着觉。

萧美把咖啡渣倒掉，倒进新咖啡豆，按下按钮。机器嘎嘎转开了。"我真以为他死了。"机器声把她的声音切薄，细细的，弱弱的。她扶着杯子等着兜住流出来的咖啡。"真的，以为他真的死。那阵子传得那么凶。"

"那晚还请了广东人阿忠。欠他的人情太多，趁这机会请他吃顿饭。骁勇跟庄申打架，把一箱葡萄砸在广东人阿忠的身上。这广东人最怕这事了。砸谁不好偏砸到他。"朱姐声音带笑。萧美笑得弯下了腰。她端起做好的咖啡给朱姐送去，还在笑，差点把咖啡给洒出来，好不容易给忍住，把杯子在朱姐面前放下，顺手把糖罐拿来放在朱姐的手边，转过身去给自己弄一杯。

听朱姐讲那晚打架的故事。

四十六

广东人阿忠瘦小不干，两条腿细得像鸡毛掸子，走起路来从没见他的腿迈直过，见人老远就笑（很多时候是误会，他牙床大腮帮子小，天生的暴牙，不笑也像笑）。

抽烟闲聊节目，朱姐没少提这个广东人阿忠。广东人阿忠总与老木有关。"老木让人累心啊。"朱姐说（老木让她变了祥林嫂），"昨天不知道把车开哪儿，轮子给扎了，今早要送小花上学才发现瘪了，气漏光了。又去找广东人阿忠，给拔出钉子，补胎。"

"昨儿我们家车换刹车片，找广东人阿忠。花了四十多块钱。"

"我们家车离合器坏了，找广东人阿忠。"

找，找，找，但凡跟车有关的都得找广东人阿忠。老木是个车盲，家里那辆破车，大小毛病，连换雨刮都要找阿忠。男人嘛，多少会摆弄一点车，这老木却让朱姐失望透了，一点都不行。广东人阿忠就成了他们家的御用修车师。重点是，小毛病，阿忠不收钱。为这事，朱姐总觉得欠他人情。乘这次老木五十大寿，还他人情债，多一个人就多双筷子，一起请了。

朱姐以为让他跨进朱家大门，与名流们平起平坐，广东人阿忠一定会觉得大大地有面子。劳心者贵嘛。

名流除了骁勇，还有燕西和阿城。

骁勇的身份多重，除了作家莲花无上师，还是书法家，功夫大师和五台山含光第十代弟子。他的成名作是踢蔡李佛的馆和诈死。

燕西和阿城是画家，在京城颇有名气，来到澳洲就什么也不是。早年，老木没出来之前，他们俩曾经跟朱姐合租一两居室的公寓，连厅都用上，一人睡一间。周日打散工，给人家刷房子，周末去歌剧院给游客画像。他们俩常因谁多抽谁一根烟恼火，也不明来，都向朱姐抱怨。

骁勇更早的身份是西单恶少。因为打群架，被父亲送上五台山。在那混了一年，下来摇身一变，做起书法家，进书法协会，那年他十九岁。这些都是他自个说的。因为自豪，大说特说，人人都知道他的光辉历史。同一年里他遇上在北京的澳洲文化参赞——米歇尔。米歇尔看他表演书法，见他一边高声背诵岳飞的《满江红》一边狂草，憋着尿把整首词写下来，惊叹他是个奇才，洋洋洒洒写了二十页纸长文，把他介绍给澳洲人，并以文化交流为由，把他请来澳洲。

燕西和阿城也是米歇尔请来澳洲的。政府把他们弄来又不管他们，晾那儿。由他们自生自灭。

骁勇到悉尼那天，是朱姐和燕西，阿城去接的机。上了车，骁勇给大家敬烟，燕西边开车边把烟叼嘴上。骁勇给大家点烟，也要给他点。他回头去接骁勇的火，仅仅 0.5 分钟的时间，前面交通灯转红，他的车就上去，亲了一下前面车的屁股。他车没买保险，跟对方协议私了，赔了一千块钱。四人摊，一人二百五。骁勇刚下飞机，身上没澳币，扔给燕西两百美金。

把骁勇接回家。他还没找到地方住，暂时跟燕西挤厅里。朱姐去做饭，在厨房里剁鸡，从冰柜里拿出来的急冻鸡死硬死硬，弄得乒乓响。没听见客厅里他们讲什么。于是，踢功夫馆的事就这样发生了。

因为发生了车祸，因为没工作，因为无聊，因为年轻精力过剩，他们就在唐人街玩了一回。这一玩就玩出了名声。

年年春节，唐人街都有舞狮。由牌楼前门进去，到街尾的凉亭，"老灿厅"，不到三百米长。大年初一，街两边的店铺，间间都在门头上吊个大红包等狮子来摸，变相给黑社会交保护费，图一年平安。舞狮的后生们一个个穿白 T 恤黑色灯笼裤，脚蹬白色耐克球鞋。闻名世界的√配紧口灯笼裤，跟在大热天里，锣鼓喧天地，在悉尼市中心舞狮一样，显得那么不谐调，滑稽，不合时宜。然而他们后背 T 恤上印着"蔡李佛"大大的加黑字，告诉人们，唐人街的江湖上，坐第一把交椅的是谁。

他们就专挑老大玩，踢蔡李佛的馆，他只需一个回合，十分钟不到。接下来又踢了几个小功夫馆。打遍唐人街无敌手。回到家里，朱姐的栗子焖鸡块也才做好。只见她左手食指上缠了白纱布。问咋的啦？说剁鸡把手给创了。骁勇说咋还用棉纱？不有创可贴吗？朱姐说出国带来的还没用完，扔了可惜。

最早搬出去的是骁勇。原因是阿城的女友性骚扰他。

阿城的女友从北京来了。骁勇说，一天他洗完澡，没穿内裤，下身围条浴巾在床上躺着，她进他房间坐他床上，让他打开浴巾，说要看看。

之后老木带着两个孩子来跟朱姐团聚。燕西和阿城也相继搬走。

这次把他们请来家做客，离上次有大半年，也是骁勇死而复生后第一次露面。

广东人阿忠，燕西和阿城先后到了，骁勇最后。一进门就嚷嚷，说北京的女友一天一封信，说想他想得不行，再不申请她过来就要跳楼。死给他看。

阿诚也说刚来澳洲那会，墨尔本大学请他去演讲。一个台湾女生，上午才认识下午就上床。分手时还哭哭啼啼说舍不得他，非得跟来悉尼不可。

燕西讲他在北京画家村的艳遇。他回北京两年多，一年前才回来。说一个在外企工作的小姑娘可着劲地追他。她本来有男友，她的顶头上司，外企的经理。遇见他，就把男友甩了跟他。两人在画家村同居了一年多。临来澳洲前他跟她说分手。她的前男友还在追她，他让她跟前男友好好过。她哭天抹泪，死活不肯。说只要能跟他一起，不怕吃苦的，什么苦都能吃。

朱姐问："为什么不带她出来？"

燕西说："她不现实，一讲到出国，她就说要读这学位那学位，把外面的生活想得太简单。太理想化。要真出来啊，怎么受得了这苦？跟她分手是为她好。"

萧美冷笑，心想，是怕留不住吧？怕被当跳板，把人渡过来，又给跑了。

朱姐说："男人一个个的都爱讲自己的风流事儿。都说有多少多少女人为自己死去活来。"

"有吗？"萧美说，"他们真有那么多女人吗？不会是打肿脸充胖子吧？"

"不知道啊。"朱姐弹掉烟灰，说。

萧美说："这小光头，他不是跟米歇尔结婚了吗？他们还好吗？"

朱姐："好着呢。米歇尔现在在中部搞土著文化调研。爱他爱得紧，天天给他打电话，找不着他就打到我这。担心他出什么事了，让我帮忙找。我看她是不能没有他了。"

萧美听着好笑，老掉牙的话，这世界，会谁没了谁不行的吗？尤其这帮画画的。"够乱的，快赶上娱乐圈了都。米歇尔知道他和小姑娘的事不？"

"谁知道啊。"朱姐换一个姿势坐。显然，这话打朱姐的脸。

在显摆女人这一回合上，骁勇占下风，输给阿城和燕西。吃饭的时候，他突然嗖一声，亮出一把日本武士剑，说昨天在跳蚤市场淘了一把鬼子剑。"小日本牛啊！看！看！"说着摆了两下，腰稍微往下一坐，双手握剑端肚脐前，摆出个日本武士的POS。

"日本算个鸟。"坐在饭桌另一端，与骁勇对面的庄申说。

朱姐的朋友，萧美都知道，这个名字听着陌生，就问："庄申？谁呀？"

"老木的太极拳师父。老木现在练太极了，（老木做任何事，朱姐都不屑一顾。朱姐讲这话时，也是轻蔑的口气。）他们每周末在公园练。他非得请他来。"朱姐抽一口烟，呼出一长条白雾，眼睛始终看着手上的烟，若有所思的样子（她的常态）。喝一口黑咖啡。"见了我才知道，他就是一年前报纸电视新闻报道的那个达尔文偷渡事件的幸存者。"

"哎呀，那你不问问他到底咋回事？"萧美一听就来劲，对他特好奇，他是怎么存活下的？怎么做到的？"他不愿意提那件事。讳莫若深。"朱姐说。

澳洲备受偷渡干扰，经常有船只从印尼那边过来。电视三头两天就有报道，又截获了多少多少偷渡船。萧美对这种新闻已经麻木，这些人像头上嗡嗡的苍蝇，来了赶，赶了来。反正你忙我忙大家忙，都有活干。堵截它们成为澳洲最大的海事活动。

可是一年前的那次对萧美来说可谓震动，连神经末梢都动到了。现在，那个新闻的制造者竟然离自己咫尺，差些就见着他了，要是朱姐够朋友一些。对朱姐的抱怨，从心底里泛上来。真是才下心头，又上眉头。霎时间，她脸上现了愠色。想，"就你这模样，人家当然讳莫如深啦，整一个……"真要骂她，又找不到合适的词语。她真想知道他们是怎样逃过海关的堵截。为什么选择在达尔文上了岸。是选择还是被选择，迫于形势，被海关追得紧，不得不弃船而逃？还是原先就计划好了的？都是问号。当初新闻说在北领地，北达尔文的森林里发现了来自中国的偷渡客。接着是整一个星期电视新闻跟踪报道。萧美现在还记忆犹新，新闻天天讲，人们天天议论。经过审问和调查，真相是，一艘从南中国海来的偷渡船，在达尔文的北边靠岸。偷渡客进了原始森林，一个月，二十五人只出来了仨。（两个在出来后一个星期内相继死在医院里。由于长时间的饥饿，肠胃失去功能，吃什么，拉什么。）这让萧美想到《镜花缘》里无肠国的人。三比二十五，什么概念？就是存活率百分之十二，不，后来不又死了俩，实际是百分之四。这三个人，两个福建人，一个广东湛江人。

萧美不喜欢他们，嫌他们丢中国人的脸。尤其是电视新闻说到他们，每人给蛇头交二十万人民币手续费，才能偷渡出来，更怒其不争，"不有病吗？有那些钱还不如待家里享受。跑出来干吗？还把命丢了。愚昧。"是愚昧，但循物竞天择的理论，无论在百分点的四里还是十二里，都令人敬佩他们强大的生命力。

如果能见到这个人，萧美想，一定要问问他，在森林里的一个月，都经历了些什么。

"你们家真什么人都有啊。北京人，贵州人，广东人，广东人阿忠之外又一个广东人。你跟广东人亲啊。"说不清为什么，萧美竟然有点妒忌朱姐的人气。故意用广东人来气她。她知道朱姐骨子里就瞧不起广东人。尽管对广东人阿忠不错，那是广东人阿忠对她有用。即使有用，她还是看不起他的。请吃个饭，还是个搭称的。

朱姐对广东人的点评金句常常让萧美捧腹。挑最经典的列出如下：

哎哟，一听就知道是广东人。广东人讲话不会用"您"。

广东人讲话分不清"黄"和"王"。

广东人讲英文发不出"R"音，没有"S"音。"Rose"读成"Losi"。

讲英文 thank you（谢谢你），上门牙咬在下嘴唇上"粪 Q（粪球）"。

"新闻弄错了。小伙子是北京人。在广东蓝江港务局工作。老外地理没学好，弄不清北京和广东。以为在哪工作就哪人。小伙子长得精神，大黑个儿，铁疙瘩似的。没他那体质，活不下来哦。"

骁勇当着众人的面被庄申蹶，下不来台，脸色霎时变了。

"你这剑真的还假的？"一直干坐发呆的广东人阿忠没话找话。他眼看山雨欲来风满楼，气氛不对，想打圆场，典型的广东思维，什么真的假的，又不是人民币，没想点着了火药引子。

咔嚓，骁勇一剑砍掉桌子一个角。吓大伙儿一跳。"您说真的假的？"莲花无上师本色出来，他得意非凡，举着剑，脸扬得高高的，广东人阿忠胆小的样子，看一眼都嫌烦，向庄申宣战。

"你那刀能杀人吗？"庄申叉开双腿坐着，脚膝盖快顶到邻座老木的小肚子。声音里满满的轻蔑，火花在眼睛里跳，心想：就会装逼。

"你想试试？"骁勇直勾勾看着庄申。

庄申嚯地从椅子里站起来，带起一股风："来啊！"他块头大，戳那，雄赳赳，气昂昂，八面威风。

老木拉住庄申的手臂："坐下，坐下。玩笑开大了。"

庄申一扭身，闪电般从老木手中挣脱出，大家还没看清楚咋回事，他已经弯下腰抱起脚边的一箱葡萄举起，高过头顶，抢向莲花无上师。"我操。"他说。箱子飞到半路掉下来，正砸在广东人阿忠的位置上。广东人阿忠早吓得蹲地上嗖嗖直发抖，撒满身葡萄。

"我心疼我的葡萄哦。早上六点多，我和老木起大早去福来明顿买的，一粒都还尝过就没了。全让他们给糟蹋了。那天我们买了满满一车，为了这天的派对，造了我一百多块钱。老木不中用，腰椎增生，站都站不久。都是我扛上车。"

"噢。"萧美不知说什么好，他们的世界，他们的江湖，她进不去。她站起来去给自己杯里加水。喝过咖啡要喝些白水漱口，要不嘴忒臭。朱姐现在讲话就特臭，又不好意思讲她，只好更加注意自己。背对朱姐，她嘟囔："太过分，这是老木的生日派对哎，太不给老木面子。"

"嗨，还什么面子呀，骁勇都气疯了都，他举剑要砍庄申，被我拦腰抱住。阿诚和燕西趁机夺下他的剑，交给老木藏起来。

这顿饭就到此了。骁勇缠着老木，非要把剑还他。老木当然不干。我拉他一边劝。老木跟庄申谈话。我们俩分头讲了个把小时。骁勇不肯罢休，向庄申下战书，说看在老木生日的份上，今天就算了。明晚，有种明晚单挑。

庄申第二天晚上真就来等他。没等着。就天天来，坐在楼梯口等。老木劝他回去，他说老木："别担心，他不会来的。他没胆。奶奶的，就会装逼。神棍。吓唬人呐？什么莲花无上师？什么鸡巴名字，男不男女不女的。"

"他到底不敢来？"萧美说。

"没来。"

骁勇是第二天下午来了，来跟老木要剑。磨了一个下午，老木没给他。他就走了，说晚上有饭局，没等庄申，之后再没来。

"我们还真怕他来。我们俩分工，老木负责庄申，我负责骁勇。一见庄申，老木就去陪他坐楼梯口。我站阳台上放风，骁勇要来的话，老远就能看见他，出去截住他，不让他们俩碰面。"

"老木把剑藏哪啦？"

"放门头上。庄申等了三天，也撤了。"

"后来呢？"

"老木把剑还给了骁勇。"

"骁勇现在不隐了？可以曝光啦？"

"不知道他的事。"

萧美知道朱姐的态度了。她不想讲他的事。就不多问。霎时间大家都沉默着。朱姐抽完烟，喝掉杯里的咖啡，起身告辞。走到门外了，突然转过头看住要关门的萧美，说："让小博士搬走。"萧美问："为什么？""他会害了你。"说完就掉头走了，也不等萧美讲话。

萧美看她走得决绝，就不再讲什么，关上门。

四十七

朱姐走后，萧美把饭桌收拾干净。倒掉碟子里的烟灰，自己不大抽烟，没专设烟灰缸，用日本酱油碟代替，放洗碗池里，也不洗，重新铺开图纸。她喜欢在厨房工作，弄吃的方便，接着画。

被朱姐打断的思路，不费力就给接上。最近灵感泉涌，不断有新作品。在做一个晚礼服系列。逛888时期，见过各样无比漂亮的晚礼服。套身上总是号码不对，小号的连丹丹穿都嫌大。亚洲人的骨架比例跟欧洲人有别。意大利设计师的晚礼服穿在亚洲女人身上，能把胸口撑满的，背肌又过厚，虎背，在胳肢下勒出一圈肥肉。拥有瘦削肩胛骨的，心口又空荡荡，能放只小鸽子进去。高度够的屁股又太扁。经过一段时间的酝酿，感觉已经出来。她要打造属于亚洲女人的晚礼服。借鉴莉莎胡的作品，浅色调，冷色调，粉蓝，粉红，奶油白。亚洲女人肤色黄底，忌讳深暖色调。尤其中国人，一向有形容女人"人淡如菊"。重音在"淡"字上，着重在"淡"上下工夫。穿一身黑不吉利，大红大蓝,俗气。除了林青霞，没人能把大红大蓝穿美。萧美站直了腰，轻笑，事实是，林青霞也不穿大红大蓝。

她继续琢磨，莉莎胡的晚礼服还是为西人做的。领口和袖口都开得大。亚洲女人普遍乳小。用丹丹的话说就是："没料到。"其实也无关有没料，有关文化。我们露不出西人的味道。她们就是把乳房露得几乎要跳出来，只盖住小小的乳头，看着也没什么，跟露脖子和手臂一样，就是身体的一个部位。而亚洲女人，哪怕只是领口大些，露小小的沟，也让人有走光的感觉。萧美每次看到她们白唰唰的胸口，大块肥肉在那抖，总要把眼睛看向别处。不知为什么，她们的胸口就是让人无法坦然面对，像看到忘了拉的裤链或者中东女人的头发。"应该是颜色。"她想到那肥猪肉似的白。萧美琢磨着，不需要露太多，着重于体现线条，既优雅又性感。"想象比实形更有意思。"她想到美术老师讲抽象画。她的笔触在纸上游走，手指似乎摸在面料上，"莉莎胡喜欢轻盈的面料。"亚洲女人身材平淡，跟她们的五官一样，不立体，线条模糊。下意识里，她的亚洲女人版图只划进中国、日本和韩国，东南亚女人不算。轻盈的面料可能更能凸现她们的线条？"对，就用轻盈面料。"她有些激动，手指在图纸上滑行，摸到后腰窝处，停住，亚洲女人腰窝不够深，屁股扁平。对，就在这儿打个折。轻盈的面料不能打折，看起来会小气。她左手前臂整个压在桌子上，钩着头，想，"怎样才能让屁股翘起来？"眼睛盯着手指，脑子转得飞快，几近光速，恍惚间，眼前出现安吉丽娜，她那充满矛盾的体形，瘦削丰满。"对，让面料从肩胛骨处溜下去直到地面，盖住肉肉的背部和过长过直的腰线。整体连线看起来会修长许多。"她眼前出现踩在高跟鞋上的脚，脚步迈动带来面料的轻轻晃动有如涟漪，臀部的线条——萧美的手指滑到胯处——在轻漾中若隐若现，"会给人想象。造成翘屁股的假象。"这就是她想要的，英文说的"elegance"，优雅。魏德文留给她的品位。

魏德文之前，她喜欢大耳环，食指上戴个用锡线绕成的戒指，上面镶个指头大小的石头。青春能点石成金。青春之后的女人需要优雅。她把礼服下摆提高些，露出鞋跟，再高些，露出脚丫，再高些，露三分之一脚面，再高些，盖到脚踝。"把视线吸引到手臂，后脖子和脚丫子上，这些部位最性感。"中国女人的优势在于皮肤，尤其三十岁上的女人。这个年纪的老外，这些地方已经不能看了。不是不能，是没法看，像松树皮，让人目不忍睹。

萧美舒口气，站直了腰。

"他会害了你。"没压住，朱姐临走前撂下的话又跑了出来。"怎么又想到她那去，不是发誓不去想她的吗？""什么意思？他会害了我？""不就是没答应你去相亲吗？用得着这样咒我？""老木的一个什么朋友。老木的朋友？会是什么好货色？还尽往我这儿塞。我又不是垃圾收购站的。"萧美脑子里出现很多杂音，叽叽喳喳，创作灵感飞了。她画不下去，收起图纸。把饭做在电饭锅里，打开电脑记账。

店开了近五年，生意上了轨而且沿着轨道平稳前行，很多都是回头客，不需要天天待店里，交给店员就好。她每天要做的就是在打烊前去结账，顺便清点库存。临走前把当天的录像带拿上。晚上把当天的账记了，看录像。林达是好姑娘，她值得信赖。但录像还是要看。这也是对林达的保护。

当天的事情当天做完。她当老板后最大的改变。过去把自己当艺术家宠着，活，不堆到最后一分钟不做，提不起劲呀。常把自己折腾得鼻孔冒烟，火烧眉毛。那个时候？那个时候叫"从前"。萧美从这五年的滚打摸爬中走出一条道，一切都在掌控之中。"不会的。不会再有意外，不会再痛哭流涕，不会再失控。"萧美从没有像现在这样的自信。自信满满。

魏德文之后，萧美对自己发誓：一，不依赖爱情，没有男人照样活，而且要活得更好；二，不感情用事，要用怀疑的眼睛看待人和事。她觉得自己已经做到了，而且做得很好。这不，跟尤里分手分得风平浪静吗？朱姐说什么他会害了我，"谁能害我？我都修到这般百毒不侵的层次了。"

她打开包包，拿出当天的结账单和库存盘点对账。她的成衣都在澳洲生产，用 sass & bide 的厂商。数量小，造价高。经不起丢失。每天都得盘点。

通常谭天每天离开实验室前都给她打电话。他电话来了她就开始烧菜。菜烧好他也就到家。他们俩，像电影《时间机器》里那部大机器里的大小齿轮，大齿轮咬住小齿轮，一粒吃住一粒，配合得严丝合缝。

知道他今天不会回来。这时候，谭天在墨尔本，他去参加一个学术会议。萧美的生物钟定了时，到这个点才想到要吃饭。

想到两人配合的默契，一丝笑意静静爬上萧美的脸庞。灯光把她投影到墙上，脸正好与墙上蒙娜丽莎的脸重叠。

四十八

萧美半梦半醒之间，想起几句首诗。

蒹葭苍苍，白露为霜，所谓伊人，在水一方。——《诗经·秦风·蒹葭》。

中学期间，做过记忆力训练，每晚入睡前背一首古诗（妈妈说，熟读唐诗三百首，不会做诗也会吟。），早上醒来第一时间，把昨晚背的诗回想一遍。日子有功，记忆力特好（也许是家传，爸爸妈妈的记忆力也好啊）。练功背下的古诗词出国后早从她的记忆库里退走。很久很久没想起过这些东西了。

半夜里，萧美醒来，闻到厕所的味道，一阵一阵，时有时无。估计跟风向有关。她想，明天得跟卡皮尔讲一讲，以后不要安排靠近厕所的房间。

四十九

"小妹，"晚饭后，谭天到萧美房间里一起玩电脑（在谭天是玩，在萧美，是学），他突然这样叫她。

他们排排坐在双人沙发上。电脑放得有点嫌矮。萧美有坐地上的习惯，电脑放咖啡桌上。

谭天趴趴着。萧美随他，也趴趴着，看他在电屏上点击。她穿的无领无袖夏装，谭天无意间瞄进她的领口里，除了 A 片，活生生的女体是第一次看见。百闻不如一见，跟想象有出入，但这个是真的，还是近距离。他肚脐下四指处的电键被摁"ON"，一股勇气涌上心口，就叫了出来。

萧美愕然，"叫我吗？"没等她有反应，谭天接下来的动作更是吓自己一跳，以光速在她脸颊上啄一下。

"嘿！"萧美一下子从沙发上站了起来，看着他，一秒钟，没事一样无声坐下，恢复常态。

刚才那一秒钟，她在做选择题。

选择一：骂他，然后赶他出去。

选择二：忽略他的冒犯。当成什么事都没发生过，继续玩电脑。

说不清为什么，她直接反应点击选择二。

以为这事已经过去了，她趴趴着等在电脑前。可是谭天还没完，见她没事人一样，就试着进一步，双臂环过来，试图拥抱她。她一把推开他："干什么？你想干什么呢？"这次她的声音大了，硬梆梆的，有"要生气"的意思。看到她冷冷的眼光，冰水漫过他的身体，唰一声淬火，热情瞬间灭了。

生火宫冷下来。

他坐直了身体，给自己搬梯下台，"做我的女朋友！"

萧美站起来，走出房间去。

他跟在她的后面。

"我们不合适。我大你十一岁。"萧美边走边说。

"我不介意。"他说。

萧美真诚表白："在我现在这个年纪，找人不会只为了爱情。应该找个合适的人。他应该有房有车，能给我安稳的生活。我不想再像以前那样过。"

他无话，折回去到电脑跟前。

那晚之后，他们又回到常态。萧美负责做饭。谭天负责刷碗。那个晚上像被风刮走了。却留下了飞鸟的翅痕。萧美从此成了谭天的"小妹"。

"小妹，我教你做网页吧？"

"我没网户。太贵。尤里说他公司的上网费一个小时要三十块钱。"

"我有。悉尼大学的，学生优惠价，六十块一个学期。"

谭天进她房间去，"小妹，来看看哪个网页你喜欢。"

萧美和谭天排排坐沙发上。

"小妹，这是悉尼大学的网页。"

"哦，好看。我喜欢。"

"小妹，这个是哥伦比亚大学的。"

"哎，我喜欢。"

"小妹，你可以在上面发表评论的。哪，这里，评论栏。我帮你写。"谭天点在评论栏那，八个手指头趴趴在键盘上，准备好了。

"我喜欢这个网页的设计，特棒。"

"小妹，这是厦大的。哇塞，好看吧？"

"嗯，我喜欢这个。这么多就这个最好。"

"给留言吧。鼓励一下。"

"好吧。"

"写什么？就写：你的网页很漂亮哦，我喜欢？"

第二晚，谭天开电脑，直奔评论栏，大叫："哎，小妹，他们回了。你看你看。"萧美探头看，上身六十度角倾斜，小心着不让碰到谭天，

"谢谢您能喜欢。欢迎多提意见。

网页设计组全体成员。"

"中国的大学就是闲人多，有的是时间，网页就做得漂亮。"谭天说。

"小妹，我们就参照厦大的吧？我找到一个做网页的软件，叫'Front Page'，免费的。"

他边说边点击下载"Front Page"软件。

萧美听得云深雾罩。电屏上现出一短语："预计时间：4 个小时。"这个倒是懂的，就是下载完毕需要四个小时。

"小妹，且等呢，让电脑开着，明天早再搞。"

谭天搬来后常常给她做网普，最近又一起玩命上网，对电脑的耗时能力也略知一二。通常说的需要四个小时实际就得六，七，或者七，

八个小时。网路那个慢，比韩剧女主眼里噙着的眼泪掉下来的速度还慢。堵车是常态，下载到一半线路断掉更让人恨得牙痒痒。捶胸顿足都没用，气得手脚抽筋也不顶事，要把事做成还得听它的，从头再来。

谭天说免费软件做不了厦大那么复杂的网页。萧美听他的。交给他了，他讲什么就什么，反正自己什么也不懂。

"小妹，我们得注册个域名。要快，要不，好的名字都给人家用了。还要设计一个徽标。"

"什么是域名？徽标没问题，用现成的。"萧美说。

"域名就是，哎，你知道网址前面那 www 的意思吗？"

"不知道。"

"是 world wide web 的缩写，我们的网页就是要在 www 里占一块地盘，要给这块地盘起个名字，像我们的门牌号。我们人可以同名同姓，但门牌号不可以。要不，信就收不到。"

萧美仰望他。

"哎，我说，尤里就没告诉过你这些？跟了他那么久。"

"没有。"

早上起床，萧美去洗漱时拌了一下横在门口的互联网联线，"啊！"

谭天从他房间里跑出来，赶忙查看电脑，"坏了，小妹，下载断掉了。得重新来过。"谭天只穿着裤衩，光着上身趴在咖啡桌上，说着弯下腰去拿起地上的电线，若有所思，"太慢了，早该下载完的才对。"

萧美笑，去看电话线接口，"尤里说是因为这线太脏的缘故。你看你看，都踩在地上。"

谭天夸张的口气："他说联线脏影响下载？不会吧？他开玩笑的吧？""是。他是认真的。说抹干净就好了。""他这样说了？不可能吧？他能讲出这么没文化的话？真让人难以置信。"

五十

第二天的路比第一天的更难走，一路上坡。

天放晴了，萧美把昨天洗的衣服挂在卡皮尔肩上的背包上，边走边晒。路面上残留着昨天的雨水，一洼洼的，她尽量绕开走。卡皮尔走在她后面。他总是走在后面，昨天就发现他这样了。不知为何？又不好问他。

又遭遇马粪，这次她差点踩上。被水泡开的马粪看着特别恶心，已经迈出的腿收得太急，趔趄一下，卡皮尔一个箭步上来一把把她拉住。

明白了，走在后面的功能就是保护她。是职业要求吗？还是……打住，想什么呢？他一个小毛孩，不就为了工作吗？

不管怎样，被保护的感觉真的好享受。虽然只是被拉了一把，皮肤的接触……也足够唤醒压抑已久的……雄性荷尔蒙传遍她全身，通了电一样又暖心又安心。转头又想可能是老了，才这么笨？ 她甚至不愿意与这么年轻的人同行。自尊心不能容忍她相形见绌。即使卡皮尔令她愉悦，心理上和生理上，但那也不行啊。那天就不应该跟苏雷什提出要年轻导游。虽说是玩笑，也走过脑子的吧？说不想是假。

丹丹说她："你对别人狠，对自己更狠。"

同意。她的后十年就是这么狠过来的。没有男人，没有性。

空气有些稠，凝固了似的。两个人都不讲话，自顾自往前走。

她被电到，电波在心里回荡，涟漪不断。是因为空窗太久，对异性过度敏感吗？不要让他觉着才好。为了掩盖不安，萧美先开口，主动跟他聊天："怎么会有马粪？一路也没见着马呀？"

"昨夜里来的。半夜里你没听到马铃声？"卡皮尔快走几步，赶上萧美，与她并排走。

萧美想起夜里确实听到马铃声来着，细细的，轻轻的，风铃一般，马步的节奏，叮当叮当，渐近渐远。"我以为是做梦。马来这里做什么？"

"送水，送煤气，还有粮食。马是这里唯一的运输工具。"

五十一

经过一段时间的调整，朱姐似乎接受了谭天的存在，又恢复了过去的习惯，串门来了。只是在频率上做一些变动，不像往常，天天来。现在是隔三差五来一趟。时间上也规律，掐准在他们晚饭后敲门，不像从前，随意，想来就来。

在被风刮走那个晚上的第三天，不知道是谁的时间表出了差错，他们俩正在吃晚饭的时候，朱姐敲门来了。进了门才发现错，已经晚了，只好将错就错，干脆站饭桌旁跟他们聊天。

看着他们吃饭，觉得无聊得很，转过身去看见洗碗池壁上离底部一寸高的地方有一圈油垢。"哎哟，你们这洗碗池也忒脏了。"说着她沿着洗碗池的边沿浇一圈洗洁精，抓起洗碗海绵，使劲刷，说："我一到人家家里就爱帮着刷灶台洗碗池，自己家的却不管。奇了怪了。你们没见我家里的都脏成什么样了都。""是吗？哈哈。"萧美应道。"在人家家里，见着脏就忍不住手。"她刷完洗碗池又去刷灶台，背对着萧美，身体忽高忽低。

"为什么？"

"不知道哇。"

谭天不搭话，草草吃完碗里的饭就进房间去。

朱姐见他们俩眉来眼去，知道其中一定有猫腻。这要搁过去，肯定没过渡，直刺刺就把话问到萧美的脸上去，非得把她弄难堪不行。

"直言"是她给自己的标签。曾经扬言："我就是要毫不留情地剥掉他们虚伪的外衣，露出他们赤裸裸的嘴脸来，让他们在我面前无以遁形。"

萧美有次跟谭天巴山夜话，当趣谈告诉谭天，谭天说，她以为她鲁迅啊？

在小谭博士面前，不知为啥，朱姐收起"真的勇士"的披甲，当没看见。她知道此地不宜久留，但又不能立马走掉。要走，也要有个过渡，自然而然。就若无其事的样子，一屁股坐到谭天的位置上，从饭桌底下的破抽屉洞里摸出烟盒来，从里面抽出一根烟，点上，默默地抽。

萧美已经开始做咖啡了，回过头看着她手上细细长长的烟，问："你抽莫尔？"

"收到稿费，买包好的抽。"

"抽莫尔就是好看。"

萧美看着朱姐夹着细细长长的深咖啡色的烟，手指看起来更要修长些。觉得实在好看。

"像女特务？"朱姐夹烟的手在空气中挥一挥，自嘲。她笑的时候，法令纹更显了。她脸的下部，跟郭沫若有几分相似。"莫尔经抽。烧得慢。仔细想想，还是抽莫尔合算。就是掏钱的时候舍不得。像我们家那辆破车，把这些年修车的钱加起来，都可以买辆好得多的。这人呐，有时候就是想不明白。"

"上次你说老木要给我介绍人？那人还在不？"萧美把做出的第一杯咖啡双手端放在朱姐的跟前。

朱姐鼻孔冒着烟，"怎么这会儿又想见了？"她在"又想见了"前面停了一秒钟，本想说"思春啦"忌讳谭天在，改了口。

萧美跟尤里分手后，被朱姐说服去相过一次亲，见了回来就说："有一句话用在我身上特合适，'找工农兵'。"朱姐问他们俩去了哪，她说去了咖啡厅。"谁的提议？"朱姐问。"他"。她说，"我看他算不上工农兵了哟。"

萧美笑得咳嗽，"此工农兵非彼工农兵也。你当还是我妈的年代啊？这年头，工农兵也会上咖啡厅的。"

朱姐尝试再给她介绍男朋友。她说要歇一歇，暂时还没准备好。需要恢复一下。朱姐懂的。打那以后，再不提。后来是老木，他让朱姐问问萧美。问了，萧美顾左右而言他。朱姐把这理解为"不"。

萧美："我想明白啦。"想想又说："你说得对，别捂家里长蘑菇。闲着也闲着。不就见个面吗？有什么大不了？不行就拉倒，又不损失什么。"萧美聚焦，看在朱姐的脸上。态度诚恳。

朱姐说："得，我回去问问老木，看那人还在不。你可别嫌我们给你介绍工农兵啊。他认识的都是工农兵。"

"你还挺记仇的。"

"我是帮工农兵记。"

朱姐抽完烟，收起女特务POS，干掉杯底里残存的咖啡，抬脚回家，说要赶稿。识相些，再不走，就挡住别人的地球转啦。

朱姐一走，谭天就去萧美房的房间里，边摆弄电脑边大声对在厨房里收拾碗筷的萧美说："小妹，你真善解人意，没让我当着她的面洗碗。"

萧美不接话。收拾完厨房,也不进房间。留在客厅里。她想到吸尘,就打开储物柜,从里面拿出吸尘机,由客厅开始吸,然后到厨房,然后到走道,然后到房间。机器轰轰响,谭天无法专注弄电脑,他干脆关掉,跟在萧美的身后:"你不就是因为我没房没车吗? 给我十年时间,到了尤里的年纪,我都会有的。"

"不是房车的问题,我们实在不合适。我现在都三十六了,你才二十五。你不是我想要的人。不是你不好,是不合适。"

萧美拔掉电源收起电线,把吸尘机放回原处。去洗澡,上床睡觉。

"怎么就不合适了? 你不答应,我就不让你睡觉。"谭天跪在萧美的床上。

萧美不理他。

谭天还跪那。她把被子一拉,连头蒙住。

谭天跪了一会儿,看萧美真睡了,就从床上滑下来,回到自己的房间里去。

很久没干这事了,他从纸箱里掏出一个盒子,还剩大半盒,从里面拉出一串,扯下一个,从锯齿形边撕开,像撕快食面的调料包。读研时,常常因为做实验误了饭点,得吃快食面。有一次回到宿舍已经是下午一点多,极饿极饿,饿疯了,泡面时,就是撕调料包太猴急,一把撞翻面碗,全盖地上。他猴急着撕开避孕套,急火攻心,鼻血流下来。

五十二

手活忙完，脑子清明了起来。他开始琢磨萧美。她，反复无常，似是而非。她，一边嘴上说"不"，一边肢体诱惑，除了没上床，俩口子该做的事都做了。一起去采购，一起做饭一起吃，一起做家务，早上一起出门上班。就差那么一小步（离她的床只一小步之遥），就是真夫妻了。晚饭时还跟朱姐说要去相亲。"什么意思啊？嗯，这不是吊胃口吗？这女人莫名其妙啊？要是能像电脑，只需要摁'是/否'键，该多有简单？橘和枳都一回事，都能折腾。都他妈的绿茶婊，祸害人。"谭天不由想到宝钰。每当快要忘掉她的时候，她就出现。撩他。

"宝钰。宝钰。"他想她了。那是他张开翅膀还没起飞就夭折了的爱情啊。

思绪一路狂奔回当年那个艳阳天。

从宝钰要他做隐形男友那天起，他就披上了堂吉诃德的盔甲，手持远古长剑，剑尖上挑着阳光射在上面的星星。他喜欢挑战，挑战男人女人，挑战长臂风车，挑战宝钰。他憋足了劲暗暗发誓一定要把她追到手。

他用自己的方式追她——努力学习。只有在学业上有所成就，让她以他为骄傲，这事才能成。整个大四，他基本上没约会过宝钰，只有书信往来。他忙，为了考研。目标是港大。三剑客之一的胡，他老爸在港大教书，听他说，港大不错。

一天傍晚，在做完实验回宿舍的路上看见宝钰跟一男生在树林子里漫步，黄昏斜阳，衣裾飘飘。与其说是嫉妒，不如说是自尊心受伤。他从来都是最好的，不可替代的。从小就是。

小时候看爸爸辅导大姐物理。爸爸把一个橡皮胶放在火柴盒上，拉着火柴盒走，问大姐："橡皮胶与火柴盒之间的摩擦力现在是哪个方向？"姐答："火柴盒移动的方向。"他插嘴："是反方向。"爸一怒一喜。怒大姐愚钝，喜他悟性高。"神童呐！"爸爸如是说。那年他七岁。他不但悟性高，而且相当自律。自小学五年级开始就自动每天早上六点起床去跑步，不需要督促，风雨不改。在学习上，他是天才型的学生，别人需要看几遍才能掌握的内容，他看一遍就懂。还不偏科，除了英文，所有科目都很棒。他目标明确，条理清晰，做事逻辑极其严谨。小学时的目标是考全省最好的中学，一中。中学，他的目标是北大或者清华的保送生。大学，他的目标是去美国读博。终生目标，拿诺贝尔奖。每一个目标，他都制定了相应的学习流程和步骤，然后逐步一条一条去执行。虽然以微弱的差失，考保失败，但他挺住了。紧急转舵，调整复习方向，用半年时间重新复习参加常规高考。厦大虽然不是最好的选择，但做为厦大最好的学生，他自信跟北大最好的学生可比。在大学里，他依然保持着从小练成的学习态度，丝毫没松弦。照样门门功课拔尖，照样横扫各项奖学金，照样做班干部。大三就拿到厦大本科最高级的"华罗庚"奖学金。物理老师说他，"十年才出一个的人才"。

　　他认为自己看上的女人不但要美丽，而且必须具备做一个科学家妻子的素质——自重自尊自律，耐得住寂寞。他的将来必定是做科学家的。这一点他从不怀疑。"宝钰怎么可以这么轻浮？"一怒之下，他给她写了一个纸条寄去："没想到你是这么一个不能忍受寂寞的女人。"她给他回一个字纸条："对不起，我让你失望了。"附带还他送的 CD。

　　他们的关系在这里画上了句号。直到他在这个学校读完硕士，他们之间的关系就只保持在若即若离的友谊线上。其实他很明白宝钰的心思。跟所有读书好又漂亮的女生一样，自以为条件好，要仔细地挑，不可能这么快就把关系定下来。她们嘴上不承认在待价而沽，可事实上就是。都在做这勾当。都说找男朋友不看钱，但被她们看上的自然是有钱的人。除了钱之外，她们还要别的，要很多很多。

　　"这些女生都是看琼瑶看出毛病的。哼！让她们慢慢找吧。看能找到不？"读研时代，三剑客对女生们的评价。他一生中谈女人最多的时期。

五十三

迎面来了一匹马，背上驮着一女生。萧美不但能一眼能辨出中国人，马来人，泰国人或者日本人，南韩人，还能看出台湾人，香港人，大陆人。连东德人和西德人，她都能看出区别来。东德人像苏联人，西德人本色。

萧美看一眼马背上的美人。心里猜测，同胞？十六七？十七八？二十出头？

那女生苍白脸，无精打采，小女孩的身子（缺少运动的特征）随着马步一摇一摆，随时都有可能栽下来的样子，像被剪下的花枝搁太阳底下，被晒蔫了。萧美以三十度角仰望他们，视觉上名副其实的高头大马像个庞然大物压下来，吓得她条件反射闭上眼睛往边上闪。

马过去了。

缓过神来才发现，卡皮尔站在自己后面，几乎是贴着。（当然没有，只是几乎而已。）"她怎么啦？"问他，同时发现，自己就站在了悬崖的边上。抽口凉气，要是，要是，她想，要是这时候脚下的土一松，或者没站稳脚什么的，或者……一百种可能中只要有一种发生就灾难了，灰飞烟灭了。

"病了。"

"哦。"

在这里，马还当救护车用啊！一个悬着的问题终于有了答案。一直就担心在山上病了咋办。让卡皮尔背下来是玩笑话。

又遭遇马粪。卡皮尔拉起萧美的手使劲上提，让她跳过去。

卡皮尔裤兜里响起本地音乐。他松开萧美的手，站住脚，从裤兜里掏出手机。

萧美继续往前走。

卡皮尔接完电话追上来："我侄子的电话。"

萧美心一动。他没必要解释的。合约又没写不准他打电话。

"每天都与女朋友通电话吗？"显然，萧美不信他。

石阶太高，卡皮尔先上去，返过身向萧美伸出手来，让她借力。

"不会每天。每天也很烦。"

萧美抓住卡皮尔的手半拉半爬，上去后他没松开，继续拉着走。

多少年了，十年？少说也有十年没跟男人拉手了（握手不算的）。肌肤的温度多奇妙啊。她发现自己生理上对异性的体温有多饥渴，简直听到了滋滋的渴饮声。那是正负离子的碰撞啊！两个磁场的共振！生命被击活！周遭的空气如此清新。阳光如此明亮。山峰如此雄峻。她像新生婴儿般感受着身处的世界。可是……她内心挣扎得厉害，不该这样，很丢人的。应该放开他的手，而且是绝对应该这样做。可是手跟脑不在同一个系统——把对方抓得更紧。

卡皮尔裤兜里又响起音乐。

萧美赶紧松手，真是一个让人心服口服的理由，漂亮。

音乐一直响着。

"卡皮尔，你的电话。"见他没反应，忍不住提醒。

"是我放的音乐。"卡皮尔看着萧美，瞳孔漆黑，得意地笑。一弯牙齿白闪闪。他从裤兜里掏出手机秀给萧美看。"这个是专门用来听音乐的。"他另一只手从另一边裤兜里掏出另一个手机，"这个，用来打电话的。"萧美看一眼他的手机们："卡皮尔，歇一歇吧？我累了。"

上路不到两个小时，已经歇了好几次。太阳开始烈了。她张开嘴喘，像搁浅的鱼。找一个有树荫的地方坐下来，喝水，从卡皮尔背的背包里掏出巧克力来吃。

卡皮尔把挂在背包上的湿衣服拿到太阳底下晒。他把衣服铺在石头上，一件一件排列：浴巾，袜子，外衣，内裤，胸衣。浴巾和内裤和胸衣装在塑料袋里。每次他都记得把它们拿出来。然后找来小石头，在每件衣物上压上，以防被风吹走。

"给，巧克力。"见卡皮尔做完工作，笑着走过来，萧美赶紧给他递上："爬山需要能量。"

萧美带有足够的巧克力。

旅游资料上说爬山必须带巧克力，水，雨衣，登山鞋。"还有，男人。"整理行装时郝佳开她玩笑，"在山上病了或者摔倒啊什么的，他可以背你下来。为了安全，找个男人跟着。"

郝佳还给了萧美一瓶香水，"这个可以吸引男人。它含一种特殊香精，只要他不是同性恋就会跟你跑。"

"行，不要把蚊子引来就行。"萧美随手把它放进包里。在博卡拉酒店精简行装时，她把香水和笔记本电脑一起留在了酒店。

"卡皮尔，唱首歌吧？"萧美拄着登山杖望前看，一直是上坡路，山，一层层高到天上去，用仅有的力气赫呼赫呼喘着气说。她现在是每三步一停，大口大口地喘气，像电影里登珠峰的运动员，除了迈步，就只剩下喘气的劲了。

佛经上说，忘了哪本经，兜率天在尼泊尔境内的喜马拉雅山的半腰上。

"佛，救我。"

卡皮尔拉开嗓门咿咿呀呀唱歌。

"什么歌，你唱的？"萧美停下脚步回头问。

"迎亲歌。结婚的时候，男傧相到女家迎新娘，一路就这么唱着去。"卡皮尔走上来，拉着萧美的手边走边唱。由着萧美走，这样的速度，天黑也到不了客栈的。

从后面刮来一阵风，一女生手摇着纸扇大跨步追上来。说时迟那时快，萧美闪电般，闪电都没她来得快，唰一下甩开卡皮尔的手。

"哈罗！哪来的？"女生从后面上来，超过萧美，经身边过时问。

"悉尼。你呢？"萧美不自然地笑。

"啊？悉尼？这里也有个悉尼！啊，哈哈！我是泰国来的。"女生返身指着跟在后面的年轻澳男说。澳男满脸通红，气喘如牛。状态跟萧美差不多。看得出他也是连讲话的力气都没了，冲萧美挣扎着笑笑。

女生跑到后面去给澳男扇几扇子，又跑来给萧美扇几扇子。

"歇歇吧？这山真难爬。"萧美往边上靠，趁机在一块树荫下的石头上坐下来。让他们先过去。

"习惯了，在我们那儿，每天都爬这样的山。再见。"女生摇着扇子大摇大摆走过去。澳男尾随。经过萧美面前，对萧美说："She is solid（她强悍啊）。"

目送他们走远，萧美也站起来，再不走，卡皮尔要抗议了。他们继续赶路。萧美在前面，卡皮尔在后面，大家静静地走。刚才的活泼气氛没了。画面又回到第一天的状态。

萧美感觉到卡皮儿伤心了。是因为刚才当着女生的面甩开他的手吗？伤害了他？为什么要甩得那么快？又不是什么见不得人的事？做贼偷心虚？她不敢看他。

五十四

萧美问过朱姐关于老木要给介绍朋友的事，几次了，催着想见一见。

这天谭天在炒菜，萧美站边上指导。朱姐从楼上下来，告诉萧美"人家要来接你，已经在路上了，马上就到"。

那人通过朱姐传话，说想请萧美去喝咖啡。萧美说俗气，千篇一律，相亲就得喝咖啡？就不会来点别的？一听就觉得不爽。"都相亲了，还嫌俗？都要饭了还嫌饭馊。"朱姐呛她。

萧美是想抗拒地心引力。

明显的，自己正在无可救药地向谭天滑去。这事，要是放在魏德文事件之前，她肯定不管不顾，就扑了。她的哲学是"听从内心的"。还特瞧不上听脑的人。"谁怕谁啊！"她会这样讲。那个时侯她还真不怕谁来着。没栽过嘛。魏德文灾难之后，她向自己发誓：绝不让男人上自己的床，除了丈夫。尤里？她讲得过去，五年，五年的诚意，做不成夫妻也没什么好遗憾的，尽力了。虽然失败。真正的夫妻也未必能维持五年。谭天？看哪哪都不合适。明知是个错误还把头撞进去？
那不傻逼吗？可是？可是他对她的吸引，像地心引力啊，无法抗拒的。

任性的萧美跑出来了。她就要抗拒。

相亲吧？找个人约会。她想这是最好的做法，也是唯一的法门。
至少，对她是这样的。

多少次，她试着说服自己，是时候了，该去过大多数人过的生活：
找一个条件合适的人过日子。如果不强求爱情，找个把丈夫，结个婚。
她自信能做得到。她有这个能力。

"趁情况还不太坏，局面还可控制，尽力吧。"她跟自己说。

什么意思？就是说还能自拔，还没掉进谭天的黑洞里。

于是她想到了老木的朋友。于是她就找朱姐。于是朱姐就告诉她
今晚相亲。

早就接到朱姐的通知了，却不上心，都到这点了还杵这跟谭天耗。
听朱姐这一说，她赶忙跑进房间换衣服，也没好好化妆，随便抹一下
口红,也不挑颜色,出门前没忘嘱咐谭天:"记得搁盐啊。搅均匀就起锅,
要不就老了。"

她等在楼下，十分钟，十五分钟，满脑子想着谭天，不知道他菜
炒得怎样？不能再等了，跑上楼去找朱姐，"你说他五分钟到。现在
都二十分钟了。"

朱姐打他手机。回头跟萧美说："说开错了路，正在找路呢。"

连路都找不着。萧美想，智商有问题。人类中，最不能容忍的是
蠢人。她再无法说服自己。一秒钟内做了个决定。

"取消约会。"她掷地有声。

"你还没见他，咋就知道不行？就粗暴地把人给毙了。"朱姐也有
些生气。太不给面子了。

"见也没用，反正成不了。"

"哎哟，至于吗？不就迟到半小时吗。看把你给气得。我看你的心智还在十七八岁啊。"朱姐的声音高八度，（她的高音穿透力特强，刮玻璃似的）脸上的黑色兜不住了，沉沉地要掉地上。可萧美就看不见，（就是看见了也改变不了情势。任性的萧美不会因此而让步。）这时候她什么也看不见，前面就是有个大坑她也看不见。惦记谭天惦记得紧。朱姐的话音未落地，她已经返身下楼去。

五十五

谭天在饭桌上跟萧美说："今天我上了一个婚恋网。Date（约会）了一个台湾女生。台湾女生说'我在这里等你噢'。笑死人了。"

萧美说："那你也帮我在上面找一个啊。"

"行。吃完饭我们上网。那网页叫 American single（美国单身族）。全世界人上面都有。你想找哪国人都行。"

"小妹，你要找哪国人？"谭天先行打开电脑，上了网站。

萧美进来看在电屏上。

谭天摁住鼠标左键慢慢往下拉："你看分类，亚洲人；美国人；欧洲人。"

"看看亚洲人。"萧美食指指在上面。

谭天点开它，"没几个，没中国人。"谭天点一下美国人，出来一长溜，延续到下一页，下一页，下一页……翻到一个俄罗斯人，萧美叫停。

"就这个。"

谭天点开波图金的 profile（个人简介）

Botoki age 35（波图金，年龄 35）

Interested in making a great emotional, intellectual and physical connection with a woman. No more no less！（喜欢搞情趣。善于跟女人在心智和身体方面的互动，分寸恰当，不多不少，恰到好处。）

I love being around people. Family and friends are paramount and I also enjoy having my own time and space.（我喜欢跟人相处。对我来说，家庭和朋友是最重要的。但也需要保留个人空间。）

Have traveled and lived overseas for study and work. You will find me European in many ways.（曾经游学海外。你会发现，很多方面我很欧化。）

Definitely an indoor/ outdoorsy person. A romantic, cosy, funky bar or dinner experience！ I love to experience new things and expand my horizons intellectually and emotionally.（我是个绝对喜欢户外活动的人，也喜欢待家里。我浪漫，亲切友好，享受泡酒吧和外出晚餐！ 喜欢尝试新事物，扩大知识视野。我感情丰富。）

Music is a part of my life. So is food, with a special interest in Mediterranean and Asian cuisine.（音乐是我生活中不可或缺的一部分。食物亦然。尤其地中海和亚洲美食。）

What about you？（那你呢？）

Here For（寻找）: A Serious Relationship（认真的两性关系）

Eye Colour（眼睛的颜色）: Blue（蓝色）

Hair Colour（头发的颜色）: Light Brown（淡棕色）

Hair Length（头发长度）: Very Short（非常短）

Facial Hair（胡须）: Clean Shaven（不蓄须）

Height（高度）: 174-184cm（174-184 厘米之间）

Build（块头）: Athletic（健壮）

Ethnicity（种族）: Russian / White（俄国 / 白人）

Religion（信仰）: Agnostic（不可知论者）

Marital Status（婚姻状况）: Single（单身）

Smoker（抽烟）: None（完全不）

Drinker（喝酒）: Light（少量）

Children（孩子）: 0（零）

Vegetarian（素食）: No（不）

Education（受教育程度）: Doctorate（博士）

Occupation（职业）: Professor（教授）

Income（年收入）: $100，000+（十万以上）

Botoki's Interests（波图金的兴趣）:

Pop Music，Classical Music，Jazz Music，Movies，Theatre，Dancing，Animals，Gardening，The Arts，The Outdoors， Reading，Computers，Internet，Cooking，Travelling，Keep Fit，Sports（Watching）and Green Issues。（流行音乐，古典音乐，爵士乐，电影，舞台剧，跳舞，动物，整理花园，艺术，户外活动，阅读，电脑，上网，烹调，旅游，健身，运动（观看）和环保问题。

"这个好，我要这个。"萧美撒娇（小妹的感觉出来了）。

谭天点开"给他留言"栏，"写什么？"问，八个手指头铺开趴趴在键盘上，弹钢琴的手势，准备好敲字。

"就说我喜欢你的个人简历，欢迎电邮我。"

谭天自作主张加多一句，"你在哪个大学教书？"沉吟一下，突然想起似的："小妹，我们的网页需要一朵荷花。去网上搜一搜，看有没可能摘一朵。"

"怎么摘？"

"我们先搜，看谁家有再说。自己弄太麻烦。得拍照，得扫描存档，再上传到网页上。"说着谭天已经来到一处水塘那，一位美国大爷站在水中央，周围都是荷花。大爷秀的是背影，跨以上部分露在水上，穿的塑胶工装裤。不知在干什么，清理荷塘？捞鱼？画面模糊，昏黑的背景，像黎明也像黄昏。惊悚电影里的午夜惊魂？反正是特不清晰特模糊的画面。

"我们的网页需要荷花做 logo（徽标）。可否借一朵来用？"

"我现在就能摘他的花你信不？"

"？"

"但我们的网页一旦上互联网，要被告侵犯产权的。你看，这底下写着'Copy right reserved'（著作权保护）。"

"那不成偷花贼了？"卖弄啥呀？萧美接口说，暗笑，知识产权谁不知道啊。班门弄斧。幼稚。

第二天收到大爷的回邮，答案是肯定。还附件一个视频。谭天点开它，画面极模糊。大爷的声音也是断断续续。像录像带卡带。萧美和谭天把脸凑得足够近电脑，头几乎碰在一起，把耳朵贴在电屏上听。

"他说想听听你的声音。"谭天说。

萧美也听到了。诧异老头儿怎么知道自己是个女的。

"嘿嘿，这老头。他想认识你。"谭天说。

"不理他。"萧美说。

五十六

萧美把车开去洗。原先都自己弄，自从政府制水，不准用水喉洗车，养成了去车行洗的习惯。普通洗，二十五块，加送一杯咖啡，算起来也不贵。

做了店老板以后，她感觉像单亲家长，什么都得自己来。做女人的感觉早没了。什么男女平等？独立有什么好？平等有什么好？唯独去洗车行，她才找到女性感。被人看护，何等美妙。

萧美拿了属于自己的咖啡，后面站着几个人，不用钱的东西谁都要，坐到太阳底下。免费咖啡，免费没好货，味道比速溶还差。来了个东欧女人，一听口音就知道是南斯拉夫人。他们的英文硬，凶巴巴，跟萧美说这里是抽烟区，"不介意我抽烟吧？"萧美"哦"。她手已经伸进手袋里。萧美笑笑："没关系，你抽吧。"

边上坐着个陌生人，她再无法放松，把脸转一边看向别处。突然想起怎么没有波图金的回邮？荷花都摘了几天了。

回到家里，她打开电脑。电子信箱是谭天帮开的，每次都俩一起查信。第一次独自开信箱。操作还不太利索，像电影里的特务，打开敌方的保险柜偷情报，这里看看那里试试，抖抖嗦嗦。认真看了最近几天的来邮，没他的。点开垃圾邮件，点开删除邮件。牢记谭天的话："玩电脑重要的是要懂得返回。点错了就返回。"终于在删除的邮件里找到了波图金。

他，莫斯科大学哲学博士后，在美国修了个电脑博士，现在在华盛顿大学教通讯。

晚上吃饭，萧美告诉谭天看到波图金的回邮了。"苏联人就是牛。双学位啊。"

谭天说他那是野鸡大学。

萧美说："噢。"

她再不提波图金，也不提要上网相亲。天天晚上跟谭天泡电脑，做网页。她说要有音乐配置。谭天隔天就告诉她，"找到了。"他放给她听，电影《狮子王》的主题歌。她说："好，好听。"

"我要首页有一个霓虹灯横匾：欢迎来访，自左向右移动。不断轮回，能做到吗？"

"我知道了。"谭天在空气中画一条不可见的水平线，"这样，由左边出现，在右边消失。""我试试。不一定行。"

隔天，谭天说："我知道怎么做了。做 animation（动画），我们等一下下载一个做 animation 的软件。"

谭天讲，她听。听得她一头雾水，云深雾罩，不知所云，但一直保持着聆听的状态，还时不时"嗯！"一下，不想给他说"笨"。其实，对于电脑，她是挺笨的。Woody Allen（伍迪·艾伦）不也不懂电脑吗？有 Woody Allen 做垫背，就不会觉得没面子。但是这个垫背在尤里那管用，在谭天？不灵，因为谭天根本不知道 Woody Allen 为何物。谭天怎样看自己重要吗？重要！这样在意他，萧美自己也没意识到。

她一直在提醒自己，"他小自己十一岁。不是对的人。"

有一种努力叫白费工夫。感情这事，越压抑，它升温越快。她越是抗拒越往下坠，像空难中下掉的飞机，完全失控的局面。

尽管表面上看没什么，其实，她满心满怀里都是他了啊。

时时刻刻想着他。每天等他回家前的那个电话："我现在回家。"她从来没有像现在这样安详满足。

她过着有生以来最踏实的日子。

林青霞说嫁给邢李原，因为他给她安全感。

魏德文给她的是激情和羞辱；尤里给她的是没有尽头的忧虑；谭天早熟的心智和过人的理性，填平了两个人的年龄沟壑，给她妥妥的安稳感，满满的安全感。

谭天，给了她想要的温暖。

五十七

"出国前，我跟父母讲了她。他们说：'既然是你喜欢的姑娘，就带回家来让我们看看。她来武汉的机票钱由我们出。'"

谭天跟萧美讲宝钰。

"为这事我约她在咖啡厅见面。不巧遇到我的几个朋友也在那，就跟他们介绍了她。他们走后，她咆哮，说我不应该没经过她的同意就公开两人的关系。这是我们最后一次闹分手。"

这天是星期天，谭天睡了个懒觉，九点多才起来。看见萧美在弄早餐，就坐到餐桌上来。俩一起吃早餐已经像呼吸空气那样自然了。吃着，聊着，就又讲起宝钰。

吃完早餐，谭天萧美俩一去澳洲科技园。昨晚说好的要去用谭天研究室的电脑。萧美的网页到了尾期，昨晚俩奋斗到大半夜，家里电脑太慢，就是上传不了，得用他的电脑。

在他的办公桌上，萧美无意中看到宝钰的相片。近照，反盖在桌面上。边上有一横躺着的信封。一看就着到是随信寄来的。

萧美相片拿在手，看了又看。她眉清目秀，说不出有多漂亮，福建女人特有的贤良淑德的气质。满脸都是张爱玲小说人物的小智小慧。觉得像林凤娇。也像林徽因。也像冰心。就是那种类型。好像时代的变迁对这种在家从父，出嫁从夫的价值观没太多影响。

"上帝创造她们，就是给出类拔萃男人准备的。"

萧美无意贬林徽因冰心，因为打压宝钰，连累无辜，也是无奈之举。

谭天见她盯在上面看，以为她妒忌，"我来悉尼后，我们又开始通信了。"讲话间顺手轻轻把相片从她手中抽走，随意的样子，拖开第一个抽屉，放进去，关上抽屉。"她说她被分配到友谊商店，在化妆品专柜当售货员。大学四年全作废，只有英文貌似用得上。每天忙得灰头土脸的。"

萧美在心里冷笑。没见过世面。四年大学算个屁啊。尤里都博士了还不是给人送披萨？萧美就见不得自怜的人。相信要让她近身的话，正能量都要被吸掉。（她是妒忌，宝钰还不够资格被她妒忌。）

谭天讲宝钰的语气轻描淡写，却盖不住声音里渗出的喜悦。正常人都听得出来。萧美却不。刚才在来的火车上，谭天给她灌了蜜——晕了——他爱的是我——像喝多了的人在驾车，失去了应有的判断能力。

火车上到底发生了什么，此刻还在她心里发酵？

星期天的火车，乘客异常少，车厢里伶伶仃仃几个人。谭天看住坐在他们前排的一对老人，说："等我到了六十你七十，那时候我们就没什么差别了，像他们。"

像他们？萧美看过去，老头老太一个握住另一个的手。以为是对她暗示，感动："难道他是真的，真要跟我过到老？"

"我研究室里有个高级研究员，三十来岁，住在蓝山，每天坐火车来上班。"谭天说。

"蓝山？来这里那得坐两个小时火车的，为什么不搬到科技园附近住？"萧美问。

谭天看着她，就喜欢她这天真的样子。

"为了他的妻子。她是个瞎子。可能瞎子脑子比较冷静，她是个律师。在蓝山上班。他每天早上不到五点就起床，七半到办公室。他很帅，金头发蓝眼睛，个子又高。"

"她永远都看不见他的样子。"萧美再次感动。暗忖，也许真的爱情，与外表无关？跟年龄也无关？

谭天看着她，"低头的样子真美。"突然在她脸颊上啄一下。太轻，太快，嘴唇软而无力，像行吻礼。

萧美小时候在奶奶的院子里喂小鸡，看见过公鸡发情（她那时候当然不懂这情事）。它先有了目标，然后垮下半边翅膀，蓬起尾巴，围着目标母鸡踩着小碎步转，同时咯咯叫，目标母鸡被弄晕了，它趁机一个箭步骑上母鸡的背。

萧美心里一直死扛着的防线松了，脱了，撤了。整个人倒进他的网里，像那只被弄晕的母鸡。

自那晚强亲她之后，谭天就再没碰过她。只是"小妹小妹"叫得欢。不碰她，一半是胆怯，怕被她刷耳光。一半是自尊，不想再被拒绝。小妹小妹地叫多了，荷尔蒙就激升，晚上躺床上手不自觉地就搓那话儿。近些日子避孕套库存量急度下降。套上那玩意，更逼真。对想象力特有帮助。（作为男人，至今还没有实战经验。只能靠想象。他觉得特可悲。）

试吻后见效果不错，萧美没刷他耳光也没像上次那样对他怒目相向，就大了胆子，一路上不断地在她脖子上，偶尔亲一下，偶尔亲一下。

在研究室里，他们闲闲地聊天。她实在幸福，像怀春的少女。即使聊宝钰她不介意。

谭天说前阵子，他爸的同事，一个他叫叔的人在悉尼大学做访问学者，来科技园看他（受他父亲所托），从文具室里拿走一大把圆珠笔和几本日记本。"想想真后悔帮他这个忙。不知道有被录像没？要录了就丢人啦。"

谭天是当笑话讲，萧美却较真，眼里容不下沙子，气得脸发绿："连笔都偷，还学者？也不嫌丢人。"她想中国人在这里够让人瞧不起的了，还做这事。真是的。

"叔叔说要给我介绍女朋友呢。"

"哦！"萧美尾声提得高高的。

见萧美的醋意，谭天暗暗得意。

他带她去看他的实验室。

"你这里有辐射？"萧美走在实验室里，好奇地问道。"只要不到那边，"谭天指向左前方的角落说，"就没问题。"

萧美小心翼翼绕开走。经过一个垃圾桶，看到里面有一束粉丝状的东西，捡起一根问："这是什么？"

"光纤。作废的。"

谭天走到她身边来。

"可以拿吗？"

"拿吧。作废的。都不要的。"

萧美挑一些较长的："插在长项玻璃花瓶里，特有现代感。正好，我店里就缺这个。"谭天也过来帮忙挑。靠得近，他又闻到那夺人魂魄的香味。刚才在火车上也隐约闻到，现在更明显和持久——她好像白天才有这香味，晚上一起弄电脑靠得那么近，也没闻到什么。

他晕香，每次都心神荡漾，癫狂不能自已，像被地心力牵引，不自觉地向她靠过去，无限接近，逼得她上半身一寸寸往后仰，直到挨在桌子上，腰以下的半身跟他贴紧了，大腿被硬硬顶住。

萧美装着无感，继续讲些光纤的话题。

有了火车上的预热，他贼胆大了，踮起脚尖吻到她的嘴里去。

这天她穿奶白色百褶长裙，斜跟红色凉鞋；脚趾甲涂成红色。

他的舌头在她嘴里乱搅。他的初吻。

毕竟是博士生，学习能力强。乱了几十秒，在萧美的引导下，很快就顺了。

从实验室里出来，天的颜色好像变了，像戴着墨镜看天，阴了一层。天上一日，世上十年。时间过得真快。该回家了。

回研究室收拾东西。坐对面的小郭也来了。谭天唯一的中国同事。他跟小郭打过招呼就走，也没介绍萧美。

回家路上，他们改变主意，弯到中国城去逛逛。一路上谭天拉着萧美的手，高高兴兴的。

到了中国城，人多了起来，都是中国人。他突然放开了握住的萧美的手。

萧美心一沉。

走了一段，他又拉起她的手，握紧了说："我刚才想，在这地方可能会遇上我叔。嘻，我都是成年人了，怕什么？我做得了自己的主。"

萧美已经没刚才那么快乐了。

第二天吃晚饭的时候，谭天闲闲地说起小郭，"他问你是不是我的女友。他说你的气质好。"

我的气质用得着他评论？ 萧美不屑。没说出来。脸上写着。

五十八

静静地，他们走着，又遭遇积水。

在平路上，积水越来越多。有些地方被泡了，小溪一样。萧美踮起脚尖尽量往没水的地方落脚。耐克球鞋虽说防水，但也不鼓励当水鞋用。

登山拐也用上了。

后面上来一伙年轻华人 Look 男女。其中的一个男子用中文对萧美说："你的拐杖得拔掉帽。"萧美看着他，"？"。他拿过萧美的拐杖，摘下尾端的塑料帽，"看，这样才吃得住，不打滑。"说着把登山拐点在地上，演示给她看。

"那，这个怎么办？"萧美问，指塑料帽。

他做一个投弹动作，"扔了"，笑，交到萧美手上。

团伙走过去。

萧美犹豫，"卡皮尔？真的吗？不用这个？"卡皮尔无可无不可的态度，"你试试看。"从萧美摊开的手掌中拿走塑料帽，"我帮你收着。"

尖尖的铁杆插在泥沙里（从山上冲下的泥沙），摩擦力更小，更不稳。她向卡皮尔要回塑料帽重新套上，"好在没听他的，扔掉了。"

她在水中这里一步那里一步，探着走，卡皮尔上来拉住她的手走。她心安理得。需要帮忙。

后面上来一对男女，两个小矮个。要赶超萧美的时候，女的发话："你也一个人来？"

"嗯。你也是？"终于遇上个独行的。萧美兴奋。

老外，独行女侠很多。日本女生们也流行一个人出游。在悉尼就常常碰上日本女生拿着地图问路的。不过十六七，中学生的样子。背上的双肩包大大的，小腿壮得像白萝卜，把英文讲得像日文，咕噜咕噜没人能听懂。经验里，同胞图腾团结就是力量。进山两天，这也还是头一回遇上个独行的。"看样子，二十尾吧？"萧美在心里评估，不可避免地对她进行审美：即使在中国人里也算矮的。姿色中下。再看那男的，跟女的差不多年纪，差不多高矮，卡皮尔的同类，导游兼挑夫。俩背着超大的双肩包，像乌龟。

"你哪来的呀？"

"杭州。"

"杭州？很少有看到杭州人来这里的，上海北京，遇上过几波。"

"我是杭州人，在上海工作。十一国庆假出来旅游。"

"这山上的旅店你住得惯吗？我昨晚睡的被铺有点潮。还有枕头，有味儿。你有没觉得？"

"我没用他们的。带了睡袋。"

"啊。你连睡袋都带上来？怎么带？这么大？"萧美想都没想过的这招。

"放背包里。装得下。"她耸一下肩膀上的双肩包。

"那你让导游给背啊？这么重。我的包都让他背着。"萧美往卡皮尔瞟一眼。

"他背的包也是我的。我的衣服。"她看一眼自己的导游。

同走一段，萧美嫌他们烦，说要拍照，停下来，让她们先走。

萧美坐栏杆上，摆好 POS 让卡皮尔给拍照。左侧四十五度一张，右侧四十五度一张，正面再来一张。萧美心情好到爆炸，上一次这样热情拍照，好像发生在史前，远到要回想都有些费劲。拍完桥上又要去桥下拍。她从桥侧的小阶梯走下去，坐在水中央凸起的石头上，对着镜头哈哈哈哈笑，弯下腰把手探进急流的水中，做着很村的 POS。水浅流急，踩在河床底下十几厘米大小的鹅卵石上，水位到小腿肚子那。鹅卵石被水冲得清亮清亮。喜马拉雅山下来的积雪融水，三十秒钟，萧美手脚冰得刺痛，从桥底上来，向卡皮尔伸出手，寻求帮助。

五十九

晚饭后，萧美坐沙发上跟谭天一起弄电脑。她穿件白底绿花小短连衣裙。谭天突然抱起她，把她仰放床上。没放好，她的上半身在床上，大腿从床边挂下来。他掀起她的裙摆，退下她的内裤，退到大腿中部，慌乱中脱下自己的裤子，趴趴着把她压在身子底下，慌乱地摸索着，忙了大约半分钟还找不到门道。哎，可真不是件容易的事啊。他想他是彻底领悟了拿破仑的那句话：世上就没有容易的事情。（拿破仑打莫斯科时因为士兵没靴子穿而败北，因此而感叹。）焦急得喃喃自语："不是说天生就懂的吗？"

六十

谭天亲萧美的眼睛，发际，脸颊，耳廓，鼻尖，绕开她的嘴唇，亲她的下巴，脖子，顺着喉窝亲到她的心口处，手指在她的大腿外侧来回搓，听着她的呻吟他兴奋不已，狠狠地亲在她的嘴唇上。

他发现一条放之四海而皆准的真理：熟能生巧。经过两个星期的练习，已经是熟手技工了，很自如的。

他喜欢的姿势：男上女下。试过各种体位，这个让他最舒服。他喜欢看着她。他喜欢她的敏感。

他喜欢她的皮肤，浑身雪白。喜欢她的腿，修长浑圆。尤其是她大腿的外侧，滑溜紧实，比最新款的福特 GT 还要流线型。

他喜欢她身体上每一寸领土。她令他荷尔蒙爆表。

谭天像吸毒一样对做爱上瘾。每天晚上从实验室回来，走在回家路上，心里总是狂喜，感觉自己很男人。

他对萧美说："我以前看到宝钰，胸部时大时小，不明白为什么，原来是胸罩做怪。可能是有时候穿加垫的，有时候没加垫。"

"我要是怀孕了，就生下来。"

萧美想起朱姐教的招，"跟他说要孩子，看他怎么说？男人要真爱你就想跟你生孩子。"试探他。

"要是有了孩子，那我就不能继续研博了，要工作挣钱养家。"谭天悲哀表情包，不失真情地说。

六十一

这次下榻的客栈是在海拔两千多米的山上。月亮像水洗般清亮，挂在窗前。萧美吃完饭就回到房间里。她身边除了两张板床，就是窗外的月亮。当然，还有这无边无际的大山。

他们下午五点钟就到了。高山气压低，水不到一百度就开了，饭是夹生的。就是夹生饭也要等两个小时才有得吃。没办法，高山上，做个饭也要比在平地上花时间。

一到客栈萧美就忙着去洗澡。现代人，好像不洗澡就会死。她脱了衣服才发现没热水，穿上衣服跑出来找老板娘。老板娘和她的两位姑娘在厨房里忙活，见萧美的狼狈样子，笑："山上就这样，到六点才有电。有了电才可以用热水器。就算凉水，也不要洗太久，从山下运水上来，不容易。"老太太回头对她的小女儿说："提一桶热水去澡房。"

小女儿十六七的光景。提着水桶走在前面，萧美跟在后面。女孩儿长得美，就没见过这么美的女子，想起亦舒写林青霞："下巴差点掉下来，真要命，她就是美。"

她就是美。

萧美洗完澡，拿着洗好了的衣服到处找地方晾。晾衣服是她上山以来每天的头等大事。第二天要上路，衣服不干就得捂着，还没有得换洗。一环扣一环互相影响。就没见卡皮尔有晾衣服的问题。问过他的，昨天他说早上洗过澡才出的门，晚上就不洗了。"今天他该洗了吧？"她东张西望，寻找晾衣架，也留意他的衣服，想要跟他的晾一起。一位很帅的本地小伙子看着她微笑。他在路边摆地摊，"晾外面会被风吹到山谷里去。"小伙子往房子里指："晾里面。"

"行吗？是饭厅啊？"萧美笑问。

"大家都晾那的。晚上山风很大的。"

萧美晾好衣服就到他的摊上来。"西藏的银，西藏的玉，尼泊尔的化石。"小伙子起劲推销。

"真的吗？"她拿起一个化石问。

小伙子问她："你是南韩人吗？"

"为什么这样问？"萧美笑。

"昨天有个南韩女孩打经这儿过，跟你长得很像，我以为她是你妹妹。"

萧美挑两个化石拿在手里左看右看。一个是海螺化石，一个是——说不出的什么东西，一个圆咕噜蛋。

"圆咕噜蛋不是化石，是陨石，非地球石。"小伙子说。

"你哪人？"

"我西藏人，从小这儿长大。"

怪不得这么帅，在美国都可以当明星了。萧美想着。"你到西藏拿的货？"萧美指着藏银藏玉问。

"嗯。"

说不定这圆咕噜蛋里面装的是钻石或者是金子。她想。付了钱。

她把石头拎手里，继续在摊上挑，东问西问。

家里堆满了毫无用处的纪念品，都是她经年的旅游硕果。每次买的时候都觉得特有特色。特有纪念意义。特别值得买。回到家就后悔，花了钱，又没用处，还占地儿。

卡皮尔来找她去吃饭。她问他哪些化石好？他不吭声。她猜他不愿意她多买，不想背太重的包，就抱着石头跟小伙子告别，顺便讲一句："兴许那南韩姑娘是我的化石。"

吃完晚饭，没地方去，外面全黑了。

这里不像昨天的客栈，周围还有些青稞地可以遛遛。出了门，除了一条小路就是高山。

不久前看过一则网络新闻。说一位六十多岁的日本女人在尼泊尔徒步时迷了路，困山洞里六天，靠吃野菜野草维生，直到被直升飞机搜到。她就是因为常来徒步，以为这条道又走过好多回，很熟了，就没要导游。晚饭后她出客栈外面随便走走。走走就找不回道了。

谁说的？年纪越大胆子越小。萧美是感觉自己变得胆小了。伍迪·艾伦说随着岁月增长的，不是智慧。她是累了。心累。再没勇气去冒险。尝试新事物。

她不敢乱走，回到房间里，又无事可做，后悔没带本书来，和笔记本电脑一起都留在了山下的酒店里。（这件事，她从上山到现在已经后悔好几回了。）要带笔记本电脑来也好哈。这里有没 WI-FI 啊？不知道。

卡皮尔敲门进来。他给抱来一床棉被，说晚上会冷些。放下被子他没马上走，坐到另一张床上，聊天。

老板娘的大姑娘从门口经过，看进来，见了他们俩，马上把头转开。萧美看到她脸上写着大大的"鄙视"。

卡皮尔站起来跟萧美道别。

他走后，萧美去把门扣上。坐回床上，从窗口望出去，月华如水。

天很近，近到在月光下也能看出它的蓝，蓝宝石似的晶莹透澈，一丝不挂。萧美对古代没了记忆，就算是从哪儿来的也没记忆了。兴许记忆也化石了。她想：古代也不过如此吧？如此的一尘不染？

拿出装着化石和陨石的塑料袋，打开来，一个一个仔细地看。闻闻那螺，没准还有海腥味儿呐。她看看闻闻，心底里深深的寂寞。从海螺到化石，要经历多么漫长的岁月多寂寞的煎熬？

外面传来马铃声，轻轻的细细的，叮当叮当，像在风中化开的轻音乐。

六十二

"怪不得这么安静。这几天经你家门口过,也没听见你们俩闹腾了。这不,才敢敲你的门。"

知道谭天又去墨尔本开学术会后,朱姐故意怪声怪调地说。

"夸张。"萧美想,"女人老到一定年龄就什么话都敢讲了。"

"我看你是离不开他了?"朱姐老狼似的盯着萧美。萧美越闪她越起劲。非要把萧美逼到南墙上。

萧美有点怕她。她知道得太多了。

"老木好吗?"

老木是朱姐的死穴。想要她不高兴就提老木。她马上就蔫了。萧美从心底下泛起一丝不怀好意的快感。不让我好过? 那谁都不要好过。

老木来悉尼与她团聚不久,她就闹离婚。这婚没离了,日子却也过不顺了。每次跟萧美聊天,一提到老木,她就是一片声讨和投诉。

朱姐跟老木的价值观不同。讲不到一块。

老木以为朱姐是被这帮画家给带坏的。他把她压在身子低下逼问,有没跟画家们有过。朱姐说没有。他不信。不信归不信,但他不同意离婚。躺床上沉吟了两天。用朱姐的话说就是要死要活的。她怕他真死了,没法子向孩子们交代,就说:"算了,不离了。我们就凑合着过吧。"

朱姐才不相信老木是因为爱她才不肯离婚。"他是害怕。没我,他生存不下去。在这儿,他语言不通,一见老外就发怵。连找工作都靠我。"

朱姐恨老木。有多恨?"你看,"朱姐翻开自己右耳上面的头发给萧美看,"全白了。让老木给闹的。压抑啊。全没了感觉。"

朱姐不止一次跟萧美说压抑过度,已经没了性趣。萧美以为她不过讲讲,搞笑。看她的白头发,也忍不住为她叫冤。跟一个不爱的人生活十来年,可不压抑吗?

"为什么不离婚?"

萧美不只一次这样问朱姐。就不明白了,朱姐这么个女权主义者,这事做得这么不可思议。真要离,怎么离不了。在悉尼就没有离不了的婚。真的老木没了她就活不了吗?这世上还没见过谁有没了谁不行的。她相信朱姐也没那么幼稚。

为了逃避所谓的妻子义务,朱姐曾经借口写作需要搬出去单住一阵子。大概有一年时间吧。为了有交待,她愣是在这一年里给弄出个长篇来。是她在澳洲的第一个长篇。出版了,没引起什么声音。

萧美认为跟《鸿》太相似,没新意。

稿费没弄到几个钱,好在申请到政府的创作基金,一年的房租和生活费用能盖住。不过不能再这样下去了。顶不住了。再接着写长篇?谈何容易?那可不是水龙头里的水,一拧就来。就算再出个长篇,也不保证能申请得到创作基金。年年都有那么多申请者,政府不可能次次都给同一个人。除非 Ta 走了狗屎运。

她搬回家前，萧美去看她，见她纠结得五脏六腑都烂了，劝道："不如就待外面，别回去。"她就这样回萧美，"长期独住，不好向孩子们交待。"

"孩子懂什么？干吗要向他们交待？长大了自然会理解的。"

萧美不懂朱姐为什么总是孩子孩子的。孩子虽重要，大人也是人哇，也该有自己的生活不是？不能只为孩子活吧？讽刺的是，她在本地的华文报纸上写鸡汤专栏（她的主要收入来源），跟女性读者们说如何应该追求生活的品质，婚姻的质量。自己却过得猪狗一样。

"问题是老木做得够标准。给孩子们树立了一个顾家的好父亲形象。"朱姐疲倦的声音，"都快跟雷锋一个级别了。"

她的挖苦令萧美大笑。

"奋已经长大。看到我这样对他的父亲，会看不起我的。"她的法令纹深陷，极累极累的样子。

回去之后，她借口陪女儿，跟小花同睡。

这之后，她的小说里但凡是不讨喜的男角，皆名"老木"。老木不姓木，姓宋。两人感情好的时候，冒险超生第二胎，老木见是女儿，给起小名"小花"，宋小花。送给朱姐的一朵美丽小花儿。那时候北京疯狂炒君子兰，他种君子兰卖，想靠它发大财，好给太太买礼物。洞房花烛夜给朱姐的承诺，要送她一架钢琴。君子兰没让他发财，钢琴没送了，送来一朵小花。小花因得尽父母的爱，长得高鼻梁大眼睛，美丽灵动，人见人爱。萧美也爱这小姑娘。

萧美背地里也跟着朱姐叫老宋："老木"，叫小花："小花"。

对朱姐来说，老木就是敌人。横着竖着，怎么看都有毛病。他挡住了她的地球转。

"他啊？"朱姐看著手上的烟，不抽也烧，成灰的速度比烧钱还快。

说，"嘻！闹心啊。一个礼拜都没见他有什么动静，心想终于可以平安度过一周了。谁想上星期六晚家里请客，趁大家吃得高兴，他给拿出张违章停车的罚款单来。"

"怎么又罚了？"

"就是不懂英文呗，看不懂路牌。"她弹掉烟灰，无奈："一百二十块钱哪。我要写多少字才挣到？跟这种人过日子，就是累心啊。"

默抽一会儿烟，朱姐又回到谭天的话题上："我说啊，还是赶紧让那小博士搬走得了？你纯粹是在浪费时间。他不会跟你过到头的。"

她不放过他。跟他较上劲了。

朱姐这人，萧美感觉很费解。一会儿一个样。抒情的时候，她说她最害怕晚上看到家家户户窗口里亮着的灯光。一想到里面一家人围坐吃晚饭的幸福，平庸景象，就绝望。那个时候，萧美仿佛看到她头上冒出仙气，把她看得很高很高，对她只有仰望的分儿。现在，她又现实得让人鄙视。

现在，萧美鄙视她。

"你凭什么这样说？"

"这男人啊，总欺负比他大的女人。"

萧美不吱声。她不服。她相信爱情，常规在爱情那里失效。她相信自己有能力获得爱情。因为她配。

"现在不是十八世纪的田园时代。不存在那种纯粹的爱了。所谓爱，都是有条件的。"

朱姐没眼力劲，或者她习惯了高高在上教育别人，不懂什么叫观颜察色，萧美的脸色很难看了，她却视而不见，继续高论。

"那你还写纯粹的爱情？"

"我也就是说说罢了。你却做我理论的实践者。你这样也太悬了。

我告诉你啊，这女人老了，一个人，会很惨的。"

你就知道我会一个人到老？我会很惨？惨得过你？萧美的自尊被伤到。痛，令她像蛇一样恶毒。心想，合着你以前讲的都是垃圾。信口开河，滔滔不绝，一套一套，不过是骗人的鬼话？你口是心非！

她对朱姐感到前所未有的厌恶，甚至恶心得不行。以前对她的仰望呢？对她的欣赏呢？对她的崇拜呢？没了。消失了。什么女作家，什么智者，什么大雅若俗，哼，其实就是个骗子。从头到尾都在骗人。不敢离婚，却说是为了孩子。为了老木。老木老了，跟不上趟了，没语言能力，被社会淘汰，混得不好了，要靠你了，你就变心了，却把责任推到老木的身上，说什么价值观不同。变态！老巫婆！我凭什么得听你的？你过得不见得比我好。不是老就可以随便对别人指指点点的。得有资格。有资格！你懂吗？你没资格对我指指点点。因为你——没我过得好。因为你——我没付你钱向你咨询，让你来告诉我怎么做。哼，好为人师。中国人的恶习。

萧美恶毒到连同中国人一起给骂了。像骂人就骂 TA 的祖宗八代。

"你怎么就那么不容他。"萧美问到朱姐的脸上去。她不尊重她，她也不需要在意她的感受。

萧美这话问得是有出处的。自从跟谭天好了以后，每次见面，朱姐总是阴阳怪气，不是挖苦她就是让把他赶走。真的是忍了她很久了。

"她妒忌我。"直觉告诉萧美。魏德文时代就有这感觉。以前不让自己这样揣测她，一次又一次，这倒霉的想法一浮头就被摁下去。这次是摁不住了。刚才她把话讲得这么难听，简直是赤裸裸地嘲笑："谭天太优秀。你萧美老牛吃嫩草。为什么总是你？你配不上他。"萧美很阿 Q 地想：这不明摆着她心里不平衡吗！

朱姐见跟萧美话不投机，抽完烟，喝掉不加糖的黑咖啡，拍拍屁股上楼去。

　　她走后，谭天来电话说明天才能到家。

　　去开会一个星期，天天往家里打电话。原定今晚回来，现在说改明天。既然不回来，萧美也不做晚饭，专心做设计。最近灵感泉涌，做出的几款晚礼服很受欢迎，卖得好。

六十三

萧美才铺开图纸就听到敲门声，她门一开，谭天就迎面把她抱起来，吓得她尖叫。他把她放下来，拥着她往卧室里去。她被迫后退着走，看不到路，全靠谭天导航。退到床边，他把她仰面按倒在床上，鸡啄米似的在她脸上亲。

萧美得着谭天喘气的机会问："你刚才在电话里说明天才回来的，合着你的时间不是地球时间呐？"旋即想起朱姐说他们闹腾的话，推开谭天，起身跑去把门关上。

"小妹，我想死你了。"谭天跟过来从后面抱住萧美的腰："刚才我在家门口的电话亭给你打的电话。想看你失望的样子。"

晚饭后，谭天趴床上看书。他突然从书上抬起头对萧美说："我现在的状态前所未有的好。书一看就懂，就能记住。"他把书举起来向萧美一晃："刚才在火车上，坐我边上的人看我在看这书，说'哇，unix，你学啊？'unix 是最新版本的程序语言，跟所有的程序语言都兼容。以后就不需要有那么多种语言了，有 unix 就够了。我要好好学，趁现在状态好。以后也许再不会有这样的状态了。我要利用这段时间，尽快把研究成果搞出来。这次在墨尔本，小郭说如果把成果搞出来，就憋着不说。这样才有资本跟他们讲条件。讨价还价。"说着他把书往边上一放，从床上下来，坐到萧美的身边，看萧美画图。

"我在新南威尔斯大学选修了一门电脑硕士课程。这里的硕士生与国内的相比，水准低多了。听他们提的问题，我都想笑。"

"你不是悉尼大学的吗？怎么又去新大？"萧美不爱听他鄙视别人。联想到自己，不知在他眼里自己算什么？

"反正不花钱。新大与悉尼大学齐名，两个 U 都读过，以后想去哈佛啊斯坦福啊什么的，这也算资历。"

"你还想走？"

萧美心里一沉。一丝危机感在意识深处探头探脑。听他的语气，他的前景规划里没她。

"讲讲而已。"谭天又回到床上去看书。

画画的情绪没了，萧美也回到床上。睡觉去。

心情不好。幽幽的沉重，像走在钢丝绳上，随时都有掉下去的危险。

"小妹，"谭天看一会儿书又叫她，"那天我一吻你，就知道你是个吻场老手。"谭天看似随意地说。

萧美不吱声。

"小妹，在墨尔本，我问小郭会不会每晚都想要。他说想要就要，不想要就不要，可控制的。我说我怎么就控制不了？他说开始都这样，以后就好了。"

……

"小妹。"

"哎。"

……

"小妹？你能不能跟我讲讲你以前的男友？"

萧美看着谭天："尤里。你不是知道他的吗？"

谭天搬来以后，尤里来过几次。每次都他们仨一起聊天。最后一次是前不久过春节。萧美请郝佳来吃饺子。尤里从郝佳那儿得到消息，也打电话来贺年。他寂寞，不过是想凑个热闹，萧美知道。顺口就请他一起来。

他们来了以后，谭天改变主意说不吃饺子了，要吃烧饼。可是谁也不会做啊。谭天打电话回家问妈妈，没人接。估计是走亲戚去了。萧美发挥想象力，既然是饼就得有馅。她把面皮包住肉馅，放锅里油煎，弄出个像盘子那么大的煎饼来。上桌开吃，第一个发现肉馅半生的是谭天。他状态超勇，像跟谁较劲似的，囫囵咽下粉红色的肉馅，搂着萧美的肩膀说："小妹，吃了你做的烧饼，以后我就再不吃别人做的了。"

他人来疯，每次有别的男人在场，就对她超殷勤。做些平时不带做的特亲密的动作。例如搂她的肩膀，抚她的腰，亲她的脸颊。尤其喜欢当着尤里的面做。

"尤里之前呢？"

萧美沉默。

"我不信你三十岁前没谈过恋爱。讲讲嘛？我不介意的。"

萧美从来都不觉得自己有什么需要隐瞒的，因为没做错什么。只是没有在现任面前讲前任的习惯。谭天的话刺激了她，于是提高了声调说："当然有过。有过五六个。"

"我看你是生不了孩子的。以前都没怀孕。"

"谁说没怀过孕？"

谭天压住萧美的手无力地软下来。

"你介意了？"萧美讨厌人家套她话，有什么话明说，不需要转弯抹角。谁也不傻。她平生最讨厌，最瞧不起的就是这种做派，不磊落，不光明，猥琐。谭天不但给她下套，还撒谎，罪加一等。不由生气，盯着他，挑衅的语气。她不喜欢被骗的感觉。

"我吃醋了。"谭天头转向一边，避开她的眼光。他刚从她身上滑下来，平躺着。看着天花板说："我还没有过花前月下，你却有过那么多恋爱。"

萧美看不到他的表情，从声音里听出他的意兴阑珊，噌地坐起来，眼睛里飞出刀子："你不是说不介意的吗？既然介意，干吗还要找我？你又不是不知道我有过男朋友！我都三十六岁了，能白纸一张吗？"说到最后，倒床上呜呜大哭。

刚才他骑在她身上抽动时，她仿佛就听到他心里的声音："以前，别的男人也是这样骑在这上面（也许真有心灵相通？谁知道呢？这个命题跟宇宙大爆炸的一样只有上帝才能回答。）"现在听他亲口说出来了，好不委屈。有他这么不讲道理的吗？谁没有历史？再说，怎么知道会遇上他。要知道他等在这儿，以前那些人都可以不存在的呀。她愿意保留一张白纸等他。

谭天沮丧，连声说，"小妹，你命苦，遇上我这样的男人。"

他也不想的，就是每次碰她，就控制不住地总想到别的男人那去。

六十四

望在窗外的天上，夜风凛冽，萧美心静得慌。

窗口外高墙一样光秃秃的大山的剪影苍苍茫茫。萧美被粗粝的山风闹醒。也许不关山风的事。进入更年期了吧？有说更年期的症状之一就是失眠。近来常在半夜里醒来。一醒就几个小时，恶劣的时候，直到天亮。开始觉得周遭漆黑，辗转反侧中，眼底渐渐光亮起来。一直闭着眼睛的，这感觉就更加恐怖，想到有一夜未眠。

她特怕半夜里醒来。知道第二天完了。不但全天候累恹恹，更要命的是早上起来看镜子，法令纹又去到一个新的深度。样子特老。

她煎牛扒似的在床上翻转，着急入睡。左边肩膀压疼了，转向右边。右边疼了，脸朝下趴着睡。还是睡不着。急了，索性坐起来看风景，以毒攻毒，管它明天看起来老啊累啊，爱咋咋的。

看了一会儿天，她更加精神百倍起来。一生气，下床去开灯，拿起包包回到床上，盘腿坐好，从包里掏出傍晚买的化石来看。在随身包里看到一个小电话本。现在电话号码都记在手机里，这种本子早不

用了。什么时候落在包里的？不知道？很好奇地拿出来翻翻看。里面
除了电话号码，护照号码，银行号码和密码，一些莫名其妙的数字。
萧美猜可能是为旅游做的备忘录。让她惊喜的是，里面还有诗词摘录。
小时候养成的习惯，看到喜欢的句子，警句，诗词啊什么的就摘录，
写作文的时候用得上。出国的头几年还保持着这习惯。慢慢地，不知
何年何月，这习惯消失了，化石了。她开始往下看：

韦应物

除州西涧

独怜幽草涧边生

上有黄鹂深树鸣

春潮带雨晚来急

野渡无人舟自横

寄全椒山道士

今朝郡斋冷，忽念山中客，涧底束荆薪，归来煮白石，欲持一瓢酒，
远蔚风雨夕，落叶满空山，何处寻行迹。

身骑厥马引天仗

直入华清列御前

玉林瑶雪满寒山

上升玄阁游绛烟

平明羽卫朝万国

车马合沓溢四鄜

蒙恩每浴华池水

扈猎不蹂渭北田

朝廷无事共欢燕

美人丝管从九天

温泉行

今来萧瑟万井空

唯见苍山起烟雾

可怜蹭蹬失风波

仰天大叫无奈何

弊裘羸马冻欲死

赖遇主人杯酒多

杨广（隋炀帝）

春望

寒鸦飞数点，流水绕孤村。斜阳欲落处，一望黯销魂。

19527

08/1/98　9588

Badgery's creek S H Ervin Gallery End of Watson RD

Observatory Hill The Rock 9258 0173

海灯法师二指功

萧美绕过去，继续往下看。

张允和《题独往集》

容易吞声成孤独，最难歌哭与人同；吟诗不熟三秋谷，冻馁谁教途路穷！

一树梨花压海棠
马嵬坡 杨贵妃
溺水三千，只取一瓢

长安古道音尘绝，音尘绝
西风残照，汉家陵阙。

晏小山《临江仙》
身处闲愁空满，眼中欢事常稀。明年应赋送君诗。 细从今夜数，相会几时多？浅酒欲邀谁劝，深情惟君知。东溪春近同归。柳垂江上影，梅谢雪中枝。

严嵩《扬州》
观忆琼花色，桥怜万柳阴，
芜城今夜月，怀古一悲吟

胜迹那堪问，长江独自今
波间饰龙舰，早晚翠花临

《易经》，山地剥，少男配老妪，水润枯树，难开花。

终于有了睡意，萧美放下小本子，站起来去把灯关了，躺回到床上。

六十五

萧美打开门,向文拎着一袋橙进来。萧美赶忙从她手中接橙:"哇!买这么多,你这是干吗呀这么客气?"她的细胳膊被坠得直直的,连身子都扯侧了,领着向文往里走。

"这么快?才放下电话就到了。以为你怎么也要二十分钟呢。"

"多吗?那你留下一些好了。剩下的我拿回家。路上经过水果世界,见大特价,才九毛九一公斤,就买了三公斤啰。"

萧美讪笑。一心想着往厨房里去的,听到向文的话,经过客厅时顺手把大袋橙往大桌子上一搁,挨着向文的电脑:"搁一起,免得一会儿忘了拿。"她把语调控制在一声,不想让向文误会,以为她生气了。放下之后又从袋里掏出两个橙子,拿在手里给向文看:"我和谭天一人一个。"转身急急走进厨房里去。表错情,难为情死了,又不想让向文看到。

向文就有本事把正常人讲不出口的话讲得如此自然。这正是令萧美佩服的地方。要搁自己,萧美想,打死也说不出口的,将错就错是唯一的选择。

萧美原本想着到店里去的。换季了，该想着做特价了。昨晚跟谭天吵架，大哭过，一夜没睡好，早上起得晚，眼泡肿得半寸高，不想见人，磨磨蹭蹭这就到了下午。接到向文的电话，就留下来等她。

近来跟谭天老吵架。昨晚为啥事来着？哦，对了，谭天不经意的一句话："从你这里出去，我就是个男人了。"萧美当时就跳了起来（两人刚做完床上运动，他从她身上滑下，因为满意，所以放松，性后吐真言。）："什么话？"谭天失望地看住萧美："说翻脸就翻脸。才干完事呢。"

她跟他闹了一晚。谁都没睡好。他也十点多才去的实验室。

恋爱是祸害。误时误事。心思都不在店里了。萧美自责。

以前都是萧美去向文家，自从谭天出现以后，多是她上门来了。来找他修电脑。

谭天在萧美的朋友中成了名人，很受欢迎的。因为他会修电脑。电脑是稀罕物。用的人不多，懂的人更少。能修它就跟能治癌症的医生一个级别，被大家当神来敬仰。

所谓大家，也没几家。电脑贼贵，一台普通电脑随便就要三千块。税后三千块，税前必须是四千二百八十五块零七毛一分。就是说，买台电脑，要挣四千二百八十五块零七毛八分。不是每个中国留学生都愿意花这笔钱买电脑的。朱姐的话，"有那闲钱，宁愿买车，买钢琴。"车和钢琴是必需品。老木打工要用车，接送小孩放学上学要用车。小花到了学钢琴的年龄了。电脑没什么用处，除了玩玩。也没什么玩头。"上网"在生活中是新名词。是一小撮人的专利，电脑专业人士或者大学老师，读电脑专业的学生。平常百姓承受不起上网费。贼贵。

向文就是小众之一。她不属于上面任何一组人。编外人士。她从日本来，也带了一台电脑来。可是懂用不懂修。电脑又不像人，伤风感冒小毛病不看医生熬几天也能自愈。坏了不修不行。

"我在电话亭给你打的电话。没打算要来的，出来买水果，突然想这都快到你家半路了，碰一下运气呗。""以为你到店里去了。没想还真在家。这个电话算打对了。"她总是很客气。讲话滴水不漏。拐着弯告诉萧美，不是冲电脑来的，没催她的意思。典型的广东女子，谨小慎微。"用一下你的洗手间。"向文对她说，进门就直接去了洗手间。

"这么快就修好了？我以为且等呢。要是在日本，有排等啦。"向文从洗手间出来，坐到客厅里的大桌子那，对着厨房里萧美的背后说，夸谭天。

萧美在接水，忙着要烧水泡茶，顾不上应酬她。

在电座上坐上电壶，摁下电键，走到客厅，在她旁边的椅子上坐下，向来不喜欢背对着人讲话，这才认真看真了向文。

向文穿件枣红底印度黄碎花百褶长裙盖到脚踝，平跟黑凉鞋，脚面纸白，脚趾头瘦骨嶙峋，苍白地弱弱地趴着，像初生婴儿的手。上身是黑色 T 恤。板状身条。看着令人怜爱。

广东女人很少有她这么高的。亚热带本来人种矮，突然基因变异，光顾着长高，忘了厚度，长得歪歪唧唧的。向文基本上没曲线，从上到下一直溜，都不带弯的。她又偏好深色服饰。平日里把自己弄得像被折下来搁太阳底下的树枝，干精精的。

萧美的眼光宽宽地罩住她，从头到脚。想，嗯，妖娆，很弱柳扶风。

从专业角度，萧美偏好瘦削的身条。太丰满了，很难把服装演绎好。平胸更能让人全心全意关注服装。

人靠衣装，她是自己把自己给穿坏的。萧美暗暗感慨。也相信了曾经的帝国大学女生有过颠倒瑞士猛男的战绩。

她终究没留住他。四年恋情不敌一个月的分离。时间败给空间。

"昨晚餐馆有个慈善晚餐。何沈慧慧的丈夫搞的。他做募捐演讲，讲得动情，他哭了。"向文说。

"我在电视上看到了，没讲两句就泣不成声，讲不下去，掩面痛哭。连他要讲什么我还没搞清楚。样子很搞笑，一点都不入戏。人又老，又大大只，一看就厨房大佬的款，硬要装斯文，穿吊带裤，像极了洪金宝。"萧美鄙视："你都不知道他在电视里的样子有多搞笑，大肚腩被裤腰和两条吊带勒出来，像有九个月的身孕。站讲台上掩面痛哭的时候，像个海豚。你很难想象他的样子有多恶心。"萧美忍不住又笑起来。

"有直播？希望我没入镜。掩面是怕被人看到不是真哭。装的。"

"太夸张。五十多岁的人了。这么脆弱。谁信？"萧美不关心政治，对谁参选议员不感兴趣。何沈慧慧例外。想不理她都不行。她太有名了。华人，律师，参议员。整个澳洲政坛就她一个华人的声音。还是不利于留学生的华人声音。她也许出于公正，但萧美不喜欢她。

厨房里，电水壶 BB 叫。

"水开了。"萧美才要站起来。向文说不用忙冲茶了，马上得走。晚上得去开工，餐馆排了班。

萧美喜欢向文的原因之一，喜欢她的广东式普通话。她的普通话其实讲得好，字正腔圆，就是喜欢加后缀"仄，啦，咁，乜嘢，"听起来别有一番风味。像中国红印度黄一样，不可代替的地方色彩。

"广东话原来可以这么生动，这么幽默。"认识向文以后，萧美对广东话重新定论。以前受朱姐影响，认为广东话市民味重，很不屑的。

被她感染，萧美跟她讲话时也不知不觉的"大大只，小小粒"起来。这原本是东南亚华侨的用语，形容人的个子大小。萧美第一次听到这样讲话，是刚踏上悉尼的岸，觉得异常刺耳，直笑华侨"没文化"。

"昨晚梅又被莎莉骂。你知道的啦，她手脚慢。有派对，赶 Set 台（布置餐桌）。手脚慢的人一赶就出错。她在大盆里挑碗筷，边上站着的莎莉大喊'你做乜嘢撞我咯波仄？（你干吗碰撞我的乳房啊）'"

"哈哈！她到底有没碰到她？"向文冷静的陈述差点把萧美笑死。"哪有人这样？大庭广众之下这样讲话？"

向文："可能肘子有碰到呱？你知道的啦，梅个子矮，装碗的大盆放在高桌上，她几乎要踮起脚才够得着，难免鸡翅膀啦。"

"梅怎么说？"

萧美好奇，梅那样文青，连"屁"都不讲的，怎么应付餐馆们的粗俗？

"梅弱弱地说'我几时撞到你的波仄？'"向文学梅的语调，上海口音的广东话，气声，又软又嗲。

萧美可以想象梅如何怕莎莉。像莎莉这种做带位的，自恃有几分姿色，受老板宠，在餐馆里地位高，很是大姐大的。连大堂经理都让她三分，因为她分分钟都有可能代替老板娘的位置，一夜翻身做主人。

认识梅这么久，认识她的时候她就在餐馆工作了，一直都做侍应。地位从来没提高过。从没听她投诉，或者抱怨什么。吃过多少她从餐馆打包回来的姜葱蒸石斑，滑蛋炒番茄。以为她干的那份活有多滋润。还羡慕过她呢。真不知道有这么难。

"换做是你，你会怎样做？"萧美问向文。

"我就去撞她的波。不是说被撞到吗？那就真撞。骂都骂了，总得名副其实吧。"

萧美大笑："彪悍！我都快爱死你了。"

"有一种人，你就得对她恶。她们欠扁。"

欣赏是一种鼓励。萧美的笑声鼓励向文把话题往这个方向展开。

萧美没问向文几岁，感觉她比自己大很多。言语中听得出来，她有上山下乡的背景。名字就很文革味：向着伟大的文化大革命。

"一次我在广州的家里，那时候我已经去了日本好几年，回家探亲。我妈买了包过期奶粉回来。我打电话去投诉，接电话的是个女的。她说我态度不好？我说，'难道你期待我跟你讲对不起？你坐得这个位置就要准备好挨骂的啰。'"

"真有你的。"萧美拍案，伸出大拇指说，"要换做我啊，只有口吃的份了。"

"也是那次回国，男朋友跟台湾女人跑了啰。"向文一下子低下声调，像股价下滑的抛物线，吱溜一低到底，最后几个字像自言自语。

"嗯！"萧美不笑了。没理由地悲伤起来。

"你就没想过跟他结婚？"萧美以理解的态度低声问。

萧美处在结婚狂的阶段。不知怎么就那么心急结婚，心心念念的都是"结婚"两个字。三十六岁是女人的一个坎。谁说的？梅的丈夫。他忠告萧美："你再闲搁着，这辈子就甭想嫁了。女人一过三十五，男人就嫌弃了。这就是男人的心理，你懂吗？"他不是萧美喜欢的类型，但他的话在萧美的心理引起的负作用，像广岛上爆炸的原子弹，辐射到她的潜意识深处，无限深处，令她不安，恐惧。"结婚"两字在她心里更大大粗体起来。

真的很怕向文成了自己前辈。她精瘦干瘪，精神闪烁，脸上永远写着独立自强。萧美见了就心慌。心底里有个声音回响：我不要像她。不要。不要。

"大家在一起四年，虽然没正式提出结婚，不过都心照啦。他妈妈来日本的时候，我们也见过面的。还送了我一块瑞士表。我回广州探亲，也没想太多，以为去去就回来。以前学习忙。现在毕业了。等度完假，我们就计划下一步。可是从广州回来，他却跑了。"

萧美沉默。她知道这种时候最好的安慰就是沉默。

"那台湾女生很胖。"向文想想又说。

萧美心想，又来了。女人的毛病——自己总比别的女生优秀。何其可笑？（她扫描自己的观像：观世音菩萨那永恒的一回头，看见众生在苦海中挣扎，心生悲悯。）即使聪明如向文，也自知不漂亮，却也相信男人的话："你很特别，跟别的女生不一样。"——愿意相信啊。在男人讲这话之前自己已经跟自己讲过无数遍！啊哈！自欺欺人！一厢情愿地相信气质美比外表美更吸引男人。

"听同学说，我回广州后，她约他去北海道滑雪。"

静默。萧美静默。静等她讲下去。

"我的同学说，她要是在他面前脱光光，他也没办法仄。"

萧美诧异她竟讲出这样低俗的话？这样骂情敌，好像跟帝国大学硕士生的身份不匹配。虽然自己无法给出例子怎样骂才符合知识女性的身份。

谭天背地里说向文：她层次真高。

"你们后来再没联系？"萧美终于憋出个问题。

"之后我去了东北大学。大概半年后，一次半夜里他来电话。我跟他说，我现在生活得很平静，希望不要来打搅。"

向文突然站了起来，说："我得走了。"同时去搬她的电脑，又想起来似的说："哎，你卫生间里有好重的牛奶味。"

萧美笑。说："我来帮你。"

桌子上摆着电脑，电屏，键盘，鼠标，外加一袋橙。显然，向文期待萧美这话。

"我的车今天放车行里做例行保养。我这人车盲。时间一到就做。可听话了。也不管有没需要。其实我的公里数远没到。就是求个安心。我们走路去你家吧。"

向文有些失望。装做没什么的样子。

他们俩分工，向文负责拿电脑，键盘和鼠标，萧美拿电屏和橙。

六十六

出了门五分钟左右，萧美开始哼哧哼哧大气喘，"嗨，东西还挺沉噢。"她觉得没面子，假装打趣地说。真心里觉得做错了决定。

向文也不容易，一步一个脚印，走得艰难，但不像萧美，气喘如牛。

这个样子，怎么走得到她家？不可能完成任务啊。萧美想。

有一段时间，她常常饭后散步去向文家，所以才讲得像开玩笑似的："我们走路去。"看来是欠考虑啊。这不是散步，是要搬很重很多的东西的。她头顶装了天线似的电波频频转动，搜索解决方案。想到叫车。这是唯一且是最好的方法，没有之一。

可是？

可是谁付钱？我可以付的，也愿意，没问题的。可是向文会让吗？她一定会抢的，能让她付吗？不能啊？她手头那么紧。如果自己真把钱付了，那会把她挤成什么样子啊？

顾及到向文的感受，萧美打消叫出租的念头，告诫自己：忍住，还是默默承受这不可承受之重吧。向文不开口，自己就什么也别说。

今天已经犯过两次错了，一是错读向文买橙；再是错提建议。事不过三，不能——再错就是猪。

萧美特觉得对不住向文，抱歉得不行。没车早些讲好吗？拖她下水。害得大家这么辛苦。一开始就应该告诉她，车不在。把电脑留下，明天或什么时候给送去。一句话的事情。

"谭天说你的电脑中了病毒，他把硬盘格式化了。"萧美向她报功，那样自己就不那么内疚。

"嗯。"向文加快脚步，奔前面的街椅去，想在那歇脚。已经歇过一次了。

萧美知道她不明白。在街椅上放下物件，坚持解释："他把你电脑里的东西搬到我的电脑里，把你的硬盘格式化后再把搬出来的给装回去。"

"嗯。"

还是反应平淡。

"等他回来给你解释，我也不懂。"萧美有些失望。原本指望可以功过相抵。可惜她还是没听明白这项工程难度有多高。自己能讲的也就这些。也搞不清楚，只是见谭天为这事折腾了一天一夜。

"不用了。我先拿电脑回去用用看，有问题再打电话给他好了。打扰了。"

"叫的士啦。"向文终于讲。

没跳表，起步价，五块澳币就到了向文的家。

六十七

萧美坐在一个小矮凳上。旁边是一张用两个纸箱叠起来的桌子，床头柜的高度，盖着蓝白小方格英国餐桌布。桌面上放着一幅15cmx25cm镶框风景照。新产品，萧美以前没见到过，拿起来放近了看。

"我拍的。整理书籍时翻出来。1989年在乌克兰当志愿者时拍的。"向文用下巴往萧美的方向翘了翘，示意相片是从那两个做桌子的纸箱里翻出来的。

"苏联核电站漏气，你还敢去？"

"就为那个去的。"

"是不是很恐怖？"

"很多人很惨，被辐射。"

"那你还去？志愿者，都能做什么呀？"

"也没太多可做的。就是把救援物资送去，吃的，衣服啊什么的。我们都不能靠太近（核辐射覆盖的地区）。我想去旅游啰。大学里招志愿者，我就报名去啦。"

乌克兰的原野？郝佳说的开满野菊花的原野？萧美端详着相片，想。

"我是把它倒过来放的。你看，是不是效果更好些？"

萧美这才注意到相片是颠倒着放的。把它倒过来放正了看，美是美的，就是美得正常了点，俗美。"乌克兰的原野，风吹草低见牛羊。还是倒着看有意思。抽象。"

萧美跟向文的渊源要追及到她跟尤里的冷战期。那时候极需一个去处。郝佳住得远，见面不方便。朱姐？跟她讲过太多感情事，连自己都觉得烦。"怎么还在讲这个？人家跟你同龄的孩子都上学了。"仿佛能听到朱姐心里的声音。

久病成医，感情事，她再不需要倾诉或者喝鸡汤，自身就有消化系统。只需要一个有距离的朋友，跟 TA 讲一些无关紧要的话就好。放松了，自动消化系统就会启动。恰好这个时候在梅的"太太的客厅"里认识了向文。

那晚，萧美见她一个人坐那，于无声处，被冷落着，就走过去跟她打招呼。发觉这人蛮能聊的，无论什么话题都能接住。能接住萧美话题的，身边没几个人。她讨厌讲话寡淡的人。对那种不懂渲染，不幽默，缺乏想象的就不说了，最要人命的是无论跟 TA 讲什么，TA 都有本事扯到孩子的身上去。例如讲到古希腊雕塑，对方会说："我儿子读书有读这些呀。他买了好多那些方面的书呀。好贵的。我让我儿子拿给你看。"萧美好想尖叫"我的神"。萧美开始喜欢她了，跟她要电话号码。

这就是所谓缘分吧，一个新朋友就这样接上了头。接下来，就是萧美的频频登门造访。

喜欢就有喜欢的理由。萧美喜欢她是因为她够江湖，够复杂，够见多识广，够懂规矩。来了，就给让座，搬出咖啡机给做咖啡。萧美喝完就走。每次待个十来分钟。萧美不说的，她从来不问。不问为什么老来她家，大家又不很熟？不问为什么是她，选她做朋友，一个刚到澳洲，处处需要帮助的人？不问为什么蔫头耷脑，情绪不高？来了就欢迎。

好多人的家萧美都不能去的。讨厌她们好为人师。通常的中国朋友是这样子的：初次见面，客客气气，跟对方跳探戈，一来一去探底。见过三次就开始教导对方。有时候把萧美给烦得忍无可忍。真想骂："我有向你请教了吗？我又没付你咨询费，干吗啊？"问题是，还不能骂，留学生的江湖很小，一不小心就身败名裂。办法有两个，一是忍，忍不可忍，从头再忍；二是逃避，避而不见。

萧美喜欢听她讲故事，更喜欢她的家居风格。喜欢她的家。一间十来平米的房间，她把卧室，书房和品茶部都放进去，小而丰富。萧美没少赞她，说她在日本没白待。日本人善于制小的本事都给学会了。

她告诉萧美说日文的"美"，就含有小的意思。小即美。美即小。

有了她的帮助，萧美与尤里的分手做得漂亮，干净，友好。不撕不闹。俩现在还能做朋友。真朋友那种。不是为了风度，面子，做的表面功夫。

"你有没想过买房子啊？"萧美环顾房间四壁。向文来悉尼有阵子了，看她没要做什么变动的意思。两居室的公寓，包租公把客厅当卧室，变三个卧室租出去，自己住太阳房。总共住了四个人。房间里所有的物件都是从救世军那买来的，包括萧美在喝的咖啡，也是用从那淘来的咖啡机打出来的。萧美差点没叫她："二手玫瑰。"

"我买房子干什么？正常情况下，我爸妈会死在我前头的不是吗？那我买的房子以后给谁呀？"

"真不打算结婚了？"

"除非很有缘，否则，不会结婚了。我习惯了一个人。"

"？"

轻薄的优越感爬上萧美的脸。用看一个老剩女的眼光看向文：难以理解。看来她是铁了心打一辈子光棍的了。

向文很少讲自己的恋爱史。萧美知道的就是，在东京读大学的时候与同班一个瑞士靓仔好上。班上一个台湾女生也喜欢他。他选择了向文，台湾女生就一直暗恋他，从没放弃，待到向文回广州度假的时候，她趁虚而入挖墙角把靓仔带去了台湾。

她的惨烈在于，在度假，正高兴着，却遭人背后放枪，连抵抗的机会都没有，死都不知道是怎么死的。回到东京，等待她的礼物是靓仔从台湾寄来她历年送他的信物和相片。

"领带都被剪过一刀。两人的合照，剪出我的给寄来。"向文讲的时候，不带任何感情色情。平铺直叙，"我猜就是那女人干的。"她断然说。

"你什么反应？"

"去信问他为什么给领带剪一刀？我说难不成你怕我把它转送给我下一任男友？"她嘴角挂着一丝笑意，冷冷的。

因为这个男人，她选择到东北大学读硕士。离开东京大学。不想待那了，那有太多回忆。

向文坚定的口吻："以前要考试的时候，翻开的书放得到处都是。这里一本那里一本。翻到哪一页都不能动的，两个人的话，就不可能这样了。"

"你还要读书？"

"看看吧。找不到好工作的话，住满两年，拿到公民证就回日本把博士读完。"

　　"你妈不逼婚。"

　　"我跟我妈说：'这辈子你想做外婆都难啦。'我妹妹嫁去香港。她跟她丈夫决定不要小孩。"

六十八

从向文家出来，萧美按原计划，拐到店里去。特价要做了，不能再等。现在的服装是越来越难做了。很多店家夏天没过就摆上冬装。都在抢顾客。

好在有林达。她真是个好姑娘。有了她，就省心多了。

做自己的品牌，得有根据地，开店，情非得已。另一个原因，因为魏德文事件的刺激，她决心重生。一时的激情，产生了这家服装店。招呼顾客本来就是她的弱项。曾经多次自问，如果是现在，还敢不敢，自己做老板？答案是"不"。

一进到店里就看见林达，她已经把夏装穿在身上，冬天才起步。今夏将流行连裤装，低 V 领口。她真敢露，乳房的两边都见光了，小小的弧线。同是黎巴嫩女人，有人六七岁起得把头包起来，不再让父亲和未来的丈夫以外的男人看到自己的头发。

林达属单薄型，A 杯，乳头上翘。萧美用欣赏的眼光把她从头到脚扫描一遍。"就是这样的。"她的演绎很得萧美的心。又性感又不肉感，又西方又东方，关键点是，她敢把衣服穿得像没穿一般。萧美甚是喜欢。

感谢上帝，林达是基督徒。

这时代，讲究团队精神。没有林达这只左手，右手的萧美很难想象自己会有什么作为。生意能否走到今天还两说呢。

"嘿。林达。你好吗？佐伊呢？"

见她在服务顾客，就不多打搅，萧美直奔库房去。找佐伊帮忙。

从敬业的角度，佐伊差多了。远没林达用得顺手。单在穿衣这件事上，萧美就对她很不爽。给店员规定，上班时间都得穿店里上架的衣服。她就不怎么肯穿，挑衣服。她二十六，林达二十三。她比林达美，体形更成熟。

萧美见她又是穿着自己的衣服。就问，"你咋不穿店里的衣服呢？""连裤装，我穿不好看，我乳房太大。"萧美笑，"大，永远好看。"又补充："要可以，我愿意跟你换。"

她老嫌自己乳房大。

她嫌每个月来月经烦，吃药，改成一个季度来一次。

萧美知道自己的毛病，就是出不了狠手，胸围和臀围总突破不了亚洲人的尺寸。林达不止一次向她投诉，"臀围太小，顾客穿不下。胸也不合适。这里是澳洲啊，亲爱的。她们胸都很大的。"

也不能怪她。尺寸不对，让她怎么穿？

"今天生意怎样？忙吗？"萧美去前台把花瓶搬进后面的茶水间。粉色的百合花蔫了，一动，花瓣一片片落下来。萧美小心着，插花时忘了把花心剪掉。花粉掉下来，沾哪哪儿擦不掉。

"朱莉打电话来，让给她准备一套晚礼服，星期天有婚礼。珍早上来拿走了她订做的衣服。"

都是老客户，她们的尺寸有存档，需要什么，打电话来。给准备好，到时间自己来取。这些工作由林达做，她的顾客，萧美不插手。

珍上个月来电话说要全家去西贡旅游一个星期，大人小孩四人，各要两套休闲装。萧美上星期已经准备好。

萧美一边听佐伊汇报，一边整理花。把刚才在来路上买的马蹄莲一支支在末端剪一刀，或长或短，往花瓶里插。喜欢马蹄莲和百合花。花杆长，适合店里插。也耐放。十天，两个星期，随便放。店里，她只摆这两种花。为了避免审美疲劳，轮换着放。除非遇上别的花特价。喜欢它们，也不只关耐放的事，它们高雅大气，摆店里，永远不会错。

她坐在茶水间的通道上，包花的纸，剪子，花瓶，被剪掉的花枝和被替换的蔫花，在她脚边铺一地。

佐伊在吃午饭。她坐了店里唯一的椅子。

犹太人业主，精得要死，三十多平米的店面，月租要四千多。没办法，贪它地点好，前身也是服装店。不少顾客都因为以前的服装店找到这里来的。

店面占二十五平米。后面做库房和茶水间用，只要十平米，真够蜗居的。里进是车库，可放两辆车。林达没车，佐伊占一个车位。另一个机动，有时候萧美开车来。有些老顾客来取衣服，也停那。在茶水间与车库的通道中放张桌子和椅子，就是办公室了。吃饭，记账，杂务，等等，所有的后勤活动，统统在这办公室进行。

都下午三点多了才吃午饭。萧美突然对她心软起来。总以为佐伊懒。客人来了，都是林达去献殷勤。林达的工作态度好，好到恨不得去舔客人的屁股。有她就够了。要不是因为劳工法规定营业时间店里不能少于两个售货员，早就炒佐伊鱿鱼了。

萧美去把通往车库的后门打开，透透气。通常都反锁着。贼爱惦记这种小店。有现金，人少，保安系统简单，容易逃离现场。萧美一再嘱咐姑娘们切记锁牢后门。看到佐伊的跑车，"找到男朋友了吗？"萧美顺口问道。她是摆明车马非有钱人不嫁的，众人皆知。

"还没有。"

"这个店有男人运。但凡在这里工作的，单身的会找到男友，未婚的会结婚。"萧美说笑，还给她举例子。开这店五年，除了林达，都是铁打的店铺流水的员工，来去的姑娘不少。例子信手捡来,满地都是。

"我要找有钱的。没钱，我宁愿单身。"

"如果一辈子都遇不到呢？"

"就一辈子单身。"

讲得斩钉截铁。

萧美佩服她。上个月她拿了十天假去迪拜，住5星级酒店。跟萧美说，跟女朋友们一起分租，也还可以承受。在那种地方进出，有机会遇到有钱人。

她慢是慢一点，也没林达那么勤快，眼里没活。 不过才来半年，不能期望人人都像林达呀。林达是老臣子了，从店存在的第一天起就在了。不好也不会留用到现在。

"林达？你去吃饭吧,我在这是盯着。"见林达匆匆走过来,萧美说。说过她很多次，让她吃中饭，别只抽烟。

林达说不了，已经抽过烟，不觉着饿。进库房拿了她要的东西又走了。顾客还等在那。

萧美忍不住看她一眼。其实中东女人很美的。太习惯她们包头遮脸的形象，忽视了她们的真面目。阿拉让她们把头发连同五官都捂起来，是有理由的，太美，不捂着，要让男人犯罪的。萧美想，真的，任何事情的发生都有缘由。 像林达，这样糟蹋自己，照样水灵，像刚成熟的葡萄，涨噗噗的,唇红齿白。最让人奇怪的是，她烟抽得这样狠,牙齿还可以这么白？

萧美匆匆把刚才换下、放脚边的百合花捡起来，挑出没凋零的剪插到另一个小号花瓶里，放到里间的微波炉顶上。看样子还可以耐个三几天。这巴掌大的地方，抽烟，吃饭，记账，收拾衣服，都在这儿。"也要美美的。"萧美出来，到走道里，回头看那花，得意地想。花总让她心情好。

不当家不知柴米贵。萧美自从当起自己的老板，也学会了节流。妈妈给她无数评语中的一个："花钱似流水。"萧美想，这话不准确，应该是："花爸爸的钱似流水。"她为自己的进步（从妈妈的角度看，这应该叫"进步"吧？）得意，"嗨，我要让你看看超级抠门大仙是怎样炼成的。"她对着空气向妈妈表决心。心情好呢，她就会跟妈妈调皮一下。

要是把与妈妈的关系形容为敌我的话，萧美用了半生来跟她战斗。从小到大，所有的努力，就是想要得到妈妈的认同。被这个愿望驱使着，不停地往前走。即使认为在选男朋友这件事情上，主权百分百属于自己，潜意识里还是被妈妈控制着。妈妈唯学历论，让被她选上的男朋友都必须是硕士或以上。讽刺的是，她的所做所为，不管做什么，在妈妈的眼里都不着调，不合时宜，总是令人担心。妈妈对她就是在担心上叠着担心。

"啊"，突然想到下个礼拜天就是母亲节了。她得赶紧着做母亲节特价，冬季特价的活还等在那呢。

前些日子都干吗去了？萧美自责得不行。快快地把地下的残枝败叶拢拢一起放进垃圾箱里。垃圾桶也满了，得拉出去，明天是收垃圾日。等一下得给林达提个醒。顺便从杂物间拿出做特价用的招牌放在过道上。让佐伊吃完饭，更新一下。年年都用，只要把新价格贴上去就行。

她不设计冬装，也不兴库存，真要做特价的冬装没有。勉强在货架子上找出些放了两三个月没出手的，再找出些围巾，帽子，小背心，皮带，给打个八折。顾客时不时来店里巡航一下，大多时候是冲特价来的。

在沙里丘，中央火车站边上有一条街专做服装批发，业内人叫那儿服装批发一条街。一色的中国商家。他们换季特价促销，为了抢顾客，做到一块钱一件短袖女上装都有。本地零售商去了就一麻袋一麻袋扛着走，像捡破烂。

有人建议萧美学他们，也做批发，复制名家设计。那样来钱快。做得好的，从大陆进货，一个月能进四个集装箱。"一个月四个集装箱？那不是运垃圾吗？运垃圾也没这么多啊。澳洲才多少人口？悉尼多少人口？"萧美不屑，"我的服装不是垃圾。不做。"

把服装做得像垃圾。那是投机商干的事。她自命艺术家。

托尔斯泰形容作家跟作品的关系，作家割下自己的一块肉放墨水瓶里，用笔蘸着写作。

服装之于萧美，件件都是心血。如果看到自己的作品被人家装麻袋里，像清理垃圾一样拖走，她是要哭的。

忙完这些，萧美去到柜台那儿等林达，准备结账，五点打烊。

收银机边上有一本《新妇女》月刊。这期的封面是维多利亚·贝克汉。从辣妹合唱团时代到现在，她的乳房越挺越高，跟她的脸一样，怒气冲冲。她从不笑。潮流小脸，假乳，流行瘦流行黑，都是她领导的潮流。"你的？"萧美问林达。"佐伊的。""你喜欢维多利亚？""嗯。她美得不可思议。"

萧美端详着维多利亚，"怎么那么多人喜欢她？怎么自己就看不出她的美？"她没有东方人眼里的西方美。又不是金发女郎，皮肤又不白，又不高，腿也不长。也不够丰腴（只有乳房高不算，手脚太廋，瘦骨嶙峋，像癌症晚期病人。）

"她太有魅力。太美，美晕了。全身上下每一块都注满了魅力。不可思议。"林达忙着手上的活（不知她在忙什么），隔空叫话。

不喜欢她就做不了时装。萧美痛心疾首。美是有时代感的。所谓经典，也是从各个时代中走出来，走得远些，长久些，而！已！！而且在时代流转中保持有当代流行的元素。"妮可·基曼呢？你怎么看？"萧美不甘心。再捞根稻草。

"她太白。没魅力。"

"朱莉·罗伯丝呢？"

"她美丽无可方物。"

完了。

萧美不可说不绝望。突然觉悟为什么总突破不了胸围和臀围的尺寸。审美观有待更新。

六十九

萧美心情好，晚餐煎牛扒，等谭天回家。

谭天一进门，萧美就告诉他向文拿走了电脑。

谭天："哦。"

他对向文没好感，觉得萧美神经大条，被向文使小伎俩利用也不自知也不计较。电脑修好了，摁着不让萧美给她打电话："就让搁着，不要通知她。"他不爽她，电脑要拿来修，就打电话跟萧美一个劲地聊天，聊啊聊啊，不知怎么就把萧美弄得自告奋勇高高兴兴地，开车去把她和电脑一起接家里来。他认为这人也太精了。

"是她找来的吧？"

"嗯。我的车不是在车行做保养吗。她打的回去的。"萧美没跟他讲细节，也没提送她回家的事。

谭天比较满意这个答案。他坐到饭桌上来，准备就餐。

萧美喜欢大包大揽，谁家的电脑坏了都关她事。他半开玩笑半表功说萧美："你一给朋友献殷勤，我就要遭殃。我现在都快不务正业了，整天捣腾电脑，对研究的课题，什么都没做。"

其实他也不是无偿的，一般情况下，每次帮了她的朋友，这晚就免了他的刷碗任务。

看着萧美给做的美食，坐等她给摆上刀叉酒杯，暖洋洋地说："就应该她着急才对。"端起酒杯抿一口，"不会做人。有这样求人的吗？修好了还要送回家，我不成了三包了吗？包接包修包送。我侍候不着啊。"

萧美不讲话。心情好好地往他酒杯里加酒。

"让她花个电话费自己找上门就对了。要不然我会心理不平衡的。"

看他叨叨没完了，老人家似的，萧美忍不住呛他："刚来的人都省。你得理解啊。"

出国造就了萧美一颗大大的同情心。对新移民特同情。看见他们就想起自己刚来悉尼那会儿的种种不易。她把那段时间标签为"冰河期"。意思是又冷又黑。一边读书一边打工的生存状态就像一场没有尽头的长征，艰苦卓绝。

"应该理解向文的。"

谭天不以为然。"她在日本待了八年。"

"在日本一直都在读书，没挣什么钱。"萧美语气弱弱的，其实并不确定向文有没钱。对日本的情形不了解，在澳洲呢，读书肯定比不上纯打工挣钱多。向文从来没跟她说过在日本的工作状况。就知道她在日本读的大学本科和硕士。去了日本八九年，书就读了六年。至于工作，一惯的做派，朋友不讲的就不问。主要是，她从不好奇别人的财政状况。艺术家嘛，不谈钱的。那，多俗啊！"读书人向来没钱"这话放之四海而皆准，她这样理解，所以就有上面对谭天讲的那段话。

谭天没接她的话茬。不跟她争论。讨论一个第三者有钱没钱，好无聊。再说，摆弄电脑对自己有好处。从前崇拜王安，现在崇拜比尔·盖茨。王安就是没走运用路线才走不下去的。方向很重要。个人电脑市场很大，前景不可估量。说不定应该调整事业的方向。有一次他梦游似的对萧美说，"我想啊，不管什么研究，如果成果最后不能变成商品，被市场承认，又有什么意义？"

他把帮人修电脑当做积累实战经验，即使对向文的作派颇有微词，对她的电脑还是有好感的。日本电脑，键盘上，每个键面上的英文字母旁边都有日文。看着新异，与众不同。本着好学的天性，新异引起他的兴趣，抚弄着那些键粒说："日本的东西就是不同些。就他妈的精致。"

谭天有时候会讲些萧美意想不到的话。例如说老外比中国人聪明。萧美是第一次听到中国人这样说自己的。还例如说英国的管理制度先进，但凡被它殖民过的国家都比较发达。跟向文打过几次交道后，他说日本人的电脑能力很差，向文都东北大学的硕士了，还这水平。

"小妹，我想做一个网页，把你的服装放上去卖。"

"嗯。"萧美不懂他讲什么，但喜欢听他科幻。前些日子还说要做黄色网页，对来看的人收费。

"我想了。把你过去所有设计的衣服全放上去，有人下订单才去生产，可以省掉仓库的费用，也不存在积压风险。"

"你想得真美。衣服是得试穿才知道合适不是？ 还有颜色啊，款式啊，风格啊，都很个人，不穿身上都不知道合不合适，喜欢不喜欢。"

晚上睡觉前，萧美习惯喝一小杯鸡尾酒，她往杯里倒一些蓝瓶BOMBAY（杜松子酒的一种，蓝瓶属最上等的），加进五倍的冰冻TONIC水，一小块青柠檬。调两杯，一杯端给谭天。谭天接过，说："小妹，今晚你不能穿秋裤睡觉。"

"不行。我喜欢秋裤。"

"不行。不能穿。"

萧美喝干鸡尾酒，钻进自己的被窝里。谭天把腿伸进来，"我要碰到你的腿。好嘛？脱了。脱了。"

萧美裹紧了被子背向谭天躺着，不理他。

"我们谈判吧。就今晚。看在我帮向文修电脑的份上。脱了。脱了。"

在谭天半强行下，萧美脱下秋裤。谭天整个人挪进她的被窝里，在她腿上蹭。萧美忍不住地笑。"别笑嘛小妹。"蹭了一会，萧美的大腿上湿了一大片，黏乎乎的，她掀开被子往澡房跑。边跑边说："今天向文就说我们的洗澡房里有牛奶味。"

谭天跟进来，"都这味道啊。"他张开的手掌上，沾满了乳白色的黏物，无不得意。

七十

"呜啦啦……呜啦啦……"卡皮尔唱歌。

萧美走不动了，蹲下来系鞋带，借故歇会儿。卡皮尔被她折腾得没了耐心，不理她，继续往前走。走出几十米，见萧美没跟上来，就站住脚大声唱歌。萧美蹲那儿看着他。唱着唱着他往回走，来到她跟前向她伸出手，她搭上他的手站了起来，问："你唱的什么歌？"

"观音菩萨的眼泪。也叫'度母'。观音菩萨发誓要度尽众生出苦离世。她历尽千辛万苦之后，自以为功德圆满。回到天道的她回头看，见六道里尽是轮回的众生，难过得流下两滴伤心的眼泪。眼泪化成了两尊度母，一尊是文成公主，绿度母；一尊是尺尊公主，白度母。她们俩都嫁给了西藏的松赞干布。度母，梵语'Tara'，'解脱者'的意思。她可以载着觉悟的众生渡过轮回的大海到达彼岸。"

萧美突然无声地哭了，忍不住悲伤也忍不住眼泪。在人前哭，自从与谭天分手后就再没发生过。在卡皮尔面前失态，她难为情极了。极力忍住眼泪，抬起眼睛看向远处，青峰层层相叠，高峻宏伟。脚底下传来深渊暗河哗哗的流水声，她曾经问过卡皮尔哪来的水？"喜马拉雅山上的融雪"他说。

卡皮尔突然唱起英文歌：

"Hey，Hey，Hey（嘿，嘿，溧）

Your lipstick stains（你的口红渍）

On the front lobe of my

Left-side brains（留在我左脑前叶上）

I know I wouldn't forget you（我知道，我将无法把你忘记）

And so I went and let you blow my mind（因为我为你神魂颠倒）"

"你也喜欢 Train 的歌？"萧美问。

"喜欢。我喜欢 Train 所有的歌。"

"回去我给你寄他的 CD。"萧美很高兴遇到了知音。

"你明年再来，我帮你捡很多很多化石。你的那些化石不是最好的。我明年给你好的。"卡皮尔说。

他走在前面走，一路唱着：

"Your sweet moonbeam（你月光般的甜美）

The smell of you in every

Single dream I dream（你的气味在我夜夜梦里萦绕）

I knew when we collide（当我邂逅你，就知道）

You're the one I have decided

Who's one of my kind（你就是我要找的人儿）

……

Hey Soul sister（嘿，灵魂姐姐）注：黑人男子叫自己心上人：sister。应做妹子解，萧美特解为姐姐，有代入感。下同。

……

Hey Soul sister ……（嘿，灵魂姐姐）"

"今后我每次走在这条道上——陪不同的人走，就会想到你，你是如此的——"

"与众不同。"萧美帮他讲出下半句，故意搞笑。

"你也许不信，也许会笑话我。我告诉你，是真的，每天都会想你。我爱上你了。"

——要信你这话，我就是中你的蛊术了——萧美在心里自嘲。"你是有病。你知道我是谁吗？"

"是谁？"

"我是眼泪。"萧美独自往前走，补充："观音的。"

七十一

郝佳邀请萧美参加她的生日派对。知道谭天吃尤里的醋，说："谭天要来我欢迎，不来也理解。由他决定。"

谭天对郝佳从来没好感。她一出现在他的视线内,就提醒着他"尤里"的存在。尤里是他发了酵的李子，变了味的酸，吃了都不能讲出来。因为尤里是历史。而且从一开始就知道的历史。最让他不服气的是，萧美从来没在他面前说过尤里半句坏话，甚至连抱怨都没有。他多希望听到萧美亲口说："我恨尤里——恨他……"就算是为了讨好他撒的谎也好哇。更看不得的是，她像什么事都没发生过似的依然跟尤里一来二去地做着朋友。一个女人被耽误了五年，总该有些不满吧? 除非她爱他?

有一次他试探萧美："我看啊，在你众多的男朋友里就数尤里最优秀了。"萧美由衷地说："你还没听过他弹吉它呢。一个搞物理的人，吉它弹得这么好，也算异数啊。"

"我会弹编钟。"这话谭天是笑着说的。萧美当他开玩笑。

萧美问谭天参不参加郝佳的生日派对，以为他会说不的。出乎意料，他兴致很高，嚷嚷着说要去，还自告奋勇要给郝佳当摄像师。

派对上，大家高谈阔论，对酒当歌，先有维克多表演吉他独奏，因邻居打电话给警察投诉他们太闹，影响休息，警察来敲门，被迫收起乐器。奏乐停下了，大家兴致不减。唯有谭天揣着摄像机攀高蹲低找角度，挺专业的样子。喝得半醉的维克多问萧美"他是 Camera boy（摄像小二）吗？"

维克多，长一头红色头发的俄罗斯人，端着尤里送郝佳的生日礼物，一个从莫斯科带来的书型铁皮酒罐子，一口一口喝里面的酒。问了萧美又不等她回答，转头向坐边上的人嘲笑澳洲人蠢，"我去二手店掏吉他。那么好的吉他，他们不懂，扔角落里收集灰尘，被我以便宜到笑的低价给买了。他们尽蠢货。"

萧美不理他，转身向尤里要烟，尤里递来一根，她叼嘴上，尤里擦着打火机，她探头过去就他的火。

维克多继续讲。

"我的一个邻居女孩子一天到晚爬到我家的篱笆上撩我。这蠢货女孩，我看都不看她一眼。"

埃利斯一脸微笑着跟萧美聊天。

埃利斯说："公元二世纪，蒙古人打到莫斯科外围。所经之处，男孩高过马车轮的全杀。"

萧美笑："现在的土耳其人有一半中国血统。就是成吉思汗的杰作。他们把土耳其成年男人都杀光，强奸他们的女人。"

这些信息萧美是在专栏作家大陆的专栏里看来的。近年大陆在文坛很活跃，创办的杂志《大世界》发行量数一数二。朱姐特别妒忌。那篇文章是这样结尾的："思汗啊，下次再去打土耳其，把我也带上吧。"

因为觉得好笑，曾经拿来跟谭天分享。谭天也跟着笑了好久。印象特别深。对埃利斯，她没讲后面那段。

谭天看萧美跟那些把自己当摄像小童的人笑语晏晏，超妒忌。还跟他们讲什么强奸之类的话，真不要脸。

维克多的脸差不多跟他的头发一样红了。他手里又多了一本书，真书。他从中间翻开，大声朗读：

"祈祷

尤里坐到萧美身边谭天的位置上，给萧美做同步翻译。谭天举着摄像机从这个角落挪到那个角落，满屋子跑。

"一个人不论在祈祷什么——他总是在祈祷奇迹的出现。任何祈祷都可以归纳为这样的意思：'伟大的上帝啊，请使二乘二不等于四吧！'

"只是这样的祈祷，才是人们惯用的，真正的祈祷。祈祷宇宙之灵，祈祷更高的存在，祈祷康德的，黑格尔的，纯粹的，无形的上帝——这是不可能的，也是不可思议的。

"可是，一个人的，活的，有形的上帝，能够做到使二乘二不等于四吗？

"……"

郝佳说："我一直在想，如果这个电视里还有电视还有电视还有……尽头我们会看到什么？"

尤里："会看到我们在看电视。"

"为什么？"郝佳乜斜眼睛问。

"因为地球是圆的。"尤里说。

……

"回家。"谭天命令萧美。

萧美悄悄向郝佳告辞。

没人在意他们的提早退场。走到门口，萧美回头向大伙儿道别："再见！"谭天两只手摁住她的太阳穴把她的头板过来。大家都向他们俩看过来，没有人讲话。

被谭天拉着走远了，萧美仿佛还听到身后传来的笑声。

一路俩无话。

晚上躺在床上，谭天说："有些人不学无术，却又爱卖弄。假知识分子。骗女人张大嘴崇拜他。我要是想的话，骗多少女人都成。"

萧美听不得"骗"字。自从魏德文之后她就烙下这病根。眼睛直直看住谭天："你什么意思？是说我被尤里骗了？今天我就要告诉你，我还真不是给骗的。从始至终我们两情相悦。"

"那我也要让他知道，这个女人以前是他的，现在可是我的了。"

"你不可理喻。"说着萧美抱起被子睡到沙发上去。

谭天什么也不说，也不动，由萧美去。他闭着眼睛似乎睡着了，眼泪沿着眼角流经太阳穴掉在枕头上。

冷战持续到第三天。

第三天夜里，萧美在半睡半醒中被谭天从沙发上抱起来。他说："这是最后一次，再这样，我们就分手。"

萧美的心闪了一下。有生以来第一次受人威胁。感受很复杂，有些害怕，有些窝气。还有些什么？她不清楚，只知道此刻不要他离开她。要搁从前，就算三天前，她的反应也许会不一样，也许会跳脚，会瞪着谭天嚷嚷："好啊！分手啊，就现在，别等下次。"现在？她静静地贴紧了他的躯体由他抱着，饥渴他的气息。他的气息，满满的雄性荷尔蒙。才三天，对他竟然如此饥渴。萧美不知道自己这是怎么啦？

七十二

萧美站在洗碗池前，她接过谭天刷过的碗，放到水龙头下冲干净后放到右手边的碗架上。面对大窗口，望出去是公园。八月的午后一点钟，阳光无限好地普照在草坪上。"阳光多好。真该去那走走。"她向往地说，不知什么时候变得跟老澳洲一样，对明媚的阳光莫名其妙的热爱。她曾经寻根问底老澳洲们怎么就那么热爱太阳？答案是他们的祖先来自英格兰苏格兰，一年里没几个月能见到阳光，冬天，下午四点就天黑了。来到澳洲，自然就恨不得把太阳抱怀里不放手。

"真想啊？"站边上的谭天问。

"嗯。"

"那我们现在就去呗。"

萧美听了高兴，没想到谭天肯放弃去实验室陪她去逛公园。

他们俩手拉手去到公园里。徜徉了一会儿，找到一块树荫下的草地坐下，萧美顺势仰躺地上。

谭天学萧美，也仰躺。"小时候爸爸带我去北京开会。在北京的巴士上我问我爸：'为什么每个人长得都不一样？'我爸说：'爸爸和爸爸也不一样啊。如果都长一样，你怎认得出爸爸来？'"

萧美看在树梢上。尤加利树感叹号似的叶子被阳光打得轻轻颤抖。谭天的话音在她耳旁飘过，音符一个一个敲耳膜上。

"我爸一回到家就把我们的对话讲给人听。见人就讲，讲了很久。他很得意，以为我问题问得聪明，他回答得更聪明。"

萧美眼睛盯在树梢上，身上洒满斑驳的阳光。阳光已经走到她身边，一边小腿在做阳光浴了。她觉得烤得厉害，坐起来往树荫下挪。

"以后有钱了，就把俩老像神一样供起来。"

萧美诧异，奇怪他会讲这样的话。在国内上大学的时候，听到有同学说想毕业后留校，留在城里，将来对孩子有好处，她就很反感。她想才十九岁，自己的人生还没开始就想着为孩子。也太不把自己当人了。讲这话的都是来自小城市的同学。感觉谭天不像小地方人，他爸不是研究所的吗？虽然他没说，日常聊天泄露的信息，他爸是个文化人，貌似级别还挺高的，不是吗，还去北京开会什么的。

萧美很怕那种常常把孝顺父母挂在嘴上的人。"人，应该有自己的生活。"

"我姐来信问我想找什么样的女朋友，要帮我介绍。她说最好找武汉市的，离家近，她可以帮忙照顾。"

萧美暗笑："小女人。都什么年代了，还介绍？还要离家近的？"

听到有人讲话的声音，他们俩同时坐起来。

不远处树荫下零零散散站着七八个中老年中国人，一律运动装打扮。萧美一眼认出其中的老木，谭天也看见庄申。萧美说："我们走吧。他们要练太极拳。"

老木也看见了他们，向他们招手，大声招呼。

　　他们站起来一前一后向老木走过去。谭天跟庄申打招呼。老木指着萧美对庄申说："这就是小萧，住我楼下，以前给你提过的。"

　　萧美脸刷地绿了。没想到老木要给她介绍的竟然是他，一个偷渡客。更没想到会以这种方式见面。她赶忙转过头去看谭天。

　　谭天淡定地微笑着，看着老木。

　　萧美礼貌地向庄申点点头。

　　谭天装着没看见他看萧美的眼神，说不打搅他们练武就告辞，拉着萧美的手走了。

七十三

都中午了，画了几张草图，萧美头脑发胀，灵感枯竭。她端了杯咖啡坐到电脑前，想放松放松。灵感这个调皮鬼，越想它越不来，不理它了，可能它自己就找来，能做的只能守株待兔。她随手摁开电脑，上网，打开邮箱。她越来越享受用电脑了。怪不得谭天老说玩电脑。她也开始领悟到这话的精髓。

查看一下，没有未阅邮件，顺理成章想到给谭天发邮件。她点开南极星，电脑这东西看人欺负，谭天点它，就这样做的，她记得，把箭头指在南极星那儿双点左键，屏幕右上角就会出现一小长条，提供选择仓颉，拼音，五笔，广东音检字等输入法。她这样子做，它就没反应。记得谭天说的，是小手，就不要点击，只有是箭头的时候才是工作状态。她把箭头指在南极星上，重复左键点击好几次，期待的小长条始终没出现。只得放弃，直接用英文写。

From（寄件人）："May " mayxiao4@hotmail.com

To（收件人）：tian.tan@hotmail.com

Subject（主题）：I miss you（我想你）

Date（日期）：Tue，23 Aug 1997 12：59：31（1997 年 8 月 23 日，星期二，12 点 59 分 31 秒）

Hi Tian（天，你好），

Hello，is me. May. How are you？ Where are you now，and what you doing？ I am thinking about you this moment. I am terribly missing you.（哈罗，是我，美。 你好吗？你在哪呢？在干啥啊。这一刻，我是如此想念你。我想我无可救药了。）

Love May（爱你的美）

正好收音机里放着 Lionel Richie 的"Hello"（哈喽）。萧美爱煞了这首歌，不知不觉抄袭在邮件里。她感觉到写英文的好处，可以肉麻。那些话，要用中文，她可能一辈子都不会讲出口。

一会儿，谭天回邮了。

From（寄件人）：Tan Tian tan.Tian@hotmail.com

To（收件人）：mayxiao4@hotmail.com

Subject（主题）：Re：I miss you（回：我想你）

Date（日期）：Tue，23 Aug 1997 1：20：51（1997 年 8 月 23 日，星期二，下午 1 点 20 分 51 秒）

Xiao Mei（小妹），

I miss you too.（我也想你。）
Tian Tan（谭天）

> From：" May " mayxiao4@hotmail.com
>To：tian.tan@hotmail.com
>Subject：I miss you
>Date：Tue，23 Aug 1997 12：59：31
>
> Hi Tian，

>Hello，is me. May. How are you？ Where are you now，and what
you doing？ I am thinking about you this moment. I am terribly missing
you.

萧美点回邮键。

From（寄件人）：" May " mayxiao4@hotmail.com
To（收件人）：tian.tan@hotmail.com
Subject（主题）：Re：Re：I miss you（我想你）
Date（日期）：Tue，23 Aug 1997 1：50：01（1977 年 8 月 23 日，
星期二，1 点 50 分 01 秒）

Hi Tian（天，你好），

　　Can I in Redfern meet you go to now？ I miss you so much，I want to see you now！！！ Now！！！ Can'thelp.（有没可能我现在就去红坊见你。我好想你。好想现在就见到你。现在!！！现在!！！没救了我。）

Love May（爱你的美）

>

>From：Tan Tian tan.Tian@hotmail.com

>To：mayxiao4@hotmail.com

>Subject：Re：I miss you

>Date：Tue，23 Aug 1997 1：20：51

>Xiao Mei，

>I miss you too.

>Tian Tan

> From："May " mayxiao4@hotmail.com

>To：tian.tan@hotmail.com

>Subject：I miss you

>Date：Tue，23 Aug 1997 12：59：31

>

> Hi Tian，

>Hello，is me. May. How are you？ Where are you now，and what you doing？ I am thinking about you this moment. I am terribly missing you.

From（寄件人）：Tan Tian tan.Tian@hotmail.com
To（收件人）：mayxiao4@hotmail.com
Subject（主题）：Re：Re：Re：I miss you（回：我想你）
Date（日期）：Tue，23 Aug 1997 2：10：51（1997 年 8 月 23 日，星期二，下午 2 点 10 分 51 秒

Xiao Mei（小妹），

Can you delete the message history when you reply my email（你能不能回我电邮时把历史删掉）？ Always carring giant rubbish in your email（总在你回邮后面拖一大堆垃圾。）.

 Okay，you can come now（好吧。你现在来吧。）
Take care（你自己小心）。
Tan Tian（谭天）

萧美去熟悉了的谭天的办公搂，下了火车，从 16 号站台出去，直通科技园，不需要出火车站。她像无数个往常一样，到了大门口，摁门铃(如果门关着,通常都关着)。谭天出来开门。他领萧美到大楼后面，大路边的空地那。在一张面对大路的长街椅上坐下来。久经日晒雨淋，椅子上的绿漆斑驳，露出大块大块的原木，椅背的镂空铁栏也是绿漆斑驳。谭天坐下来，萧美坐他膝盖上，背对着大马路。那是单行道，

南北向。是西边，南边的车辆进城的必经之路。下午三点左右，交通高峰期，路上车水马龙。

萧美不在意，谭天也不在意。

谭天手臂圈在萧美的腰上："小妹，我捅娄子了。我研究生导师说我不交实验报告，不准我毕业。我发了个电邮给他，同时拷贝给我的博导，说我如果有时间的话，就用来做我的博士课题实验。他说我侮辱了他，发电邮给校方，拷贝给我的博导和我。校方要我向他公开道歉并且补上实验报告。今晚我就不回家了，要熬通宵做实验，把十二份报告全补上。"

"怎么那么多？"

"从开学到现在所有的实验课我都没参加。以为都博士了，他会给我特权，一到实验课我就走掉。没他想对我也跟研究生一般要求。"

"就是你那苏联老师吗？"

"嗯。今天早上在茶水间碰到他，我在冲咖啡，他走进来，站我边上弄咖啡，我跟他说'嗨'，他不理我。我已经向他道过歉了。"

"你不回家吃饭，那我晚上去看一个内衣走秀啦。"

下午的阳光烤得厉害，空气热烘烘的。天气预报有个专用名词，叫这"吹火风"。一年里，悉尼有两个星期吹火风。汽车马达声在萧美的背后不停地轰响。天更热了。

"小妹，我们结婚吧。要不结婚我们就分手。"谭天声音硬硬的，像发狠。

"你是想快些把身份搞定吧？我要不肯跟你结婚，你就找别人去，不在我这里浪费时间是吧？"

谭天不讲话，看住萧美，一只眼珠子往眼头里钻。

七十四

一天吃饭的时候，谭天问："让我爸妈去走一趟亲戚，怎样？"

萧美："走什么亲戚？"

"去你家，看看你的爸爸妈妈。"他顿了顿说："我要跟爸妈说这个女人能让我幸福就好。"

萧美听了不高兴，郁闷："什么话？退而求其次？"

没等到谭天跟他父母讲他们的关系，却等来了自己的父亲。父亲到南韩考察市场，拐到悉尼来探望萧美，待一天。虽然不顺路，但他说顺路就顺路呗。鹿是马，马是鹿，他说了算。

父亲是第一次来悉尼，对萧美来说是件大事。她要父亲住家里。

谭天让出房间，睡到厅里去。

她对父亲说谭天是寓友，分租房子的。少收他一天的房租就好，没关系的。

白天她和谭天陪父亲去歌剧院，登悉尼塔。中午在唐人街吃中国自助餐。观光唐人街。之后，乘轻铁去鱼市场。父亲对老外的地盘兴致不高。他们就走马观花，象征似的逛一圈。父亲又有睡午觉的习惯，萧美便很贴心地打道回府，不再做任何安排，让父亲休息。

父亲对谭天的热情毫无疑问。萧美在心里谢上帝，庆幸父亲习惯了人家对他无事献殷勤。

梅晚上设宴请萧美的父亲。朱姐也要请客的，父亲只有一个晚上，被梅抢了头签。

梅打电话给萧美商讨请客事宜，被边上的谭天听到，他俯到萧美的耳边嚷嚷："我也去。我也去。"梅当是背景声音，只笑，不松口。没有萧美的通行证，梅可不敢做主。

谭天对外的身份是萧美的房客。明眼人都看得出来他们俩的关系非一般。（friend plus benefit 吧？）但萧美打死都不肯说他们的隐情。她既然不说，做朋友的也就装傻，不问。漂亮女人总是追求者众，情理之中，不奇怪。

萧美发话："谭天说他也要去蹭饭。能带室友吗？哦不，房客。"

"欢迎啊。多个人就是多双筷子而已，何妨？室友房客都一样，欢迎！欢迎！热烈欢迎！"梅在"一样"和"欢迎"之间顿一顿，故意幽萧美一默。

萧美不曝光谭天是不想哪天又得辟谣。也许人对自己的命运是有自知的。她从来没有像这次，恋爱得这么没信心。像走在钢丝绳上，心总是悬着，随时都有掉下去的可能。

梅是真心欢迎谭天的。 她的客厅是精英集合地。谭天又是最新版本的精英。当然想把他圈进来。

她也精英过，沈超一也精英过，那是十五年前的事了，过去时了。离开中国，那耀眼的光环被关掉了电源，灭了。发亮的岁月只能留在相片里，框在记忆里，属于"过去的好时光"。

交这么个朋友，至少能与时代扣上，不被甩掉，或者甩得太远。况且沈超一在自学电脑，早想向谭天请教请教了，苦于没机会。他毕业于清华大学，就是上学早了点，又是工农兵大学生，基础科学功底薄。

梅小资，萧美是知道的。她也会做，带上早上在鱼市场买来的熟龙虾，一束白色百合花和一坛北京牛栏山二锅头。花，是在邻街的泰国花店买的。萧美看着浓绿宽大肥美的叶子，美滋滋。小叶百合，花看起来一样，但没香味，比大叶百合便宜三分之一。下手的时候萧美犹豫了一秒钟，如果是去看郝佳，她会买小叶的。她平日里迷迷瞪瞪，关键的时候却清醒。 朋友们评点她"小事糊涂大事精明"。她也挺得意自己这一优点（她把这解读为优点）。二锅头是这次爸爸给带来的。留学生流行请客饭桌上有中国百酒。其实在座的没有一位是能喝的。风尚如此。梅又是跟风能手。

沈超一很夸张地说："这酒我收藏了。叔叔，我请你品尝澳洲红酒。"

萧美一进门就去厨房给梅帮手。

谭天一直跟在老爷子身边，左一个叔叔右一个叔叔地叫得欢，好像怕谁跟他抢似的。弄得沈超一安排座位时，忍不住说谭天："你就坐在你叔叔边上吧。"

"根据经验，独处女人通常需要一两个闺蜜，以不时疏通一下情绪。不然，荷尔蒙失调，人容易有情绪问题。对向文，这条定律不起作用啊。"萧美站边上看梅做活。最近跟向文走得近，就想到了她。

客厅里沈超一的声音响进来："这是玛格丽特河酒庄出的红葡萄汽酒，1992 年的，shiraz 汽酒。"

"哦"，梅说，"她像是铁了心打光棍了。"

萧美跟梅的关系不像郝佳那样贴心，也不是朱姐心灵导师型的。

她们是酒肉朋友，又比酒肉朋友关系近些，是那种见多了烦，不见一两个月会想的那种。

女人在一起难免要八卦。即使文青如梅，艺术如萧美，也不能免俗。这次被选中做话题的是向文。她最具备被八卦的条件。一，是梅的新同事，新，自然就有新闻价值。二，是大龄单身女知识分子。大龄，单身，女知，每个单词都具备八卦元素。梅的太太客厅走雅的路线，不讲朋友坏话是铁的纪律。可以讨论但不做评判。没有对错，没有高低，没有好坏。还有一条不成文规定，大家都不讲自己的工作，收入和财富。规定不须明说，懂文明就行。都是鸿儒之人。（出国前都是知识派的。在自己的领域里，即使不是吆五喝六的腕儿，也是被宠着爱着的未来之星。）讲工作，讲财富，这不刺激人吗？因为不是每个人都是人生的赢家啊。

沈超一声音洪亮，穿透力特强的男高音。时不时透进来，打断她们的八卦："玛格丽特河酒庄在西澳，全澳最著名的酒庄之一。咱们新南威尔斯的猎人谷酒庄也不错，也名牌。这个就是猎人谷的红酒。这个是McLaren Vale 的 shiraz 汽酒。McLaren Vale 在南澳，也挺有名的。"

萧美想老爷子要晕了，被沈超一的英文绕晕了。

朱姐不喜欢沈超一缘于他爱秀英文。他们之间有过一段公案。早在十年前，朱姐跟萧美要的一本书被梅借走了，梅看完后，萧美让朱姐去梅家拿。朱姐回来就说："她丈夫给开的门。糟糕，我对他印象坏噢。他站门口，用英文问我找谁。嘿，我就瞧不起这种人。中国人跟中国人还要讲英文。"

朱姐从未出现在梅的客厅。

惯例，每逢萧美来，饭桌上必有姜葱清蒸石斑，虾仁炒滑蛋两道粤菜。因为萧美喜欢，特喜欢。最早吃到就是在梅这儿。她从餐馆带回来的。今天是梅自己做。家里做不出餐馆的味道。萧美的味觉审美就是梅的客厅给培养出来的。

朱姐说广东人嘴刁。萧美现在也差不多是广东人的嘴了。让梅给惯的。

"你昨晚没去餐馆？"

"餐馆带回来的放冰箱里。请叔叔吃饭，不好意请吃剩菜。"

说是剩菜，其实是出桌前她偷偷扒拉一些到小碟子里，搁一边的，不如说是偷菜。清蒸石斑偷不了的，必须是先给客人分了，分不完，剩下的才带回家。但客人的筷子也没碰过的。"做侍应的，大家都这么做。行业风尚，你不这么做，别人会说的。"最早的时候梅告诉萧美。萧美笑她"跟人民群众打成一片"。

萧美笑，"你又知道我想讲什么。没关系，拿出来吧。我喜欢。我负责吃。"

萧美自个儿打开冰箱拿出那些剩菜。想起向文说梅在餐馆受的欺负。没认识向文前，萧美吃高兴了，曾经很轻浮地说："你们餐馆缺人不？我也去。"她以为很好玩，一个晚上去走走站站几个小时，又有钱拿又有好吃的。（梅就是这样讲的啊。）

菜摆满了一桌子。萧美笑说是满汉全席。她告诉谭天和老爷子："以前一听梅说要请吃饭，我们就必须先吃了饭再来。她一顿饭要做四个小时，不先垫着，会饿到胃疼。"你看现在？"萧美往桌子上一指，"大师手笔啊。"

谭天听到萧美说"我们"，心里不舒服。

梅说本想今晚请大家煮酒论英雄的。花雕也买好了。"沈超一坚持要请叔叔品尝澳洲红汽酒。"

"你们餐馆是不是很流行喝花雕啊？"萧美说。

"日本人喜欢。他们来了就点花雕。还要跟话梅。"

"Shiraz 汽酒，就性价比，全世界算澳洲的最好。西澳的葡萄适合酿这种酒。"

谭天偷偷踩萧美的脚。萧美把脚缩到椅子底下，瞪他。父亲就坐边上（他们调换了位置，她坐在谭天和老爷子的中间）。不敢在父亲眼皮底下偷鸡摸狗。

梅看在眼里，不动声色，继续讲话："叔叔看这红酒在国内有没市场啊？有没可能从这里进口一些啊？"

沈超一："要说红酒呢，西澳的真不错。那地方热，又旱，雨水少，长出的葡萄又小又香。白葡萄酒呢就南澳那的好。那儿冷。出的葡萄适合酿白葡萄酒。"

谭天把脚伸到萧美椅子底下踩她的脚。萧美把脚往爸爸那边躲，瞪谭天。

老爷子上洗手间去。传来很响的尿尿声。

大家都严肃着脸，除萧美之外，都拼尽全力忍住笑。

尿尿声消失了，尴尬还待在萧美的脸上。她知道他一定没关门。妈妈老为这跟他吵架。当年"三同"培养出来的习惯。

乘老爷子回座位之前，梅悄悄问萧美："谭天是你的男朋友？"

萧美看看谭天，不知怎么回答，情急之下把球传给谭天："你问他吧？"

"是！"谭天想了两秒钟，说。

吃了谭天的定心丸，萧美脸现喜色。身体也轻了起来。在父亲面前也不那么刻意与谭天划清界线，假装只是普通朋友。让谭天挨紧了她坐。

回到了家里，谭天见老爷子进了房间，就在萧美房门口向她招手，示意她出来。

萧美看一眼爸的房门，见虚掩着，就光着脚轻轻走到厅里。谭天睡的是跟朱姐借来的床垫。只一个晚上，特地去买张床太不划算。朱姐过去跟画家们分租，他们走了，床垫留下，她觉得扔了可惜了，虽然是二手三手货，看起来还好好的，就用塑胶布包起来放车库里。

谭天挨她走近，就一把把她拉进被窝里，用被子把俩连头一起矇住。他紧紧搂住她的手，鼻子凑到她的头发上。两天没闻到她的味道了，又兴奋又幸福，对她动手动脚。

听到父亲开门的声音，萧美制止谭天弄出声音来。

走道里传来父亲的脚步声。一步一步，父亲走近了。脚步声在走道与客厅的接口处停了下来。萧美感觉到父亲在犹豫，他站在那一会儿，回头进了卫生间。

他们俩捂在被窝里听动静。

父亲从卫生间出来回到房间里去。

她知道父亲的用意：给她留面子。

谭天冲动地说："走，现在我们就去跟你爸说明真相。"

"说明什么真相？"

"说我们要结婚。"

"你先跟你的父母说。"萧美说。

第二天萧美的父亲走了。谭天也不再提要跟父母讲结婚的话。

谭天来悉尼差不多一年了。跟萧美的关系稳定。开始，他偶有想起宝钰，最近是越来越频繁地想到她了。那是他情窦初开的情怀，苦涩的甜蜜，味道隽永。他主动与宝钰恢复了联系。在与宝钰一来二往的通信流程中，对萧美的激情像抓在手里的水，无奈地渐渐地流走了。

他偶尔也会从心底里升起一缕愧疚，不能给她未来就不要耽误她。

一天晚饭后到公园里散步。谭天见萧美兴致好，就试探着说："要不我们分手吧？我怕再过几年，你就更没优势了。"

"什么？"气氛骤变，萧美没闹明白他想讲什么。

"如果有一天我回国了，再遇到宝钰而她还没结婚的话，我可能会回到她的身边。感情事就是这样，我也控制不了。"他解释。

萧美："好，我们分手。"

讲完这句话，一直到回到家大家都没再开口。进了家门，萧美摁开电视，坐到椅子上看，两个脚膝盖并拢，背挺得笔直，正襟危坐。

谭天见她这样，反而诚惶诚恐，不知该怎么做。有些后悔刚才的鲁莽，就不该提什么分手。"她的反应不正常啊。"以为她会闹会哭会说爱他离不开他。读研时，同宿舍的王有才失踪大半夜之后带着一身伤痕回来，悲壮地撩起有袖有领的 T 恤给大家展示他的伤口：前胸后背尽是牙齿咬痕。

"女朋友咬的。"他很欠揍地说："我跟她说分手，她不让，从背后抱住我不让走，闹了大半夜。"

借着灯光谭天看细了萧美的脸，没见有泪痕。他有一些失落有一些不安，感觉一定是哪儿出错了，没有出现应该有的现象。（他想好了，要咬就让她咬，只要她不太伤心就行。都说跟女人上床容易下床难。）他半跪在萧美身边的另一张椅子上，把头伸到萧美面前，电脑已经从萧美的房间搬到客厅的大桌子上，两张电脑椅是他们俩晚饭后，排排坐这玩电脑专用的。今晚例外。"小妹，你伤心了？"

"没有。"萧美头一偏，避开他的眼光，看电视。

他推一把萧美的椅背，让她脸转向自己，捧着她的脸看进她的眼睛里："不，你伤心了。"

"我为什么要伤心？"萧美推开他的手。

他从椅子上滑下来半跪地上，双手环在萧美的腰间，头埋在她小肚子上，"小妹，我爱你。"嘴被压着的缘故，声音模糊。

萧美突然从椅子上站起来，谭天的头差些磕在椅子上，走进卫生间。没等她把关门上，谭天跟了进来。

"我要上厕所，你进来干什么？"萧美说着退下裤子坐到马桶上，露出半截大腿，白花花的。

谭天也跟着蹲下来，头埋在她的大腿间。撒娇。

萧美笑了，说："出去，我是大的，臭死你。"

"我不怕。就愿意被你臭。"

分手游戏，第一个回合，谭天失败。

七十五

圣诞节前,墨尔本有个时装周,谭天陪萧美去参加。时装周结束后,他们顺道到阿得雷德玩了两天。

他们手牵手出去倒垃圾,在门口碰上朱姐。朱姐忍不住地笑,"你们倒垃圾都要一块啊?"

"我们去了墨尔本和南澳,刚回来。"

"预支蜜月呐?"

"没那么容易,一个南澳就想把我给打发了?"萧美撒娇。

"我电脑坏了,我点南极星,电脑右上角蹦出一个小长条,莫名其妙要我下载什么软件。"

萧美大笑。一个中文作家,把信息讲成小长条。知道她是故意的,懒得好好讲话。

朱姐瞟她一眼,不悦,对谭天说:"南极星也用不了了。你什么时候有空帮我看看?"

"好嘞,我现在就上去。"

谭天跟着朱姐上楼去。萧美不想跟他们走。刚旅游回来，家里一堆活等着。

她回到家不久，电话铃响，去接，是庄申。她惊讶他怎么会有自己的电话号码。庄申告诉她跟朱姐要的。想找她帮忙买衣服。"我不做男装。"萧美说。"帮我参考参考。老外的店，讲英文我不懂。我看上了一件皮衣。"

萧美问清了地址，在城里，赶了去。乘火车，两站路，到了那里，见庄申衣服已经穿在身上，等着付钱，就等萧美来确认是否原装意大利名牌。

萧美用了两分钟时间搞清楚状况，原来是免税店要关掉，全部产品半价大甩买。萧美问庄申是怎么知道的，他说新新报头版头条新闻。"你不知道啊？"问得萧美好像有多么孤陋寡闻似的。萧美说："地球每次灾劫，先死的是大猛兽。恐龙就是。中国入世贸。城里好多店都关了。"庄申脸色不好看："中国入世贸是好事。"他声音洪亮，把路人的眼光招来。萧美不好意思地笑。

"我们去饮茶吧？我请。"庄申说。

"为什么？"萧美是想说为什么是她，无功不受禄，不明不白的饭她不能吃。为什么要请她。

"我在广东生活了好多年，喜欢他们的饮茶。来到这里都还没饮过茶。"

萧美觉得他挺可怜的。谭天告诉过她，他们做过一个月的房友。还说了他找妓女的笑话。说"好"。

饮茶的时候，庄申跟服务生要啤酒。告诉萧美今天是他生日。萧美说饮完茶，陪他去隔壁的酒吧喝酒，她请客。

从酒吧出来，庄申又说要去理发。都到城里了，干脆把活都做了。

萧美带他去香港发型屋。很帅的发型师是萧美读时装设计时的同学的哥哥。四十来岁了，穿紧身衬衫，整得屁股翘翘，臀腰分明。旗帜鲜明的同志。萧美有一张终身优惠卡。帮庄申挣取到打八折的优惠。

庄申让萧美也打理一下头发，他请客。

发型师顺水推舟猛鼓动她接受这个美好的建议。"有帅哥请客，还不'yes'啊？"

萧美想到他这么给面子，给了庄申打八折，吃人家的嘴软，得帮衬帮衬才对啊，就答应了。发型师很殷勤地安排萧美在庄申的旁边坐下。方便他们聊天。

俩排排坐着面对大镜子。萧美看着镜子里的自己罩在黑罩衫，庄申也一样，脖子以下黑成一块，感觉怪怪的，就把眼光转开，不好意思盯住看。

俩静静坐那。庄申不讲话，萧美也找不到话题。空气里有股拘束的味道。

柜台小姐过来问可要咖啡或者茶？萧美说要黑咖啡。问庄申，他一愣神，恍惚一下，马上给出跟萧美相同的答案。小姐好心地加一句："免费的。"庄申刷地变了脸色，要发飙的样子，萧美笑对小姐说："我们刚刚饮完茶来的，喝了一肚子的茶水。"

剪，洗，吹，一个套餐做下来用四十五分钟。庄申不时往镜子里瞟。萧美感觉到他在偷偷看她，就向他看过去，他马上把眼光转开，看向别处。不看他了他又瞟过来。

从发型屋出来已经是下午四点左右。庄申穿着新买的皮夹克，旧衣服拎在手里，坚持要送萧美回家。到了家门口，她跟他客气："要不要上去喝杯咖啡？"

以为答案会是"不"。俩都在外面待了大半天了，萧美觉得够了，希望独待一会，以为他会感觉一样。

"好！"他说。

听到让她后半辈子都后悔的答案，内心闪过一丝毫的犹豫，如果时间可以倒带，她口里讲出的一定是："再见，谢谢你带给我快乐的一天。"而不是"上去坐一会，喝杯茶或咖啡"这样的鬼话。

"居然发生了，就接受吧，我能做什么呢。"她也就坦然，高高兴兴的样子，带他上楼，从手袋里掏出钥匙对准锁洞插进去顺时针转 45 度，另一只手握门把顺时针转 45 度，两手小臂呈 X 状，用力一推。

打开门的瞬间，她心停跳一拍，只见：

谭天坐在大桌子那玩电脑，上身一丝不挂，下身穿件小裤衩，小鸡鸡勒得鼓囊囊的。

"嗨"听到门响，谭天转过头看向他们，见到萧美身后的庄申。先是一震，然后光速反应，不冷不热打声招呼。

萧美也够淡定。常态走进去，让庄申在长沙发上坐下，自己进厨房，两分钟内端两杯鬼佬茶（英国红茶）出来。第一杯端给庄申，第二杯给谭天。

她用鬼佬茶招待庄申，是做给谭天看，客人很普通，她不看重他。她给谭天也泡一杯茶，是向庄申明示，谭天也是朋友，跟他一样。她做这么难搞的等边三角形几何证明题。证明什么？不知道。是谭天没给她信心，还是自己对这段关系没有百分百投入，给自己留后路？

不能深想。

送走庄申，谭天无不讽刺地说："没想到吧我会在家？"萧美无话。是的，她确实以为谭天这时候会在实验室。但是，这跟她请庄申上来喝茶没因果关系。确实地说是没因但有果的关系。不会因为他不在就请他来，但如果知道他在，就一定不会请他上来。

她不想自找麻烦。

这天晚上谭天对萧美特别热情，不停地吻在她脸上，边吻边说，连声播放："我爱你，小妹。我爱你。"

庄申不是他的对手。他打从心里不把对方放眼里。但是，同性的窥视激发了他的雄性激素。对战利品的保护是连锁反应。对，小妹是他的。只能是他的。他是她绝对的占有者,独一无二的。她为他而美丽。

他对她越发热情了。这晚，他高潮了三次。

七十六

谭天近几天常常若有所思。萧美问他，他说在思考。总结一年来的成绩，定下明年的目标。萧美说："明天就元旦了，今晚我们去牛津街庆祝？"

萧美喜欢牛津街。喜欢一条街的酒吧，穿着奇形怪状的人们。男人长得像女人，女人长得像男人。不男不女的人满街都是。

读时装设计时，她大部分空闲时光都消磨在这里。走街串巷。咖啡厅，电影院，酒吧，她慵懒的脚步无处不在。那个时候的她，穿破洞牛仔裤，右手食指上戴一个在周末学生市场上花五块钱买来的用锡线绕着石头的指环，眼神迷离，笑靥如花。夸张的金色大耳环随着她开心的大笑而晃荡。午后的阳光照在耳环上，反射出的光随着音频的跳动，一会照在这儿一会照在那儿。她的日子过得就像这跳动的光——随心所欲。

要说最开心的时刻，还是过年。

牛津街是她过新年最喜欢去的地方。曾经在元旦钟声敲响的一刻与尤里站在街上激吻。酒吧里的侍应用啤酒龙头向人们喷射。街上的人们沐浴着啤酒狂舞。

一想起这些，萧美会说：噢，我的青春。

"好啊！"谭天说。

郝佳来电话，约在牛津街会合。

旧日的好时光重来。跟尤里的关系变坏后，加上郝佳与男友有他们自己的朋友圈，再没去那浪费时光。偶尔有打那经过，心情跟从前也不一样。像重读一本从前狂爱的小说，找不到当年的感觉了。

放下电话，她飞跑进房间，穿衣，化妆，动作飞快。她，脸颊红润，眼睛漆黑。谭天让她旧日重来。她要跟谭天分享她喜欢的一切。

她心情轻快得飞起，晕了头了。

快乐蒙蔽了她的眼睛，没注意到谭天阴郁着脸。他光着上身坐在电脑前浏览网页。萧美见状，催他："你赶紧呀，洗澡穿衣服呀，赶七点的火车，要来不及了。"

"我不去了，要看书。"

"刚才不是说好去的吗？怎么又变卦了？我都答应了郝佳。"听到提郝佳，谭天更加恼火。"我没空，不去了。"

她不懂谭天为什么突然间闹情绪。见他这态度，气不打一处来："你不去我去。都答应了郝佳，怎么可以不去？"

还说！还说！谭天气得不得了，"蠢货。"在心里骂她。

七十七

人生不如意之事常十有八九这话太对应谭天目前的生活状态了。美国长青藤大学的博士学位申请被拒了。宝钰也表示不想再续前缘。萧美又不在乎他的感受，明知道他不喜欢郝佳，还要提她，还要跟她一起去鬼混，而把他撂家里。

萧美走后，谭天越想越堵，是可忍孰不可忍，就给宝钰打电话，以之报复。宝钰爸接的电话，说她去上班了不在家，有什么话他可以转告。谭天说没有就挂了。

发一会儿呆，他拿起电话给大姐打。很久没跟她聊天了。跟大姐越来越感无话。每次在电话里，她无非就是"想找什么样的女友？姐帮你找"之类的车轱辘话，也不知道讲些别的？电话费这么贵。有时候想到要给她打电话还有些怵。已经从需要变成责任。听到大姐在电话那头"喂""喂"，原来的一大堆苦恼，被她硬梆梆的声音堵了回去，一下子没了聊兴，闲闲地问候了家里的每一个人，就挂了。

虽说烦她，听了她的声音，还是感到暖心。

放下电话，情绪好起来，他想放松一下，好好享受享受。想到了泡澡。来澳洲这么久还没做过这件事。在国内也没有。当然穿开裆裤时期被妈妈抱进澡盆的那种不算。跟萧美一起这么久，不知什么原因，就从没一起泡过。住鬼妹家里时，每次见她男友来了俩一起泡澡，脑子里就自动回放电影里的镜头，期待哪天自己也能来一下。实践出真知，实践一下。

在墨尔本开学术会议的时候，在下榻的酒店里跟小郭一起泡 SPA（水疗）。那是他第一次的 SPA 经验。泡水里，他联想到性，问了小郭一些关于女人的问题。小郭给他讲笑话："有个人天天祈祷要见上帝，有一天上帝突然出现在他面前，说：'听说你要见我？所谓何事？'那人说：'请您告诉我女人到底是什么东西做的？她们脑子里整天在想些什么？她们真的很难懂啊。'上帝沉吟片刻，说：'你能不能换个问题？'女人虽然是我造的，但我也不懂她们。"

他从梳妆柜下层找出两包物品，一包是泡澡盐，一包是泡沫泡澡粉，知道萧美有泡澡习惯，出差的时候打电话回家，好几次她都在泡澡。

澡盐澡粉拿在手里，头一次做这个事情，感觉像在做实验。探索，未知，新鲜，种种元素混一起，促使他认真对待。对于盐和泡沫粉孰好孰差，完全没主意。仔细看说明，澡粉：含植物肥皂盐和微量元素矿盐，帮助放松疲劳肌肉。再看澡盐说明，很少的英文，品牌和成分说明均非英文。不知哪国文字，只看懂产于捷克。把它放鼻子底下闻闻，异香扑鼻。很熟悉的，是萧美身上的味道。再看泡沫澡粉，产地：澳洲。他掂量一下，澳洲，土产品，总归容易买到。欧洲物品总归难得，物以稀为贵，尝个新鲜。于是往已经注了小半缸热水的浴缸里倒进一半现存泡澡盐。不知多少是适量，估摸着一半也许就够了。香味布满浴室。异香扑鼻。

联想到鬼妹跟她的男友泡澡。真是名副其实泡妞啊。

他不让思维往萧美身上跑。再承受不了对她的任何想象。

我泡我自己？电影里，除了泡妞，还有擎杯红酒或者抱本书什么的。他去找了本书来。进了水里才知道多此一举。压根就看不进。

泡了十来分钟，水中异香氤氲，他有些喘不过气来，又舍不得这么快就出来。实在熬不住了才从水中爬出来。他站在浴缸边用浴巾擦干身上的水珠。一边擦着，一边汗又冒出来。一阵阵晕厥袭来，他想是缺氧了，洗浴间没窗口，门一关上就靠抽风机通气。刚才因为想要看书，嫌抽风机闹，把它关掉了。他啪地按开抽风机。好像有点太迟了，感觉空气不够，应该打开门来才对。低头看到赤裸的身体浑身水珠，"不能晕倒"心里冒出的声音。怕万一晕倒了，"被人发现时是赤裸的，多难堪。弄不好要被怀疑是玩性虐给整的呢。"他挣扎着要把衣服穿上，水珠汗珠都无所谓了，模糊中摸到一条内裤，顾不了是干净的呢还是刚才换下的，一只手扶在洗脸瓷盆上，另一只手拿着裤衩想抬腿套进去，晕厥使他站不稳，力不从心，脚起不来。一阵入睡的感觉袭来，"不能啊，还没穿衣服啊。"他紧紧抓住瓷盆的边沿，恍惚间，头不由自主地向洗脸盆撞过去，咚。咚。咚。一下。一下。一下。终于没睡着，缓过来了。才站稳脚，一股恶心上来，食物从胃里涌上来，赶紧弯腰对准边上的厕所滔滔不绝。呕吐过后，心里清明。趁着清醒，赶紧把裤衩穿上，门打开，用力呼吸，想象着进去的是满满的氧气。才想着，肚子骤痛起来，他转身退下裤衩坐到马桶上，一通痛泻。

从洗手间里出来，他站在房间的中央，刚刚泻过，小肚子那块感觉特好。

七十八

狂欢夜，萧美和郝佳玩到凌晨三点，也太晚了，回家会吵醒谭天。她接受郝佳的建议去她家过夜。

第二天早上回来，出乎意料地看见谭天在家里，像昨天她离家前一样，光着上身只穿衬裤坐在电脑前。"你没去研究室？"萧美疑惑的眼神看住他，难不成他一晚没睡一直坐在那儿？甚至有些惊吓。

"哼，你算好了我不在家的吧？叫他上来呀！请上来喝杯咖啡，我不介意的。"

"你说什么呢？谁？请谁上来？"萧美已经走到房门口，她急着要拿换洗的衣裤去洗个澡。没带洗漱用品去郝佳家，早上起来只用清水冲了把脸。习惯了用开的品牌，别的护肤品不肯用，宁愿顶着一张素脸回家。听到谭天的话站住脚，看住他质问。

"哼，你以前又不是没有过。"

萧美知道是指不久前的庄申案，他记恨的能力她领教过，松口气，子虚乌有的猜测她不怕，原以为谭天看到什么了呢。确实是尤里开车给送回来的。昨晚大家集体在郝佳家过夜。尤里和他新认识的女友在客厅打地铺。郝佳把床让给萧美，自己和男友睡太阳房。早上大家做鸟兽散，尤里见萧美没开车，主动提出送她一程，反正受累的是汽车，就绕一绕呗。

"你讲什么啊？有病！"萧美放松下来，声音柔和，不等谭天反应，她已经步进房间。没抹润肤膏的脸皮肤紧绷。没心情跟他斗嘴，洗脸才是正事。

背后传来谭天的声音："你以我不知道啊？橱柜里的咖啡机是为谁准备的？"停一下，喘口气，接着说："连初夜都要写首诗纪念。"谭天痛心疾首，停一下，喘口气继续说："用一个星期的工资买一件裤子送男朋友。哼！这个家里的每一个角落，如果我去找找，还不知道有多少秘密是我不知道的。"

"懒得搭理你，胡搅蛮缠。"萧美说着拿了内衣裤去洗澡间。

谭天认为萧美心虚才不回他话。更证实了自己的猜测，她昨晚是跟尤里一起。气得不行，进到萧美的房间从床上抱起自己的被子回自己的房间。又到厨房里打开冰箱把蔬菜，水果，鱼肉统统搬出来放饭桌上，把自己买的跟萧美的分开。他觉得受够了，不能再多了。昨晚泡完澡，无意中看到萧美的日记本。已经气得不行了，现在看到萧美这模样，他都无话可说了。

萧美洗完澡出来，看到他在厨房里分家，觉得他无理取闹，怒想："分就分呗，谁怕谁呀？"径直回房间里去。

谭天分完家就进自己的房，换好衣服出门去研究所。

萧美气过了突然觉得空虚，简直就是地老天荒的感觉。谭天走后不久，她也出门，想要去店里看看，中途想起今天是元旦，大年初一不营业，就弯到泰国花店，感谢上帝花店有开，她在那买了一大束百合花。贵是贵点，大过年的，就宠自己一回。捧着花走在回家的路上，无端想起在巴黎旅游时进过一家花店，店门口挂一块牌子，上面写道："如果不买花，你进来干什么。"真是法国人，敢这么傲。"香奈儿在巴黎被包养的时候，她一定很绝望吧？"

跨进家门，看到谭天已经回到家里。想笑，"一定是实验室也关门，进不去。"

他当她透明的，不跟她讲话。自个儿做饭自个儿吃。

两人抗衡了两个礼拜。一个晚上，萧美在房间里画图，谭天站在门口看她，她不理他，画她的图。谭天说："我看你根本就不爱我。"

"我怎么不爱你啦？"

他们又重新在一起。好得恨不得像一个人一样，一起去倒垃圾；一起看电视；一起洗澡。

一次洗澡的时候，谭天逗萧美玩，在浴缸里又蹦又跳，抹了肥皂的脚底一滑，吱溜，沿着浴缸壁溜下去，萧美一声惨叫，被他撞倒。她坐澡缸里起不来了，捂着脚直叫疼。谭天不停地叫："小妹，小妹，我侍候你一辈子。"一边用手去扳她低下去的头。

七十九

谭天去了研究室，萧美坐到他刚才坐过的椅子上。因为脚痛，在家里工作。

她点一下鼠标，退出屏幕保护，看到谭天的电邮开着。他刚才查信，因为各种原因，走了，没关邮箱。

看到他和宝钰的电邮往来，萧美心碎一地。像演电影一样，顿感天旋地转，痛不欲生。再痛也得看，像呼吸一样，是不能不做的事情。她仔细读了宝钰的最近一封电邮：

From（寄件人）："Helenbao" helenbao666@hotmail.com

To（收件人）：tian.tan@hotmail.com

Subject（主题）：Re：Re：Re：

Date（日期）：Sat，29 Dec 1997 23：50：01（1977 年 12 月 29 日，星期六，23 点 50 分 01 秒）

天，你好，

来涵尽阅。经过慎重考量，我还是选择朝朝暮暮。祝你也好。

冬暖

宝钰上

看清日期，天啊，是元旦前两天。很明显，之前谭天要求她等他，她告诉他：不等了，决定选择身边的人。不难想象，绿茶婊，追求者众。（骂女人不是萧美的风格。她萧美眼里没女人。不知为什么就吃宝钰的醋了。）

萧美细想那几天谭天的表现，还有这些日子俩人的互相厮杀，还有新鲜得犹如晨露一样的恩爱，难道这些都能同时间同空间和平共处？事情是怎样走到今天这个样子的？这些都是怎样发生的？为什么一点预感都没有？萧美感觉脑子有点不够用，绕不过来了。心，似乎被捅了个血窟窿，鲜血直喷。

她感到从未有过的奇耻大辱。最大的痛不是被背叛，而是被打败。

"谭天最终还是会回到年轻女孩身边去的。"这是丹丹的原话。给她的忠告。也是爱她和不爱她的朋友们想说而没说或者不敢讲出口的话。

她不信她们。她太自信了。相信自己的魅力所向披靡。自信来自她的美貌。因为她比她们美丽，比她们更有条件获得爱情。她选择相信爱情。她爱情的信条：爱是无条件的，也是不可知的，也是不由人的意志为转移的。

"你们这些俗人！我要让你们看看什么叫爱情吧。"面对一个个走进婚姻，在日常生活中打滚摸爬，挣扎求存的女友们，她在心里下使劲发誓。

谭天的背叛，扇了她大耳光。

咋面对朋友们啊？可不被人笑死啊！

更恐怖的是，这次真的被击碎了。她从来都以为在女人的市场中，自己是有竞争力的。年龄不过是个数字，谭天是这样说的呀。谭天说爱她到老。她七十岁他六十岁的时候，他们还在一起。他说由现在开始，从一奶到五奶都是她。他说她要是太老的时候就去整容。他说，男人嘛，管他白天去干吗，晚上回家就好。

可是，这次，这次好像真的扛不过去了。"只要他晚上睡在自己的身边，管他心里有谁？"她问自己行吗？

答案是：不行。不行。不行。一百个不行。

那不是她萧美该有的待遇。

过去一次次分手，她都能从容转身，因为她知道，新的爱情就在前面某个转角处等着她。谭天来了，告诉她：她的牛津街岁月不再。那照在她大耳环上的阳光已经走到下午四点，虽然还炙热却底气不足了。一个宝钰就足以把她打翻在地再踏上一万只脚，永世不得翻身。"我从一开始就错了？"她不能不怀疑。

她跟谭天开始了分居：各进各的房间；各管各的饭。对对方视若无睹。一个月过去了，他们依然坚持着这持久战。一天晚饭后，谭天主动找她谈："感情这东西是有惯性的，就像踩刹车，总是要往前滑一段才能停下来。双方看谁的惯性小，谁就先停下来。我和宝钰，我惯性大些。你想啊，她那么单纯，你让我怎能说忘就忘得了？"

"我在她那个年纪比她还单纯！"萧美脱口叫出来。

谭天不经意地笑了，双手捧起她的脸："你现在也很单纯，小妹。"

分居风波平息前，萧美下过一万次决心离开他。反复问自己："原谅他？我会郁闷死。离开他？我也会死。也会死的，没了他。"她猛地呼吸，一想到没了他，像空气里缺氧，她就感到呼吸困难。

八十

虽说他们闹分手像热带雨林气候，暴风雨骤来骤去，但这次是海啸，灾难平息了，破坏却是恒久的。萧美总要想到宝钰，总要提起宝钰。一次，在他们温存之后，她又提宝钰。

谭天看着天花板，不耐烦地说："对，她就是个婊子。"

她霎时没了话，不知说什么合适。修养跳出来，批判谭天：怎么可以这样去说一个自己爱慕过的女人。却又忍不住窃喜。

她从前是不吃女人的醋的。

八十一

　　山上的夜晚，萧美无事可做，就连出去散步都做不到。外面风大雨大。因为打雷，客栈停电。才黄昏，已经伸手不见五指。店主很快就点了蜡烛来。萧美怕黑，跟大家伙一起围坐在饭厅中间的大柱子旁边取暖。那是个暖炉，因为一直通上屋顶，外形像根大柱子。店主往柱子里添柴，里面的火烧得通红。卡皮尔说晚上下雨，第二天会是晴天。

　　"明天还得看日出，必须是个好天气。很多人运气不好，碰到坏天气，第二年还得来。"

　　不一会，来电了，萧美回到自己的房间里。她是真累了，累得睡不着，在旅游资料背面画画。她一笔勾出大山，大山的背后是无尽的天空，天空中飘着马，是十七岁的马，二十七岁的马，三十七岁的马……看着这些马，跟它们讲话，迷迷糊糊……马驮着她奔跑，跑得飞快飞快，快到飞了起来……看见一位白衣人向她翩翩走来，原来那人是尤里。他说："我命中注定要受苦受难。"萧美大喊："尤里！"尤里走到她跟前。萧美定睛一看，那人原来是耶稣。耶稣背后光芒万丈，长袍盖脚，低眉浅笑，说："信我者，得救！"她从马背上向他伸出手——"六道轮回，苦海无边！"眼前人是观音菩萨。"救我！"她大叫。脑门掠过一阵凉风，她成了一滴眼泪，挂在观音的脸上。萧美醒来，梦境历历在目。"好奇怪的梦"。听到卡皮尔敲门叫早。

她应声匆匆起床。

收拾停当，把背囊一起拿出来，在大厅跟卡皮尔碰头。昨天说好的今天看完日出就直接走，不再在这客栈做停留。卡皮尔把她的背囊放在客厅一隅的地上，萧美看见有好多行囊在那了。卡皮尔领她出到客栈门外，那里也已经站了一堆人。他们加进去。不一会，有人开始动作，然后是一个跟一个，拉成一条线向某一个方向蜿蜒出去。萧美是没方向感的，更枉论在这异域的黎明里，但知道这就是要去看日出了，也跟着走。这是这次徒步的终极目的。

常说黎明前的黑暗，想必那是非常黑的吧？记忆里没真正见识过。通常，黎明时她都在床上。文学修辞上就有伸手不见五指形容黎明前有多黑。她却还能通过薄薄的天光，看见队伍里人头影影绰绰。没有人讲话，大家都一样，互不认识、无声无息地蚁动，躺在齐膝高的野草中。昨晚下过大雨，每一脚下去都水叽叽的。突然，前头有人发出一声尖叫。队伍暂停，三十秒，继续走。不知发生了什么事，她是又心慌又兴奋。很久没这种感觉了。吊诡的，纯净的，探险的感觉。

"注意，这里有个水坑。"从前面传下来，一个传一个。

萧美低下头却什么也看不见。卡皮尔咔嚓擦亮打火机，从背后伸过来，水坑现了形，卡皮尔拉起她的手一步跨过去。

走了大约半个小时，来到一个小山包上，卡皮尔说到了。天还黑着，苍穹下看到的都是剪影，包括那些来看日出的人。他们铺开来，很快就湮没在黑暗里。萧美原本不喜欢照相，不想辜负眼前的景象，就让卡皮尔从不同角度，随便拍了几张。

天边现出了一线亮光。倒计时到了，卡皮尔让萧美上望台，自己等在原地。

八十二

夜里十二点，萧美走在双世纪公园里。她要穿过这公园到郝佳的家去。白天这里是个美丽的地方。她和郝佳常在水塘边散步。看到偶尔蹦出水面的鱼，萧美会说："哇塞，好大的鱼，拿来烧烤，够我们一顿吃的。"她故意这样夸张，逗郝佳玩。郝佳信了佛教，诚心奉行不杀生。每次听这话，就做痛苦状。她现在可是连毒蜘蛛都给留活路的。说杀一只也改变不了什么。"可是会死人的呀！"萧美反驳。"那是因为你上辈子杀死过它，这辈子它来向你讨债。"萧美最怕的传教来了，马上做投降状："打住，打住，咱不杀了行吧？"想到这些她有些想笑。

往前走，踩在稀松的泥土上。这里是马道。周末，家长们带小孩来这里骑马。马道边上是单车道。她曾经与谭天周末在这里骑共享单车。那时候他们才认识不久，还不是情侣。租的双人单车，两人还不大熟悉对方，配合得不好，用力不平衡，单车老偏到马道上去。轮子陷泥土里，任是用力蹬也不前行，谭天就让她掌住车头，自己跳下去推。几个小时下来，两人都疲倦不堪。那是他们唯一的一次户外娱乐，萧美特别想起那天还了单车后已近黄昏，他们去喝咖啡。坐在咖啡厅的廊道上，望向公园里的马道单车道汽车道，白天的喧哗退去，留下一片朦胧的烟色，宁静以致远，萧美刹那起伤感，泪盈于眶。谭天看着她没说什么，然后把眼光移开看向别处，沉默着，良久无言。后来在一次吵架中，他提起这个傍晚，恶言："坐在我面前为别的男人流泪。"

萧美继续走，踩在棉软的草上。这里是足球场，平整嫩绿的草地。她跟郝佳一起上学的时候，常常从这足球场穿过到郝佳家搞派对。她的家就在足球场对面一百来米处。不知道那时候她们怎么就那么多派对。每次小考后都要搞派对庆贺一番。从小到大就没读过这么辛苦的书，一个月考一次试。过关斩将，每次都生死攸关。多少年了，萧美还做恶梦：走进考场，发现该看的书都还没看，惊出一身冷汗。惊醒了。有一次口头表达考试，萧美得了个 C，低空飞过。跟郝佳走在这足球场中，萧美说："可能我的舌头短，才会有些音发不准。"郝佳停下来看住萧美说："伸出舌头来我看看。"萧美嘴张得尽可能的大，舌头尽力往外伸，像小时候看医生，就差没叫"啊……""跟我的没不同啊！"郝佳看一眼说。萧美醒过来被她玩了，追着她要打，她坏坏地笑着跑开。

晚上这里像个鬼窝，危机四伏。黑暗处传来奇怪的声音，各种声音：像有人不小心踢倒铁桶，哐啷哐啷的金属碰撞声；像有露宿的流浪汉向她吹口哨；有蛙叫；还有不明来处，不可言状，属于黑夜的声音在空气中自顾鸣响，恐怖得萧美浑身绷紧，鸡皮疙瘩起了一层一层。继续走。必须继续走，回不了头了。她觉得她不怕。不怕。

选择在午夜里徒步穿过这双世纪公园，她知道自己肯定是疯了。疯子才会有的决定。但疯了也不后悔。她自虐，只为练胆量。她对自己说："今晚过后，我就再也不害怕了。"这些日子她无端的害怕。早上醒来一睁眼，看见空白的天花板就害怕得颤抖，害怕要来的一整天的空白。她尝试过疯狂地工作，想以此赶走黑洞般的寂寞。白天工作十五个小时，累得脑子不转，晚上躺到床上去还是睡不着，像烤炉上的牛扒，翻来覆去，一边肩膀压疼了转到另一边，黑暗中闹钟嘀哒嘀哒响，夜越深，声越闹，像在笑话她。"看啊，不听我的，让我给说中了吧？我说他会抛弃你，你不听。"她恍惚得厉害，朱姐厉鬼一样的嗓音绕梁不去。每晚躺下床都想"明天早上不要醒来啊"。

谭天已经从家里搬走一个多月。搬走的那天，他们大吵了一架。

谭天鲜有看中文报纸。平日里看电视新闻，想知道的天下事都在那里了。这天他没任何理由地一大早去买牛奶，顺便带回一份中文报纸。文艺园地连载朱姐的中篇小说，谭天看了。小说里的主人公以萧美和魏德文为原型，谭天很容易就对号入座。看到萧美被魏德文拍下不雅录像放网上的情节几乎疯掉。他一言不发，从床底下拉出行李箱，打开，哗哗地往里装衣服。

"你想走就走，不要找借口。你不是说不计较吗？既然那么在意，当初为什么还碰我？"萧美像受伤的野兽，猛扑。

"别的男人能碰你，我为什么不能？"

"就算是婊子，也有权说'不'。"萧美怒不可遏。

"婊子也不会在网上……"

不给他机会，已经一个耳光刷过去，抽他左脸抽他右脸，抽他左脸抽他右脸。他可以躲开的，他不躲。他可以还手的，他不还，任她抽。她更气了，抽他抽他抽他，死劲抽。她要他还手，要他很委屈很生气很用力地还手，要他跟她做殊死搏斗。她不要他以胜利者的姿态让着她。她生来就不是被人同情的。一下，两下……手痛了，似乎不是手了，抽搐成爪子掐住他的脖子，在上面划出一道血痕。他终于出手，抓住她的双手攥紧她的手腕，她挣扎着要抽出来，抓得太紧，动不了，于是起脚，膝盖差些顶到他的下体，他一侧身躲开顺势把她仰倒摁倒在床上。

谭天悬空骑在萧美的上方。为避免压到她，他跪在床垫上，紧紧扼住她的双腕压在她太阳穴两边，使她做出抗日电视剧里日本人举手投降的造型。一方面要抓紧她一方面又要支住上半身，抗衡地心引力，力气都集中在手上，把萧美的手腕抓得通红。

男上女下，他俯看着她，她迎上，俩对峙着，僵持在那。

有日子没这么近距离地待一起了，萧美软下来。

分房多久了，三周？四周？差不多吧。俩的战事因电视而起。萧美要睡觉，谭天在看电视，她让他把声音调小些，他不动作，当她的投诉是空气。她被气得成气球，候他上床睡下后跳下床去摁开电视机，把音量调到自己认为足以干扰他的高度。他呼地坐起来，冲着萧美背后吼："小妹，你要干什么啊？"看到他的反应，她心里说不出的快意。

报复是有代价的。

萧美蹲在电视机前，听由背后发生事故。

谭天跳下床，抱起被子回自己的房间。

"谁怕谁啊这年头。"萧美脸上写着粗体字。

他经她身边走过时，她鼻子底下飘过一缕被窝的闷暖气，心抖了一下，马上被定住。她吃准他过不了几天就会回来求和，不过是重玩一次以往的游戏而已。

开始几天，萧美进出门头抬得高高的，也不刻意关注谭天。日子过得也安分，大家该吃吃，该睡睡，该上班上班该回家回家。分房一周纪念日，萧美破例买了束香槟玫瑰回来插，通常只有降价的时候才买的。这次她付全价。

两周？三周？预期的结果没有出现。她想他了。每天进家门之前都希望有他在家里。见到他，就心定，却又恼怒。生气他按兵不动，做长久战的态度。她这么怒抽他耳光，也是原因之一。

她突然扭动身体，双手又开始挣扎起来，做状要打他，以掩盖住自己对他的色情。对他有这想法让她觉得很丢人。这个人辱她太甚。这口气不能咽。不能啊。

谭天再次抓紧她的手腕。怕被她踢到，用脚膝盖压住她的小腿。两个人的战姿再次定格。

早上买报纸回来，谭天忘把门关上。楼上的朱姐闻声跑下来，看到他们俩在床上的一幕，上前去拉开他们，说"你们这是干什么？一大早就听到你们闹。有话好好讲嘛。"

谭天慢慢松开手，小心着，防备着萧美踢他。

谭天已经完全放手了，萧美还躺那，动也不动。看起来更像投降的样子。

朱姐先是站在门口，看情形没什么可做的，就静静走出去站门外面。

谭天放开萧美后从床上滑下来，跟在朱姐后面也要走。

看到谭天要出去，她呼地坐起来，对走到门口的谭天吼，"你今天就搬走！今晚你敢留在这里，看我不用开水烫死你！"乱箭穿心的她不过是想用狠话逼他回来。

谭天脸一绿，暂停一秒钟，不犹豫，抬腿走出去。

她要烫他已经不是个例。一次俩在吃早餐时起争执，谭天不过讲气话说她爸不是什么 CEO，顶多是个街边摆水果摊的。萧美手里正端着牛奶锅，里面是刚烧开的牛奶，"你再说一次？看我不把它倒你脸上！"那锅离他脸不到 10 厘米。他坐着，她站着，高度正好，她俯瞪着他，他上迎着，她眼睛里火花噼啪响。他相信她做得出。

"她差些把烧开的牛奶淋我脸上。"从萧美家搬出去后，他跟向文投诉。

朱姐看看萧美，不出一声，跟在谭天身后走出去。

不一会谭天回来。他一言不发，到衣柜那继续收拾行李。

萧美坐在床边，两脚踩在地上。他们走后她一直保持这个姿势。看着谭天往箱子里放衣服，放声大哭。谭天收拾衣服的手停住，一秒钟，萧美的心随之动了一下，那手继续动作，恢复进行时态，不停地从衣柜里拿出自己的衣服放进躺地下的箱子里，一边说，"我会回来看你的。"

他拖走他的行李箱。他拖走了萧美身体的一部分。萧美痛得不停地哭。

"她就在外面。"萧美虽然哭得一塌糊涂，心里却清明。这里的她指的是向文。直觉告诉她他刚才出去是去打电话给向文。不知为什么会想到是她。他可以找他表哥的，也可以是沈超一啊，可来到脑子里的是她。

向文最近买了辆丰田，谭天跟她达成交易，他教她电脑，她教他开车。向文主动把他们的谈判电邮转发给萧美。谭天说："教电脑可以，但我得问过我女朋友，有她同意才行。"萧美陶醉几秒钟。

谭天没跟她提他这些话，只跟萧美说了要用向文的车练习。萧美的车好，舍不得用来练，怕万一磕着碰着。

一次向文来家学电脑，被朱姐看到。"他们俩排排坐电脑前？"朱姐向萧美隐晦地表达了她的忧患，可萧美不再信任她，讨厌被她控制，用挑战的口吻告诉她，"他们有时候在他的研究所学习。"表示对她的提醒不屑。

"米缸里养了虫，有什么办法？"她对向文的评判。后来也原谅了她，那是多年后的事。冷静后也清楚，不关向文的事。

他这样出去，住哪里？这么快就找到地方？萧美不让往下想，已经承受不了了，已经疯了。她怕自己会死。

下午朱姐打电话给萧美："你看你的闹剧。你已经不是你了。你的心态很不平衡啊。已经承受不了任何打击了。"

"我，为什么要承受打击？为什么是我？你尽可以笑话我。来吧，你想笑就笑。为了名利不惜出卖朋友。像你这种人，永远都成功不了。你将永远都是文坛的小爬虫！"

呆住，好一会，朱姐在电话那头悻悻地说："你们俩闹到今天这一步，我也是始料不及的呀！当初我就劝过你，你就是不听。"

"谭天就说过不能跟你这种人交朋友。说你心理阴暗。"听到电话那头吞咽的声音，萧美继续："你整一个老巫婆，讲这个骂那个。自己过不好就看不得别人好。给人家使绊子。还当自己是上帝。"

"你以为我写的是你吗？昨晚文联聚会，有个女作家以为我写的是她，都不跟我讲话了。"

"你讲完了吗？讲完就请你挂电话，我们以后不相识。"

萧美是恨她写那篇小说。也清楚就算没那篇小说他们也会分手，只是时间问题。可是恨，何其恨她的出卖。为了一己之利益出卖朋友。友谊，信任，尊重，都是 FUCK。

她恨天这么蓝，花为什么还开？为什么不 FUCK OFF。

谭天搬走几天后的一个傍晚，突然来电话说落一本书在她那，想来取。电话里他问萧美："那天不知抓疼你的手没？那么大力。"

他来了，进来就说想看看萧美。想知道她过得好不好。

萧美这几天满脑子里都是他，见了，只想拉住他不让再离开。

他们好像又回到了从前，亲热如故。

突然，谭天发现自己回不去了，他没了反应。

萧美坐在床沿上，谭天从她身上滑下来半跪在她跟前，头埋在她并拢的大腿根上喃喃："姐姐——！"声音颤抖，尾声悠长，游丝般。

他是第一次叫她姐姐。萧美听着，心沉沉地颤抖，沉默着，知道是完了，真的结束了。因为是姐姐，连撒泼的权利都没有。

萧美每晚都梦到谭天，整一个月。每晚都做同样的梦，梦到他从沙发上抱起她来，说："我想你了，小妹。"

走到郝佳家的时候是夜里一点多。怕吵醒邻居家的狗，就在郝佳卧室的窗玻璃上轻轻地敲几下，小声叫"郝佳"。后来郝佳告诉她，当时差点被她吓死，以为是鬼。郝佳相信澳洲有鬼。因为都是移民，死后，灵魂无法过海——据说鬼魂是不会游泳的，就在澳洲飘着做孤魂野鬼。郝佳开门见到她，尽管惊讶，嘴张开30秒钟才合上，还是快快地把她迎进门。外面夜黑风高。

郝佳拥抱萧美："发生什么事了？"

萧美这时候也觉得自己像个游魂野鬼，憔悴疲倦，寒冷饥饿，她牙齿上下磕碰，不停地颤抖。

她吃着烤面包，郝佳这里只有面包可吃，喝着热巧克力，说："我刚才是穿过双世纪公园走路来的。"

"你疯了吗？怎么可以这样？"郝佳在萧美的对面坐下，"到底发生什么事了？"

萧美低下眼睛，举起杯子喝热巧克力。

"是不是跟谭天分手了？"郝佳问。

萧美依然低着眼睛看进热巧克力杯里，几乎没感觉地点一下头，心中悲怆。

郝佳把手伸过来轻轻触一下萧美的手，像怕吓着她似的，声音里透出怜惜和心痛，说："不想说是吗？"

萧美依然看着杯子。过了一会儿，抬起头来笑笑脸说："给我讲讲你的故事吧？年轻时候的故事。"

"有一次我失恋了，很伤心，等巴士的时候一直哭，一直哭。一个中年男人，那时候在我眼里他就是个老男人了，也在等巴士，问我为什么哭？我告诉他失恋了。他跟我讲话，还送我回家。等到我家门口的时候，我跟他接吻，开始爱上了他。"

"后来呢？"

"后来又见了几次面，就没继续下去，但我总算从上一段失恋中解脱出来。"

"哈哈！"萧美忍不住地笑。

萧美的夜半徒步，郝佳能理解。像当年自己的酗酒，就是因为太痛。根据经验，她知道萧美这时候应该做的就是静静地等待，等痛到极点就不痛了。伤口会自然愈合的。人体本身有自疗功能。

"我们睡觉吧，嗯？"郝佳进房间拿出一套床上用品，包括睡衣裤，被子，床单和枕头，放在沙发上。这是萧美的专用品。她常在这里过夜。另外给萧美一件披肩，说："今晚太冷，被子不够暖的话就把这也盖上。"萧美接过披肩小心轻放一边。她知道它的来历。那是郝佳的外婆留给她妈的，她妈又给了她，堪称传家宝了。这件藏羚羊绒披肩在二战纳粹残杀犹太人的日子里，帮着郝佳的外婆度过俄国的寒冬腊月。郝佳临来悉尼前，妈妈除了给她一封信，再就是这件披肩。信是给妈妈的发小的。二战结束，发小作为犹太难民，选择了来悉尼。郝佳妈选择留在了苏联。现在发小成了儿女成群的富太。郝佳妈在信里把郝佳托付给她，求她照看她。

萧美睡在沙发上。这晚她没有梦到谭天。从这晚开始，她不再梦见谭天。

八十三

看完日出他们就往回走。两天的路程要一天走完，不敢滞留，回到客栈吃了早饭，还是水煮土豆，一路走来都是这个菜单。怕肉类不干净，吃坏肚子，拿了背囊就开始赶路。已经过了前晚逗留的客栈。在那用的午餐。那个西藏人还在那卖化石。还有那泰国美女和她的悉尼男友，也是从山上下来，在那歇脚。才隔两天呢，就仿佛故人似的。萧美问他们可是早上也去看了日出。"怎么没见你们呢？"萧美说。"早上不知道谁的咖啡缸掉地上。"悉尼帅男说，对接暗号。萧美会心大笑。早上，在清冷的黎明里，有人打翻咖啡杯掉地上哐啷哐啷打滚，那方圆几里唯一的声响听着特别搞笑。他们不用餐，坐下喝了水就走。之后进来一组游客，上山的，三个年轻人，两个中国女生和一个本地导游，男生。他们很熟的样子，不说，还以为是结伴同游的朋友。女生告诉萧美她们也是才认识的，在网上找的驴友。她们的导游说萧美"你很美"。萧美说太老了不适合他。他说："那就等下辈子轮回吧。我可是跟你预约了。"

走不到一个小时，萧美又找麻烦。

"卡皮尔，我要尿尿，憋不住了。"午饭喝的啤酒开始起作用。卡皮尔看看前路："等一下，前面就有。"她带着期待跟他走。等了又等，前面又前面，经过一个小卖部，三几个游客坐那吃东西，经验告诉她这种地方，厕所是最脏的，拒绝了。继续走，前面又前面，大约走了二十分钟，遇见一个一人高的迷你混凝土房子，卡皮尔问她要不要。犹豫再三，她还是说"不"。

来到那天晾衣服的地方，卡皮尔站住脚。萧美已经忍无可忍，"先找厕所，等不及了。"他指向树后面对她说："去那儿，我帮你看着。"萧美没话，直奔树后面去。

解手回来见卡皮尔在认真放风。"卡皮尔，我们歇歇吧？"萧美试探的口气。

他们坐到石头上。田野里，有几头水牛在吃草。

"我家里有两头水牛，供我们一家人的牛奶。"卡皮尔向她靠靠近，"下个星期就是印度教大典，我们家要宰一头羊。"

"印度教也杀生？"萧美明知故问。

"我们平时不杀生。我们是贵族。"

"呃？"萧美颇感兴趣地看住他。平生里认识的第一个贵族竟是这般模样！

从脖子上拉出一条被体液浸得退了色的细绳，萧美看得出这绳子原来的红颜色，拿在手上说："贵族的项绳六股，是最高级的。项绳的股数随着等级递减。"

"那个卖我化石的小伙子戴几股项绳？"萧美想到那个漂亮的小摊贩。

"他没有项绳。他是西藏人，做生意的。"

"你们重农轻商？"萧美嘀咕。

"什么？"卡皮尔不懂。

"你们交朋友会看项绳的股数吗？"

"现在我们也不看重身份了。"

从山下走来一个人，脖子上吊着长镜头相机。萧美用英文跟他招呼："嗨！"

"嗨！日本人？"长镜头讲流利英文。

萧美很有信心他就是日本人："不是。我是中国人。你日本来的吧？"

"呃，我也是中国人。你一个人来？"这次长镜头讲标准国语。

"不，跟他一起来。"萧美指向身边的卡皮尔。长镜头看一眼卡皮尔："我是说来旅游。"萧美领会他的意思，失笑："哦，对，一个人。"

长镜头指着前面说："我的挑夫走了，再见。"

萧美转过身去找卡皮尔，见他背对她站在那天晒衣服的石头上，看向远方。甩开他手那件事还在他心里？他这是在自动划清界线？"卡皮尔，我们走吧？"萧美的声音特别的柔和。

"卡皮尔，教我讲尼泊尔话吧？"

卡皮尔拉着她的手边走教她数数。经过山民的宅子，阁楼上的女孩笑着跟卡皮尔搭话。"她讲什么？"萧美问。"她笑你学尼泊尔话。"

卡皮尔继续教她。

从村落中穿过，篱笆墙边站着几个小男孩。他们跟卡皮尔讲话。萧美问他们讲什么，卡皮尔说他们问你要巧克力。

她愿意被他牵着手，也不避讳那些本地人。牵手的感觉是真的好。

回到第一天下榻的客栈，天已经黑了。按行程安排，要在这里过一宿。他们又喝青稞酒，这次是萧美请客。

萧美告诉卡皮尔她年轻的时候有过一个男朋友。她比他大十一岁。那时候，"他比你现在大不了几岁。"她对卡皮尔说，"我们常常这样坐在一起喝酒。""我们在一起只有一年多。"自从那个双世纪公园夜晚后，她第一次向人提起谭天。她不提与他有关的人和事；不跟与他认识的朋友往来，除了郝佳以外。她成了孤家寡人。她，众叛亲离。因为谭天的缘故，她差点跟丹丹断绝交往，因为丹丹劝她忘了他。"嘻，他一个斗鸡眼，还想找三十六岁的处女？还不如去找古董好啦。这种男人要来也没用。赶紧忘了他。"她的话针一样刺痛她，好多年都不能释怀。她跟所有人都保持距离。跟男人不交朋友；对女人也不讲心里话。只有郝佳。偶尔到她家去，喝酒聊天。但也不是无所顾忌，什么都讲。她小心着绕开一些话题，例如谭天，例如朱姐。她心里有一股恨，挥之不去。除了谭天，她最不愿意看到的人是朱姐。她恨她看透自己的命运。她甚至不愿意承认恨他们。跟郝佳维持友谊是因为她懂她。郝佳懂得有时候安慰本身就是伤害，常常，只做一个有分寸的听者，不问，不发表看法。郝佳的非中国人属性，也是萧美与她保持友谊的原因之一。跟非中国人交朋友令她有安全感，因为永远都不会靠得太近，近到可以互相伤害的距离。

跟谭天分手后，她最注重的是安全，最常想到的字是"安全"。"爱"是最不安全的。它对她的伤害，创痛至今。双世纪公园的夜晚，黑暗处的声音，刻骨的恐惧，被寒风吹进她的心里，穿过她记忆的防火墙，在她的灵魂世界里低回不去。

她的后十年安祥静好，没大悲亦没大喜；设计的服装卖得不错。在业界虽然没丽莎何有名，但也小有名气。再说丽莎何也破产了，跟丈夫共有的豪宅被银行拿去拍卖。还有房地产和股票的投资也给她增加不少财富。她开奔驰 SLK200。依然美丽。无可挑剔的优雅。只是更像是玫瑰花标本，没了生命高涨的欲望。

这晚，她，终于刹住车了。她跟卡皮尔喝了很多青稞酒，讲很多有关谭天的故事。喝过酒就回自己的房间睡觉。躺在床上想起了郝佳送的那瓶被留在博卡拉酒店的香水。她决定要洒那香水，回去就洒。

第二天中午，在博卡拉机场。该道再见了，萧美从随身包里掏出钱包，准备留下机场税需要的钱，其余全给卡皮尔，当小费。打开钱包才发现，在山上把钱花光了。不敢看卡皮尔，她知道，那双漂亮的黑眼睛饱含期待在看着她。合上钱包放回挎包里，转身从背包里掏出剩下的巧克力，巧克力已经融化变形，不能算礼物。继续在背包里掏，掏出些护肤品和衣服。把巧克力，护肤品和衣服装进礼品袋里，学日本人几乎 90 度鞠躬，双手向卡皮尔捧上："卡皮尔，对不起。我把钱花光了。"她知道这不是理由，不指望卡皮尔原谅她。"衣服和护肤品送给你的女朋友。"她一直哈着腰，眼睛上看卡皮尔。

卡皮尔接过礼品袋。

萧美上前一步跟卡皮尔行拥抱礼："再见！"

"再见，姐姐！"卡皮尔张开双臂迎上，呼气吹在她耳根上，一股年轻男子的汗味儿，她很快地放开了手，不能占他便宜啊。

回到悉尼，她去买了张圣诞卡，还有那张"姐姐"的 CD，把钱放在卡里一起给卡皮尔寄去。

走在悉尼市中心的佐治街上，希望能碰上朱姐，跟她打招呼："HELLO。"

也许，也能遇上庄申？他过得怎样？得问问他。

References

1. 张爱玲 :《沉香屑第二炉》。

2. 李白 :《答王十二寒夜独酌有怀》,《李太白全集》下，王琦注，780 页。

3. [俄] 屠格涅夫散文诗集《爱之路》，黄伟经译，湖南人民出版社 1983 年版。